SV

Mario Vargas Llosa
Die große Versuchung

Aus dem Spanischen von
Thomas Brovot

Suhrkamp Verlag

Die Originalausgabe erschien 2023 unter dem Titel
Le dedico mi silencio bei Alfaguara, Madrid.

Erste Auflage 2024
Deutsche Erstausgabe

Umschlaggestaltung: Rothfos & Gabler, Hamburg,
unter Zuhilfenahme von Midjourney KI
Satz: Satz-Offizin Hümmer GmbH, Waldbüttelbrunn
Druck: CPI books GmbH, Leck
Printed in Germany
ISBN 978-3-518-43178-8

www.suhrkamp.de

Die große Versuchung

Für Patricia

I

Warum hatte José Durand Flores ihn wohl sprechen wollen, dieses Mitglied der intellektuellen Elite Perus? Man hatte es ihm in der Pulpería ausgerichtet, die sein Freund Collau betrieb, ein kleines Lokal und zugleich Kiosk für Zeitungen und Zeitschriften, und er rief zurück, aber niemand ging ran. Collau sagte, die Nachricht habe seine Tochter entgegengenommen, die kleine Mariquita, vielleicht habe sie die Nummer nicht richtig verstanden, bestimmt würden sie sich noch mal melden. Dann plagten Toño wieder diese schamlosen Viecher, die ihn, wie er sagte, seit frühester Kindheit verfolgten.

Warum wollte der Mann mit ihm sprechen? Er kannte ihn nicht persönlich, sehr wohl aber wusste Toño Azpilcueta, wer José Durand Flores war. Ein anerkannter Schriftsteller, jemand also, den Toño bewunderte und zugleich verabscheute, weil er es bis nach oben geschafft hatte und mit Attributen belegt wurde wie »Kundiger von Rang« und »gefeierter Kritiker«, das übliche Lob, das sich die Intellektuellen so leicht verdienten, Leute, die im Land zu dem gehörten, was Toño Azpilcueta »die Elite« nannte. Was hatte dieser Mensch bisher gemacht? Er hatte in Mexiko gelebt, klar, und kein Geringerer als Alfonso Reyes, Dichter, Essayist und Gelehrter, Diplomat und Leiter des Colegio de México, hatte ein Vorwort geschrieben zu seiner berühmten und ebendort herausgegebenen Anthologie *Niedergang der Sirenen, Glanz der Seekühe.* Es hieß, er sei Experte für den Inka Garcilaso de la Vega und es sei ihm gelungen, dessen Bibliothek bei sich zu Hause oder in einem Archiv der Universität zu rekonstruieren. Das konnte sich sehen lassen, war aber auch nicht viel, letztlich fast nichts. Er rief noch einmal an, und auch diesmal ging niemand ans Telefon. Jetzt waren sie wieder da, die Nagetiere, und krochen ihm über den ganzen Körper, so wie jedes Mal, wenn er aufgeregt war, nervös oder ungeduldig.

Toño Azpilcueta hatte in der Nationalbibliothek im Zentrum von Lima darum gebeten, die Bücher von José Durand Flores zu erwerben, und die junge Frau, die ihn bediente, sicherte es ihm zwar zu, aber dann passierte nichts, und so wusste Toño nur, dass er ein bedeutender Akademiker war, nicht aber, warum. Sein Name war ihm vertraut aufgrund eines Umstands, der seiner offensichtlichen Vorliebe für das Fremde zuwiderlief oder sie überspielte. Denn jeden Samstag brachte Durand Flores in der Zeitung *La Prensa* einen Artikel, worin er sich wohlwollend über die kreolische Musik äußerte, selbst über Sänger, Gitarristen und Cajónspieler wie Caitro Soto, Begleiter von Chabuca Granda, weshalb Toño eine gewisse Sympathie für ihn empfand. Dagegen empfand er für diese hochmütigen Intellektuellen, die die kreolischen Musiker verachteten und sie nicht einmal erwähnten, weder um sie zu loben noch um sie niederzumachen, eine tiefe Abneigung – zur Hölle mit ihnen.

Toño Azpilcueta war eine Kapazität auf dem Gebiet der kreolischen Musik, egal von woher, von der Küste, aus dem

Hochland, vom Amazonas, ihr hatte er sein Leben gewidmet. Die einzige Anerkennung, die ihm zuteilgeworden war – Geld freilich nicht –, bestand darin, dass er, zumal nach dem Tod von Professor Morones, diesem großartigen Menschen aus Puno, als der beste Kenner der peruanischen Musik im Land galt. Seinen Lehrer hatte er kennengelernt, als er noch auf die La-Salle-Schule ging, kurz nachdem sein Vater, ein italienischer Einwanderer mit baskischem Nachnamen, ein kleines Haus in La Perla gemietet hatte, wo Toño aufgewachsen war. Nach dem Tod von Professor Morones wurde er zu dem »Intellektuellen«, der am meisten wusste (und schrieb) über die Musik und die Tänze, welche die Folklore des Landes prägten. Er hatte an der San Marcos studiert, und seinen Abschluss hatte er mit einer Arbeit über den Vals gemacht, den peruanischen Walzer, betreut von Hermógenes A. Morones persönlich – hinter dem A mit Punkt, hatte Toño herausgefunden, verbarg sich der Name Artajerjes –, und Toño war nicht nur sein Assistent und Lieblingsschüler gewesen, sondern in gewisser Weise auch derjenige, der seine Studien und Forschungen über die Musik und die Tänze in den verschiedenen Regionen fortführte.

Im dritten Jahr ließ Morones ihn den ein oder anderen Kurs abhalten, und alle an der San Marcos hofften, dass Toño Azpilcueta, wenn der Professor in den Ruhestand trat, seinen Lehrstuhl erben würde. Er selbst dachte das auch. Weshalb er nach Beendigung des fünfjährigen Studiums an der Geisteswissenschaftlichen Fakultät weiterforschte, um eine Doktorarbeit zu schreiben mit dem Titel *Die Pregones von Lima*, die natürlich seinem Lehrmeister gewidmet wäre, Dr. Hermógenes A. Morones.

Bei der Lektüre der Chronisten aus der Zeit der Kolonie war Toño aufgefallen, dass die Ausrufer, die sogenannten *pregoneros*, die Nachrichten und städtischen Anordnungen gewöhnlich sangen und nicht verlasen, sodass sie die Bürger in Begleitung mündlicher Musik erreichten. Und dank Rosa Mercedes Ayarza, der großen Spezialistin für peruanische Musik, war er zu der Erkenntnis gelangt, dass die *pregones* die ältesten Geräusche der Stadt waren, denn so riefen auch die Straßenverkäufer ihre Ware aus, Backwaren wie die *rosquetes*, die *bizcochos de Guatemala*, die *reyes frescos*, Fisch wie den *bonito*, die *cojinova* und die *pejerreyes*. Es waren die ältesten Klänge in den Straßen von Lima. Ganz zu schweigen von denen der *causera* mit ihren Kartoffeltörtchen, dem *frutero* mit seinem Obst, der *picaronera* mit ihren Süßkartoffel-Kürbis-Ringen, der *tamalera* mit ihren Maispasteten oder der *tisanera* mit ihrem Kräutergetränk.

Daran musste er denken, und er war so ergriffen, dass ihm die Tränen kamen. Die tiefsten Schichten dessen, was Peru als Nation ausmachte, dieses Gefühl der Zugehörigkeit zu einer Gemeinschaft, zusammengehalten von ein und denselben Nachrichten und Verordnungen, sie waren durchdrungen von volkstümlicher Musik und volkstümlichen Gesängen. Das sollte der erhellende Grundton einer Dissertation sein, die in einer Vielzahl vollgeschriebener Karteikarten und Hefte vorangekommen war, alle akkurat aufbewahrt in einem kleinen Koffer; bis zu jenem Tag, als Professor Morones in den Ruhestand trat und ihm mit tiefbetrübter Miene mitteilte, dass die San Marcos entschieden habe, nicht ihn zu seinem Nachfolger zu berufen, sondern den Lehrstuhl für die peruanische Folklore zu schließen.

Es war kein Pflichtfach, und aus unerklärlichen Gründen, wahrlich unerhört, schrieben sich jedes Jahr weniger Interessierte aus der Geisteswissenschaftlichen Fakultät ein. Der Mangel an Studenten bedeutete das traurige Aus.

Die Wut, die Toño Azpilcueta packte, als er erfuhr, dass er niemals Professor an der San Marcos würde, war so groß, dass er schon daran dachte, sämtliche in seinem Koffer verstauten Karteikarten und Hefte in tausend Stücke zu reißen. Zum Glück tat er es nicht, sehr wohl aber verabschiedete er sich von seinem Dissertationsvorhaben und seinem Traum von einer akademischen Karriere. Was ihm blieb, war allein der Trost, dass er zu einem echten Experten für Volksmusik und Volkstänze geworden war oder, wie er es nannte, zu einem »proletarischen Intellektuellen« der Folklore. Aber woher wusste Toño Azpilcueta so viel über peruanische Musik? Unter seinen Vorfahren war niemand, der Sänger oder Gitarrist gewesen wäre, und schon gar kein Tänzer. Sein Vater, ein Auswanderer aus einem kleinen italienischen Dorf, war Angestellter bei der Eisenbahn des zentralen Hochlands und sein Leben lang unterwegs gewesen, während seine Mutter in den Hospitälern ein und aus ging, um sich von allerlei Leiden zu kurieren. Sie starb eines unbestimmten Tages, als er noch ein Kind war, und seine Erinnerung beruhte mehr auf den Fotos, die sein Vater ihm gezeigt hatte, als auf eigenem Erleben. Nein, in der Familie gab es keine Vorgeschichte. Im Alter von fünfzehn Jahren begann er ganz allein, Artikel über die Folklore des Landes zu schreiben, denn er hatte begriffen, dass er die Gefühle, die die Akkorde eines Felipe Pinglo Alva und all die Sänger der kreolischen Musik in ihm weckten, in Worte fassen musste. Womit er im Übrigen recht erfolgreich war. Seinen ersten Artikel schickte er an eine der kurzlebigen Zeitschriften, die in den Fünfzigerjahren erschienen. Er versah ihn mit der Überschrift »Mein Peru«, schließlich ging es darin um das kleine Haus von Felipe Pinglo Alva in Cinco Esquinas, das er besucht hatte, Notizbuch und fleißige Feder in der Hand. Für den Text zahlte man ihm zehn Sol, was ihn schon zu der Annahme verleitete, er sei nun der beste Kenner der volkstümlichen peruanischen Musik und ihrer Tänze. Das Geld gab er, wie auch seine sonstigen Ersparnisse, auf der Stelle für Schallplatten aus. So machte er es mit jedem einzelnen Sol, der ihm in die Hände kam, er investierte ihn in Musik, und bald war seine Plattensammlung in ganz Lima bekannt. Radiosender und Zeitungen liehen sich Schallplatten bei ihm aus, aber da er sie nur selten zurückbekam, zeigte er sich zwangsläufig knausrig. Bald behelligten sie ihn nicht länger, ohnehin hatte er seine wertvolle Sammlung längst gegen Baumaterial für ein Häuschen in Villa El Salvador getauscht. Was ihn nicht bekümmerte, denn die Musik, sagte er sich, trug er weiter im Blut und im Gedächtnis, und das reichte aus, um seine Artikel zu verfassen und das geistige Erbe des berühmten Mannes aus Puno, Hermógenes A. Morones, Friede seiner Seele, auf immer zu bewahren.

Seine Leidenschaft war einzig und allein geistiger Natur. Toño selbst war weder Gitarrist noch Sänger, nicht einmal Tänzer. Dass er nicht tanzen konnte, brachte ihn als jungen Mann nicht selten in Verlegenheit. Denn gerade beim Besuch einer Peña oder einer Tertulia, in einem der Clubs oder bei diesen geselligen Zusammenkünften, zu denen er immer mit einem kleinen Notizbuch in der Anzugtasche erschien, kam es vor, dass ihn die eine oder andere Dame aufforderte, und dann machte er mehr schlecht als recht ein paar Schritte zu einem Vals, vorausgesetzt, es war ein eher einfacher, nie aber zu den Marineras, den Huainitos oder diesen Tänzen aus dem Norden, den Tonderos aus Piura, oder den Polkas. Er hatte seinen Körper nicht im Griff, stolperte über die eigenen Füße, fiel sogar einmal hin – was für eine Blamage –, weshalb er lieber den zweifelhaften Ruf pflegte, nicht tanzen zu können. Er blieb sitzen, vertieft in die Musik, und beobachtete, wie die unterschiedlichsten Männer und Frauen aus ganz Lima in einträchtiger Umarmung verschmolzen, in einem Miteinander, das bestätigte, was er in seinem tiefsten Inneren schon erfasste.

Mochten die peruanischen Intellektuellen, die Professuren bekleideten oder in angesehenen Verlagen veröffentlichten, ihn auch verachten oder erst gar nicht zur Kenntnis nehmen, Toño fühlte sich nicht kleiner als sie. Vielleicht wusste er nicht viel von der Weltgeschichte und war auch nicht im Bilde über die französischen philosophischen Moden, aber er kannte die Musik und die Texte aller Marineras, Pasillos und Huainitos. Er hatte zahlreiche Artikel geschrieben für *Mein Peru*, *Die peruanische Musik*, *Heimische Folklore*, für diesen bunten Strauß an Publikationen, die es nur bis zur zweiten oder dritten Ausgabe schafften und dann verschwanden, oft hatten sie ihm nicht einmal das bisschen gezahlt, das sie ihm schuldeten. Ein »proletarischer Intellektueller«, und wennschon. Vielleicht hatte er sich bei Intellektuellen wie José Durand Flores (warum der wohl nach ihm suchte?) nicht den nötigen Respekt erworben oder auch nur Interesse geweckt, sehr wohl aber bei den Sängern oder Gitarristen selbst, denen daran gelegen war, bekannt und gefördert zu werden, und genau das hatte Toño Azpilcueta jahrelang getan, bezeugt von den Hunderten von Zeitungsausschnitten, die er in ebenjenem Koffer lagerte, in dem seine Notizen für die Dissertation vor sich hin gammelten. Einige der Artikel bewahrten die Erinnerung an die Peñas mit ihrer kreolischen Musik, die nun verschwunden waren, La Palizada etwa oder La Tremenda Peña, zwei Lokale am Puente del Ejército. Zum Glück war Toño Zeuge dieser Abende gewesen. Schon als Jugendlicher besuchte er sie alle in Lima. Er begann mit fünfzehn, als er noch fast ein Kind war, und er erinnerte an sie, damit ihre einst bedeutende Rolle nicht in Vergessenheit geriet. Gelegentlich wandte sich ein Journalist an ihn, der etwas über Lima schreiben wollte, und dann verabredete er sich mit ihm im Bransa an der Plaza de Armas zum Frühstück. Es war sein einziges Laster, Frühstücken im Bransa, das Geld dafür musste er sich manchmal von seiner Frau Matilde leihen.

Seine eigentlichen Einkünfte verschaffte ihm der Zeichen- und Musikunterricht am Colegio del Pilar, einer Nonnenschule im Viertel Jesús María. Sie zahlten ihm nur wenig, aber dafür durften seine beiden Töchter, Azucena und María, zehn und zwölf Jahre alt, die Schule kostenlos besuchen. Er war dort schon mehrere Jahre tätig, und so ungern er Zeichnen unterrichtete, konnte er sich doch die meiste Zeit der Musik widmen, der kreolischen natürlich, womit er der grundlegenden pädagogischen Aufgabe gerecht wurde, die Liebe zu den peruanischen Traditionen zu vermitteln. Das einzige Problem waren die riesigen Entfernungen in Lima. Das Colegio del Pilar lag weit von seinem

Wohnviertel entfernt, was hieß, dass er und seine beiden Töchter jeden Tag mehrere Sammeltaxis nehmen mussten, um hinzugelangen. Mehr als eine Stunde Fahrt, wenn nicht gerade Streik war.

Seine Frau hatte er kennengelernt, kurz bevor sie ihr Häuschen auf dem großen freien Feld bauten, das Villa El Salvador damals war. Wer hätte gedacht, dass in dem entlegenen Vorort einmal Gruppen des Sendero Luminoso auftauchen würden, Mitglieder dieses »Leuchtenden Pfads«, um jene, die dort das Heft in der Hand hatten, zu verdrängen und die Bewohner zu kontrollieren, selbst führende Persönlichkeiten der Linken wie María Elena Moyano, eine mutige Frau, die erst vor ein paar Monaten, nachdem sie die Willkür und den Fanatismus der Senderistas angeprangert hatte, bei einer Wohltätigkeitsveranstaltung im Viertel auf brutalste Weise ermordet worden war. Matilde hatte sich, seit sie hergezogen waren, den Lebensunterhalt als Wäscherin und mit dem Flicken und Stopfen von Hemden, Hosen, Kleidern und sonstigen Wäschestücken verdient, ein Beruf, der ihr das nötige Kleingeld fürs Essen der Familie einbrachte. Ihre Ehe funktionierte leidlich und war Garant nicht unbedingt für ein erfülltes, aber doch immerhin ein Leben. Sie hatten ihre schönen Momente gehabt, vor allem am Anfang, als Toño noch dachte, er könnte seine Leidenschaft für die Musik mit ihr teilen. Er hatte ihr den Hof gemacht, hatte ihr Akrostichen geschickt, in denen er sich die feurigsten Verse seiner liebsten Valses zu eigen machte, und er dachte schon, mit diesen Worten aus den Tiefen der volkstümlichen Empfindsamkeit hätte er ihr Herz erobert. Doch bald merkte er, dass sie bei den Akkorden der Gitarre nicht so ergriffen war wie er, dass ihr der Atem nicht stockte, wenn Felipe Pinglo Alva mit seiner samtenen Stimme diese Strophen sang, in denen es um den bitteren Schmerz der unerwiderten Liebe ging. Als es ihm zur Gewissheit wurde, dass sie sich, statt bei der Musik zu erschauern und von einem besseren und einträchtigeren Leben zu träumen, nur langweilte, nahm er sie nicht mehr mit zu den Peñas und Tertulias, und mit der Zeit begann er, sein Leben allein zu leben, und erzählte ihr nicht einmal, was er machte oder wohin er an den Wochenenden ging. Es waren im Allgemeinen keusche Ausflüge, bei denen er sich nur hier und da mit jemandem unterhielt, kreolische Musik hörte, neue Stimmen und neue Gitarristen entdeckte – alles festgehalten in seinen Notizbüchern – und dabei auch die Tänzerinnen und Tänzer mit ihren verrückten Figuren bewunderte. Er trank nicht mehr so viel wie früher, zumal er inzwischen schon fünfzig war und der Alkohol seinem Magen zusetzte, nur noch ein Fläschchen Pisco oder – wenn er mal über die Stränge schlug – Zuckerrohrschnaps. In diesem Milieu konnte Toño seine Autorität ausspielen, denn meist wusste er mehr als die anderen, und wenn sie ihm Fragen stellten, wurde es ringsum still, als kämen seine Antworten aus dem Mund eines Universitätsprofessors. Zwar hatte er kein einziges Buch veröffentlicht, und seine gewissenhaften Artikel weckten allenfalls die Neugier einiger weniger, nie das Interesse der erlauchten Gelehrten, doch in diesen dunklen kolonialen Häusern, geschmückt mit Stichen der verschleierten Frauen von Lima und Nachbildungen der Balkons mit Gitterfenstern, worin das echte Peru noch zu spüren war, sein reinster und authentischster Duft, an diesen Orten genoss niemand ein größeres Ansehen als er.

Wenn sein Gemüt einer Aufmunterung bedurfte, sagte er sich, dass er das Buch über die Pregones von Lima fertigstellen und promovieren würde, und sicherlich würde er auch einen Verlag finden, der ihm die Publikation finanzierte. Dieser Gedanke – den er manchmal wie eine Art Mantra wiederholte – hob zuverlässig seine Stimmung. Er war jetzt durch die erdigen Straßen von Villa El Salvador gelaufen und sah schon in der Ferne sein Haus und gegenüber das Lokal mit Kiosk seines Kumpels Collau. Nach weiteren fünfzig Metern konnte er erkennen, wie Mariquita, die älteste Tochter der Collaus, ihm entgegenkam.

»Was gibt's, meine Kleine?«, sagte Toño und gab ihr einen Kuss auf die Wange.

»Wieder ein Anruf für Sie«, antwortete Mariquita. »Derselbe Mann, der gestern angerufen hat.«

»Doktor José Durand Flores?«, fragte er und rannte los, nicht dass aufgelegt wurde, bevor er Collaus Pulpería erreicht hatte.

»Es ist schwerer, Sie anzutreffen als den Präsidenten der Republik«, sagte eine allzu vertrauliche Stimme am Telefon. »Ich spreche mit dem Herrn Toño Azpilcueta, richtig?«

»Am Apparat«, sagte Toño. »Doktor Durand Flores, ja? Es tut mir leid, dass Sie mich gestern nicht erreicht haben. Ich habe versucht zurückzurufen, aber ich glaube, Mariquita, die kleine Tochter eines Freundes, hat sich die Nummer nicht richtig gemerkt. Was kann ich für Sie tun?«

»Ich wette, Sie haben noch nie von Lalo Molfino gehört«, antwortete die Stimme im Hörer. »Oder irre ich mich?«

»Nein, nicht … Lalo Molfino, sagten Sie?«

»Er ist der beste Gitarrist Perus und vielleicht der ganzen Welt«, sagte Dr. José Durand Flores mit großer Bestimmtheit. Er hatte eine feste, drängende Stimme. »Ich rufe an, weil ich Sie für heute Abend zu einer Tertulia einladen möchte, bei der Lalo Molfino spielen wird. Sie müssen unbedingt kommen. Haben Sie etwas, um die Adresse zu notieren? Es wird in Bajo el Puente stattfinden, in der Nähe der Arena. Können Sie es einrichten?«

»Jaja, natürlich«, antwortete Toño, er war neugierig, aber auch überrascht, dass ein Musiker, noch dazu ein angeblich so talentierter, seinem Radar entgangen war. »Lalo Molfino … Nein, nie gehört. Aber mit dem größten Vergnügen. Sagen Sie mir bitte die Adresse. Heute Abend also, so gegen neun?«

Toño Azpilcueta beschloss hinzugehen, mehr daran interessiert, Dr. Durand Flores kennenzulernen als diesen Lalo Molfino, dabei konnte er nicht ahnen, dass die Einladung ihm etwas offenbaren sollte, was für ihn bisher nur eine Intuition gewesen war.

II

Es sind recht alte Anlagen, die ältesten von vor hundert oder zweihundert Jahren. Die Architekten oder Baumeister wollten Wohnungen für die Armen bauen oder für Menschen mit nur wenig Geld, die Zimmer klein und ohne jede Sorgfalt im Akkord errichtet, gedeckt mit einem Wellblechdach und beiderseits eines langen Hofgangs, wo es immer einen Hahn gab, aus dem das Wasser kam (manchmal schmutziges) und vor dem die Bewohner Schlange standen, um sich das Gesicht oder den Körper zu waschen (wenn sie reinlich waren) und Flaschen oder Eimer mit frischem Wasser zu füllen, mit dem sie kochten und ihre Kleidung wuschen.

Versteht sich, dass Limas Hinterhofkolonien, die legendären *callejones*, auch ein einziges Gewimmel von Ratten waren, ein ernstes Problem für all jene, die von den widerlichen Viechern betroffen sind und unter ihnen leiden. Es gibt eine bekannte Beschreibung der Callejones von Lima aus dem Jahr 1907 von Abelardo Gamarra, dem großartigen »Schriftsteller des Volkes«, genannt El Tunante, worin er die geistigen und körperlichen Schäden vor Augen führt, die diese ruchlosen Exemplare anrichteten.

Die ältesten Callejones gab es wahrscheinlich schon zu Kolonialzeiten, in Malambo und Monserrate, doch im frühen 19. Jahrhundert, als General San Martín die Unabhängigkeit ausrief, strömten immer mehr Menschen ins Zentrum von Lima, ebenso in fast alle anderen Viertel, vor allem nach Rímac, Bajo el Puente und Barrios Altos. Perus Hauptstadt füllte sich mit mittellosen Menschen, die sich dort niederließen, weil es in der großen Stadt leichter war als in den Provinzen, Arbeit zu finden, sei es als Köchin, Pförtner, Leibwächter oder Dienstpersonal. Missgünstige Zeitgenossen sagten, die Callejones würden auch Kriminelle und zwielichtige Gestalten aus dem alten Lima anlocken, aber das war ein wenig übertrieben.

Fast alle Viertel im Zentrum der Hauptstadt, oder zumindest die ältesten, hatten Callejones mit ihren vielen kleinen Zimmern entlang einem schmalen Hof, von den Eigentümern verkauft oder vermietet an Familien, die dort mit mehreren Personen wohnten – Eltern und ihre Kinder, Fremde natürlich auch – und die manchmal auf Matratzen auf dem Boden schliefen oder, sofern das Einkommen es hergab, in Betten mit zwei oder auch drei Etagen, welche die Bewohner aus Brettern und Stangen und mit einer kleinen Leiter selbst zusammenbauten. Schwer begreiflich, wie in diese armseligen, wenn auch achtbaren Löcher so viele Menschen hineinpassten, von den Großeltern und Urgroßeltern bis hin zu den Jüngsten. Sie waren sowohl eine Nische, in der das volkstümliche Herz schlug, als auch ein Ort schrecklichen Gedränges, denn sie begünstigten die Ausbreitung von Seuchen und forderten unter den Bewohnern zahlreiche Opfer.

Niemand hätte sich vorstellen können, dass die Callejones einmal zu dem Ort schlechthin würden, an dem die volkstümliche peruanische Musik ihre Heimat fände, insbesondere der Vals, der auf natürliche Weise gespielt und gesungen wurde, ohne Mikrofon, klar, ohne Bühne für die Kapelle oder eine Tanzfläche. Denn dort feierte man die berühmten feuchtfröhlichen *jaranas* – das Wort entstand zweifellos mit dieser Musik –, und man tanzte die Zamacueca, später dann die Marinera und den Vals, bei diesen verrückten Festen, die, angeheizt durch Pisco pur, Zuckerrohrschnaps aus der Sierra und gar einem guten Wein aus den Keltereien von Ica, manchmal über zwei oder drei Tage gingen, Hauptsache, der Körper machte mit. Aber wie haben die Bewohner der Callejones das angesichts ihrer dürftigen wirtschaftlichen Verhältnisse geschafft? Rätsel und Wunder der peruanischen Armut.

Dort in den Callejones kamen die ersten großen Gitarristen und Cajónspieler Perus auf die Welt, ebenso die besten Tänzer der Valses, Huainitos, Marineras und Resbalosas. Während die jungen Damen aus gutem Hause Tanzunterricht nahmen – die Lehrer waren meist Schwarze –, brachten Interpreten-Duos wie die berühmten Montes und Manrique, Salerno und Gamarra oder Medina und Carreño die strengen Winternächte von Lima in Schwung und gönnten sich im Sommer eine Erfrischung, wenn nur die Kleidung variierte und die Menge an Alkohol, mit der sie anstießen. Männer und Frauen waren glücklich, aber sie starben jung, nicht selten an den obskuren Seuchen, welche die widerlichen Ratten, die in den Ritzen von Barrios Altos nisteten, an ihren ekelhaften Pfoten, ihren kranken Schnauzen und in ihrem schmierigen und stinkenden Fell herbeischleppten.

In den Callejones gedieh aber auch eine gute Nachbarschaft, die Menschen schlossen Freundschaft, halfen einander bei Krankheit und im Alltag, liehen sich Sachen aus, feierten die Geburt eines neuen Bewohners, luden sich gegenseitig ein, sodass eine Art Gemeinschaftssinn entstand, befördert nicht zuletzt durch das Prekäre eines Lebens ohne Zukunft. In Lima waren die Callejones bekannt dafür, mit welcher Leichtigkeit sich diese Bindungen ergaben, wozu es unter denen, die besser lebten als die Armen, im Allgemeinen nicht kam. Und so waren die Callejones und die kreolische Musik für die etwa siebzigtausend Limeños (nennen wir sie so), die in ihnen lebten, untrennbar miteinander verknüpft, auch wenn die meisten *callejoneros*, die Bewohner dieser Hinterhofgänge, von überall her im Landesinneren kamen.

Callejones gab es in ganz Lima, aber die Schwarzen (oder *morenos*, Dunkelhäutigen), viele von ihnen freie oder geflüchtete Sklaven, hatten ihre eigenen immer in Malambo, wo sich ihre Familien wieder versammelten. Die Jaranas, die an diesem Ort mit dem sinnenfrohen Namen gefeiert wurden, waren die bekanntesten, wegen des Zapateos, einer Art Stepptanz, der großartigen Stimmen, der hervorragenden Gitarristen und weil es dort die besten Musiker am Cajón gab, an dieser von den Armen erfundenen Kistentrommel, es war das verwegenste und genialste aller Instrumente, die sich die Peruaner zur Begleitung des Vals ausdachten; und weil der Eifer, mit dem die Menschen an den Jaranas teilnahmen, dazu führte, dass sie über viele Stunden gingen, manchmal Tage, ohne dass sich irgendwer zum Ausruhen verabschiedete. Felipe Pinglo Alva, der große kreolische Komponist, ging oft zu den Festen in den Callejones von Lima, aber er zog sich früh zurück – na ja, früh, wie man so sagt –, weil er am nächsten Tag zur Arbeit musste. Von ihm heißt es, er habe bis zu seinem Tod mehr als dreihundert Stücke komponiert.

Wer hätte gedacht, dass die Callejones von Lima einmal zur natürlichen Heimat des Vals würden, dass diese Musik dort erblühen und mit der Zeit hineinwachsen würde ins gesellschaftliche Leben, bis sie auch von der Mittelschicht akzeptiert wurde und später sogar Einzug hielt in die Salons des Adels, im Gefolge der jungen Leuten, für die die spanische Musik zunehmend etwas Altmodisches und Langweiliges hatte, zumal im Vergleich zur peruanischen und zu diesen Texten mit all ihren Bezügen zur eigenen Welt, zu den lokalen Sitten und Gebräuchen. Mit der Ausbreitung der kreolischen Musik verschwanden auch die Tanzlehrer, sie mussten ihren Beruf wechseln, wenn sie nicht verhungern wollten.

Die Callejones von Lima waren die Wiege einer Musik, die man, drei Jahrhunderte nach der Conquista, als echte peruanische bezeichnen konnte. Unnötig zu sagen, dass sie für den stolzen Verfasser dieser Zeilen das Erhabenste ist, was die Welt Peru verdankt. In den Vielfamilienhöfen gab es Ratten, aber eben auch Musik, und das eine entschädigte für das andere.

Bevor die Callejones entstanden, amüsierte sich Lima bereits beim Karneval, bei den *carnestolendas*, wenn quer durch die Stadt das Wasser spritzte und die Passanten klatschnass wurden, die oft ihrerseits anfingen, mit den Straßenjungen zu spielen und es ihnen heimzuzahlen. Aber neben dem Karneval gab es auch die *retretas*, Umzüge mit Musikkapellen oder Straßenkonzerte zur Feier von Geburtstagen der

Verlobten, Eltern, Geschwister und Freunde, Feste, die die Abende von Lima mit Gitarrenklängen und Gesang erfüllten. Das heißt, bevor der Brauch aufkam, zur Pampa de Amancaes hinaufzuziehen, vergnügten sich die Einwohner Limas bereits auf vielfältige Weise, und der größte Quell der Freude war vielleicht der *Baile de los Diablitos*, der Tanz der Teufelchen, von dem keine Spur geblieben ist, auch wenn er, laut Schreibern und Chronisten, seinerzeit sehr beliebt war.

Was für eine Stadt war das damalige Lima? César Santa Cruz Gamarra, der bekannte Verseschmied, erinnert in seinem charmanten, 1977 erschienenen Buch *El Waltz y el valse criollo* (Der Walzer und der kreolische Vals) daran, dass 1908 in der Hauptstadt Perus eine Volkszählung durchgeführt wurde, die für Lima eine Einwohnerzahl von 140 000 ergab, verteilt, nach der damals üblichen Klassifizierung, wie folgt: weiße Bevölkerung 58 683, mestizische 48 133, indianische 21 473, schwarze 6763 und gelbe 5487. Es handelte sich also um eine noch kleine Gesellschaft, in der gemäß den Vorurteilen der Zeit Weiße und Indigene, Schwarze und die wenigen Menschen asiatischer Herkunft nebeneinanderher lebten und wo, wie Santa Cruz Gamarra schreibt, das beliebteste Musikinstrument die Mundharmonika war, abgesehen vom Pfeifen, das die Bewohner Limas lauthals praktizierten, wenn sie durch die Straßen liefen. Laufen war nämlich der populärste Sport, da allen zugänglich. Schon damals traten der Vals und die Marinera allmählich an die Stelle der Zamacueca als meistgehörte Musik, so auch bei den musikalischen Darbietungen der Militärkapellen auf den Plätzen der Stadt.

In diesen Jahren zu Beginn des 20. Jahrhunderts engagierte die Columbia Phonograph Company ein berühmtes Duo, Eduardo Montes und César Augusto Manrique, und holte die beiden nach New York, um dort Platten mit peruanischen Liedern aufzunehmen, darunter viele Tonderos und Resbalosas, wofür die örtliche Presse sie feierte.

Der Raum, den die Hauptstadt Perus damals einnahm, war ebenfalls recht klein. Eine Straße wie die Colmena gab es noch nicht, auch keine Plaza San Martín, keinen Parque Universitario. Mangels Verkehrsmitteln waren die Viertel am Stadtrand noch nicht gewuchert. Aber in dieser nach wie vor kleinen Stadt ereignete sich das vielleicht außergewöhnlichste soziale Phänomen: das Aufkommen des Vals, der sich innerhalb weniger Jahre durchsetzen sollte und zur repräsentativsten Musik der gesamten Gesellschaft wurde. Die Vals-Stücke traten an die Stelle aller anderen Musik, die um die Gunst der Menschen buhlte, und etablierten sich auf natürliche Weise, ohne dass irgendwer es beschlossen oder befördert hätte, es war allein die Begeisterung der großen Mehrheit unserer Landsleute, und darauf konnten sie stolz sein.

III

An diesem Abend ging Toño Azpilcueta, nachdem er sich das Gesicht gewaschen und seinen besten Anzug mit Kragenhemd und blauer Krawatte angezogen hatte – es war der einzige elegante Anzug, den er besaß, reserviert für wirklich wichtige Anlässe –, aus dem Haus und machte sich auf den Weg von Villa El Salvador nach Bajo el Puente, dem alten kolonialen Bezirk von Lima. Dort war er einmal überfallen worden, mindestens zehn Jahre war das her. Friedlich und in aller Ruhe hatte er seine Brieftasche ausgehändigt, doch die messerschwingenden Halunken fanden darin nicht mehr als einen Zehn-Sol-Schein. Sie waren enttäuscht, steckten ihn aber natürlich ein, und Toño musste mit einem Taxi nach Hause fahren und es mit dem bisschen Geld bezahlen, das er in einem blauen Täschchen aufbewahrte, versteckt unterm Bett.

Seit dem Überfall verspürte Toño eine gewisse Abneigung gegen Bajo el Puente, den Bezirk »unter der Brücke«, trotz seines kolonialen Charmes und des imposanten Paseo de Aguas. Aber von wegen »Aguas«. Allein schon den Rímac »Wasser« zu nennen, diesen schwindsüchtigen Fluss, der zwischen den Felsen und Sandhäufchen seine jämmerlichen Reste durchs Bett zog und nahe dem Kloster der Unbeschuhten und den halb verfallenen großen Häusern und Palästen verlief, schien ein Witz zu sein. Dann kam der Paseo de Amancaes, kamen die Bettler und die Plaza de Acho, über die in den Monaten Oktober und November mit dem alljährlichen Fest das Leben hereinbrach, mit den Stierkämpfen vor allem und den vielen Peñas, die in der Gegend florierten.

Er hatte keine Schwierigkeiten, das Haus zu finden, wo der Abend stattfand, und natürlich erkannte er auch viele der Anwesenden. Es war nicht irgendein Haus, sondern ein altes prachtvolles mit zwei Geschossen und vielen Räumen, eines der wenigen, die in dem kolonialen Viertel noch erhalten geblieben waren, wo man die meisten von ihnen geteilt und wieder geteilt hatte, bis sie Bienenstöcken glichen. Es waren viele Menschen da, Männer wie Frauen, mehr als die üblichen Peñas und Tertulias versammelten, und sie tranken die Schlückchen Pisco, die Dr. José Durand Flores, wie auf den Fotos in Hemdsärmeln und mit Brille, austeilte und zugleich mittrank. »Zum Wohlsein, mein Lieber, Prost, Pröschen«, und schon kippte er das nächste Glas in sich hinein. Als er vor Toño stand, begrüßte er ihn so herzlich, als wären sie alte Freunde.

»Machen Sie sich gefasst auf das, was Sie gleich hören werden, mein Freund. Ich kann Ihnen sagen, dieser Junge, Lalo, ist ein wahres Ausnahmetalent auf den Saiten seiner Gitarre.«

Toño hätte gern ein paar Worte mit ihm gewechselt, aber Dr. Durand Flores schien sich mit seiner Anwesenheit zufriedenzugeben und fühlte sich nicht verpflichtet, ein Gespräch zu beginnen. Er schenkte ihm einen Pisco ein, ermunterte ihn, das Glas auf ex zu trinken, und begrüßte weitere Gäste. Toño Azpilcueta stand mit offenem Mund da und bereute schon, gekommen zu sein. Zuerst spielten ein paar kreolische Gruppen, Toño kannte die Musiker bestens, schließlich hatte er sich in seinen Artikeln für sie eingesetzt. Inzwischen saß er auf einer Bank, die sich um ein kleines Wasserbecken zog, Pflanzen und Blumen schwammen darin. Er war es leid, so vielen Leuten die Hände zu schütteln und sie zu umarmen, Menschen, die er kannte und die, vom Pisco schon besäuselt, auf ihn zutraten. Er wollte sich gerade ein wenig entfernen, um alkoholisierten Unterhaltungen aus dem Weg zu gehen, als er sah, wie Dr. Durand Flores in der Menge wieder auftauchte und in die Hände klatschte, Schweigen gebot, er habe etwas zu sagen. Und mit einer Stimme, die ein Zuviel an Alkohol verriet, sagte er, es sei ihm eine Freude, dem Publikum, dem »hochmögenden Publikum«, denn an diesem Abend erklinge das Beste der kreolischen Musik, einen jungen Gitarristen aus Chiclayo vorzustellen, der »ein wahres Ausnahmetalent« sei. Er sei eben erst nach Lima gekommen, daher kenne ihn noch niemand. Dann bat er um Applaus. Und erklärte, für das Ensemble Perú Negro beginne eine neue Etappe, um die Musik der Afroperuaner im Ausland bekannt zu machen, ihre erste Station werde Santiago de Chile sein. Lalo Molfino war offensichtlich das neue Mitglied der Truppe. Und dann hob er die Hand wie ein Priester, der den Segen spendet, und rief: »Ehrfurcht und Stille!« Und schwieg.

Die Lichter gingen aus, eine einzige Glühbirne blieb an und beleuchtete ein Fleckchen in diesem Innenhof. Darauf erschien die Person, die nach den Worten von Dr. Durand Flores zum Ruhm bestimmt war. Was Toño Azpilcueta als

Erstes auffiel, ein Detail, das er nie vergessen würde, waren die Lackschuhe des jungen Mannes aus Chiclayo. Natürlich ohne Socken. Die Schuhe waren wie ein Markenzeichen, gleichsam seine Visitenkarte. Er trug einen Anzug, der ihm zu klein war, oder zumindest die Hose, sie ging ihm nur bis zu den Waden, dazu ein geblümtes Hemd mit sehr kurzen Ärmeln. Er hatte ein ernstes, recht dunkles Gesicht und krauses Haar, wie man es auf der Straße nicht mehr sah: lang, sehr schwarz und mit untergemengtem Grau. Wenn er den Mund aufmachte, zeigte er strahlend weiße Zähne. Er blickte finster und sagte keinen Ton, nicht einmal, um sich für den spärlichen Applaus, mit dem man ihn empfing, zu bedanken. Als er dann auf seinem Stuhl saß und die Gitarre stimmte, wanderten seine Augen immer wieder durch diesen Garten voller Gäste.

Kaum hörte Toño Azpilcueta die ersten Akkorde, schaute er nicht länger auf die Lackschuhe an den Füßen des Gitarristen. Und etwas Seltsames geschah. Der Ärger über die Gleichgültigkeit, mit der Dr. Durand Flores ihm begegnet war, verflog, und alles um ihn herum erlosch, bis es nur noch die Gitarre gab, die der Junge – denn der dort spielte, war noch sehr jung – zum Seufzen brachte, zum Weinen, zum Auf- und Abschwellen, und das auf eine Weise, wie Toño Azpilcueta es noch nie gehört hatte, er, der alle professionellen Gitarristen in Lima gehört hatte, die bekanntesten und die am wenigsten bekannten und natürlich auch »die erste Gitarre Perus«, Óscar Avilés, dieses Mannsbild mit dem gestutzten Bärtchen.

Die Stille legte sich über das Grün des Patios, über das ganze große Haus. Eine Stille der Stierkampftage, dachte

Toño Azpilcueta, eine Stille, die nur durchbrochen wurde vom Klang der Saiten, wie die Stille an jenem Sonntagnachmittag in der Plaza de Acho – er vergaß ihn nie – während des Festes im Oktober jenes Jahres, 1956 oder 1957, als sein Vater, der Italiener, ihn zu einer Corrida mitgenommen hatte, der ersten seines Lebens, bei der er sah, dass Procuna, der mexikanische Torero, tatsächlich sehr ungleich in der Arena kämpfte, ein Mann der Extreme, denn an manchen Nachmittagen rannte er panisch und ohne jede Scham vor den Stieren davon und überließ das Geschäft seinen Gehilfen, an anderen flogen ihm der Mut und die Kunst nur so zu, und er näherte sich dem Tier auf eine Weise, dass den Zuschauern auf den Sperrsitzen schwindlig wurde.

Er war zwar fast jedes Jahr zu den Corridas in Lima gegangen – die Liebe zum Stierkampf war von klein auf in ihm gewachsen –, doch glaubte er nicht, jemals wieder eine solch tiefe, ekstatische Stille gehört zu haben, die Stille einer ganzen Arena, die, in Erwartung aufgelöst, verstummte, das Atmen einstellte, das Denken, die sich vergaß und reglos, gebannt, berauscht das Wunder sah, das dort unten geschah, wo Procuna, beseelt von Kunst, Mut und Weisheit, unendliche Male die Manöver mit der Muleta in seiner Linken ausführte und dann mit der Rechten wiederholte, jedes Mal näher an dem Stier, bis er mit ihm verschmolz. Jetzt fühlte er sich wieder wie an jenem Nachmittag, überwältigt von einem fast religiösen Gefühl, tief eingewurzelt, von ursprünglicher Art. Während der Junge aus Chiclayo die Saiten spielte und einer jeden außergewöhnliche, verblüffende, innige, schier verrückte Klänge entlockte, konnte Toño die Stille ringsum mit Händen greifen. Alle Anwesenden, Männer, Frauen, Alte, hatten das Gelächter hinter sich gelassen, die Zwiegespräche, Witze und Komplimente, waren verstummt und lauschten entrückt, wie hypnotisiert dem Schwingen der Saiten in diesem großartigen Schweigen, das den Abend dominierte.

Es war eine erhabene Stille, wie sie sich, hieß es, über die Arena von Sevilla oder Las Ventas in Madrid legte und die er als Kind fraglos in der Plaza de Acho vernommen hatte, und nun entsprang sie diesem jungen Zambo aus Chiclayo, den er dort vor sich sah, nur ein paar Schritte entfernt. Er spielte einen Vals, so viel war gewiss, aber Toño Azpilcueta erkannte ihn nicht, konnte ihn nicht identifizieren, denn unter Lalo Molfinos Wunderfingern ähnelten die Saiten nichts, was er je gehört hatte. Ihm war, als würde die Musik auf ihn übergreifen, in ihn eindringen und mit dem Blut durch die Adern strömen. Armer Óscar Avilés, die vermeintlich erste Gitarre Perus, mit einem Mal verdrängt.

Aber es war nicht nur die Fingerfertigkeit, mit der dieser Gitarrist Töne hervorbrachte, die neu zu sein schienen. Nein, es war mehr. Es war Weisheit, Konzentration, meisterliche Beherrschung, ein Wunder. Und es war nicht nur die tiefe Stille, es war auch die Reaktion des Publikums. Toños Gesicht war aufgelöst in Tränen, und seine Seele öffnete sich und wünschte sich nichts sehnlicher, als all diese Landsleute in einer großen Umarmung zu vereinen, Brüder und Schwestern, die das Mirakel bezeugten. Und nicht nur er war ergriffen. Mehrere andere holten ihre Taschentücher hervor, darunter auch Dr. Durand Flores. Er wollte auf ihn zugehen und ihn in die Arme schließen wie einen besten Freund, »mein Artgenosse!«, konnte er nur murmeln, ein

Bruder, durch dessen Adern dasselbe Blut floss. Die Musik hatte die Seelen der Anwesenden so fest in ihren Bann gezogen, dass jeder soziale, ethnische, intellektuelle oder politische Unterschied in den Hintergrund trat. Der Innenhof des Hauses war wie elektrisiert von einer Welle des Miteinanders, es herrschte das Wohlwollen, die Liebe. Und dieses Empfinden, davon war er überzeugt, teilte er mit den anderen. Als Lalo Molfino sich von seinem Stuhl erhob, sehr aufrecht, sehr dünn, die Gitarre an sich gedrückt, um gleichgültig die Ovationen des Publikums entgegenzunehmen, glaubte er im Lächeln ringsum, in den leuchtenden Pupillen und geröteten Wangen deutliche Anzeichen einer geschwisterlichen Liebe zu erkennen, der Liebe zur Heimat.

Der junge Zambo aus Chiclayo verneigte sich und verschwand in einem der Flure des Hauses. Der Beifall hielt an, ein verzücktes Raunen mischte sich hinein. Toño Azpilcueta wollte diesem irdischen Wunder die Hand schütteln, ihm ein paar Fragen stellen. Er sah sich nach ihm um und fragte nach dem Jungen, aber niemand konnte ihm eine Antwort geben. Dr. José Durand Flores hatte sich wieder seinen Gästen zugewandt und schenkte ihnen, vor Glück strahlend, ein weiteres Schlückchen Pisco ein. Bei jedem Anstoßen verkündete er die Wiederauferstehung von Perú Negro und den baldigen Aufbruch der Gruppe nach Santiago de Chile. Toño Azpilcueta umarmte ihn und wünschte ihm alles Gute für die Reise. »So werden die Chilenen erfahren, was das echte Peru ist«, sagte er gerührt und verließ schweigend diesen Patio, das Haus in Bajo el Puente, das er bis ans Ende seines Lebens nicht vergessen würde. Jetzt konnte er zufrieden nach Hause zurückkehren und über den Artikel nachdenken, den er noch am Abend zu schreiben gedachte, vielleicht auch morgen früh, in der Nationalbibliothek im Zentrum der Stadt, direkt an der Avenida Abancay. Dorthin ging er oft, um seine Kritiken zu schreiben und die Zeitungen zu lesen. Den Titel hatte er schon: »Und es wurde still unter der Brücke.«

In der Nacht dachte er weder an Ratten noch an gespenstische Nagetiere, befürchtete nicht, dass sie sich, wie es manchmal passierte, in seine Träume schlichen und ihm den Schlaf raubten. Und im Bett liegend, die Augen an die Decke gerichtet, war er immer noch hingerissen von dem Erlebnis, Lalo Molfino zu hören. Neben ihm schlief Matilde mit offenem Mund und wälzte sich herum, so wie jede Nacht. Er schaute zu ihr hinüber, und für einen Moment kam sie ihm so schön vor wie Cecilia Barraza. Er beugte sich über sie, wollte sie wecken, ihr Küsschen geben, auf die Wange, den Hals, fest entschlossen, so schwungvoll wie früher mit ihr zu schlafen, aber Matilde ging nicht darauf ein. Im Halbschlaf fuchtelte sie mit der Hand, als wollte sie im Albtraum einen Zudringling verscheuchen, und drehte sich schimpfend auf die andere Seite. Toño Azpilcueta nahm es gelassen. Er hatte Lalo Molfino gehört. Er würde etwas Schönes träumen, und morgen würde er den besten Artikel seines Lebens schreiben.

IV

Kaum war der *vals criollo* aufgekommen, der kreolische Walzer, machten sich – ein deutliches Zeichen für die Geschwindigkeit, mit der sich die Musik in allen sozialen Schichten Limas verbreitete – zahlreiche junge Männer aus gutem Hause, aber nicht eben mit guten Manieren auf den Weg in die volkstümlichen Viertel und die berühmten Callejones, wo der Vals gespielt, gesungen und getanzt wurde und die Jaranas zuweilen über Tage gingen. Dabei besuchten sie auch, wenig überraschend, die Bordelle, und manche hatten dort sogar Geliebte. Nicht selten kam es zwischen den Bewohnern der Callejones und den Hereingeschneiten zu Massenschlägereien. Die Neulinge bildeten eine Clique, die sich La Palizada nannte, eine Anspielung auf das krachende Donnern der Amazonasflüsse, die, wenn sie anschwollen, über die Ufer schossen und Häuser, Dörfer, manchmal auch Menschen mit sich rissen. Man gab ihnen den Spitznamen *faites*, Rowdys, Stenze.

Abelardo Gamarra, El Tunante, dieser großartige Journalist und namhafte Kreolist, hatte weder für die Palizada noch für den *faite* viel übrig. Letzteren definierte er so: »Das ist ein Raufbold, der so tut, als hätte er nicht mal vor dem Teufel Angst; oder einer, der tatsächlich keine hat; der *faite* ist der selbstverständliche Chef oder Anführer; einer, der sich aus eigener Kraft durchsetzt.« Und von den Mitgliedern der Palizada sprach er nicht besser: »Sie hatten nichts anderes im Sinn, als sich zu amüsieren, Frauen zu erobern, zu saufen und jede Rechnung mit den Fäusten zu begleichen; sie gaben aus, was sie konnten und von zu Hause hatten, egal wie; sie waren imstande, das Hemd des Vaters und den Unterrock der Mutter zur Peña mitzunehmen ... Sie prügelten sich, dass es eine Art hatte, versetzten Kopfstöße und Fausthiebe, dass die Leute ins Fieber sanken, und dem gewieftesten Streithahn, der nicht zur Bande gehörte, stellten sie ein Bein, dass er der Länge nach hinschlug.«

El Tunante sagt auch, dass die Gruppe La Palizada anfing, Politik zu machen und sich den Mächtigen in diesem Milieu anzudienen, aber eines der Mitglieder der Clique, Toni Lagarde, ein guter Freund des Verfassers dieser Zeilen, versicherte mir, dass das nicht stimmte, niemals hätte sich einer von ihnen auch nur im Geringsten in die Politik des Landes eingemischt.

So waren sie, verwegen, gewalttätig auch, sie schlugen sich, wenn es nicht anders ging, befeuert von ihrer sprießenden Männlichkeit. Angeführt wurden sie meist von keinem Geringeren als Alejandro Ayarza, dem Bruder von Doña Rosa Mercedes Ayarza de Morales, Schriftstellerin, Vals-Komponistin und überaus sympathisch; der gelehrte Eduardo Mazzini nennt sie »unsere große Kompilatorin volkstümlicher Themen«. Ein anderer Experte für den Vals, Manuel Zanutelli, unterstreicht dies.

Nun denn, Don Alejandro Ayarza, besser bekannt unter seinem Pseudonym Karamanduka, Chef dieser Bande »reicher Jüngelchen«, die auf Abwege geraten waren, ersann einen Vals namens *La Palizada*, dessen Text, sagen Eduardo Mazzini und Don Manuel Zanutelli, die Clique mit ihren zahlreichen Mitgliedern auf den Punkt brachte. Er ging so:

Die Palizada

Von den Jungs sind wir die bekanntesten
in dieser edlen und schönen Stadt,
wir sind auch die arrogantesten,
froh, wer so viel Witz und Köpfchen hat.

Auf den Jaranas sind wir die Gebieter,
wir winden Blumen mit dem Cajón,
und erhitzen Hiebe die Gemüter,
schleichen wir uns nicht davon.

Reich mir das Gläschen, das Gläschen, das Gläschen,
das Gläschen, das Gläschen …
Dir geb ich es nicht, Morenita, nicht mal mit Wässerchen,
Reich mir das Gläschen, das Gläschen, das Gläschen,
denn so erzieht der Karamanduka
sein Mädchen.

Her mit dem Tropfen, dem ehrlichen,
her damit, löschen wir den Brand,
her mit dem unentbehrlichen,
in Peru gemeinhin Rum genannt.

Es leben die Männer, die tüchtigen,
es lebe die Liebe, lebe das Geld,

es leben die Frauen, nur nicht die züchtigen,
es lebe der Schnaps, der uns aufrecht hält.

Reich mir das Gläschen …

Von den Chacritas werden unsere Füße
nach Puerto Arthur hingelenkt,
um die Zigarre zu genießen,
die Don Silverio uns schenkt.

So ziehn wir durch die Nächte
zum Klang der Gitarre, des Cajóns,
so vergeht das Leid, das fortgezechte,
im Dunst des süffigen Rums.

Reich mir das Gläschen …

Wir wollen feiern, uns amüsieren,
mit Arbeit haben wir nichts am Hut,
von den Liedern lassen wir uns führen,
der Gesang liegt uns im Blut.

Wir sind die Palizada, die bekannteste
der ganzen großen weiten Stadt;
und auch die imposanteste,
froh, wer so viel Witz und Köpfchen hat.

Reich mir das Gläschen …

Der Überlieferung zufolge stammt der Vals von Karamanduka selbst, komponiert zusammen mit dem Text eines Abends, als er und die Mitglieder der Palizada im Gefängnis saßen, sicherlich hatten sie sich bei einer ihrer Touren danebenbenommen, und es war in eine formidable Schlägerei ausgeartet, wie es nicht selten vorkam, schließlich waren sie schwungvolle Peruaner, die aufstrebende junge Generation des Landes, gespeist aus dem, was ein echtes Heimatgefühl zu bieten hat. Auch erzählt man sich, dass der Kommissar Karamanduka, als der ihn bat, sie freizulassen, herausforderte und sagte, er lasse sie gehen, wenn er auf der Stelle einen Vals mit einem schönen Text schreibe. Karamanduka schaffte es, den Vals in diesen kostbaren Minuten zu komponieren.

La Palizada war für die rebellischen Jungs das Ticket in die Freiheit. Ich werde später noch von der Romanze erzählen, die zwischen einem von ihnen, dem schon erwähnten Toni Lagarde, und der kleinen Schwarzen Lala aufkeimte, Muse einer der Hinterhofkolonien von Barrios Altos. Ihre Verbindung und unvergängliche Liebe ist ein empirischer Beweis und stützt die Hypothese, der die Leser in dieser Abhandlung noch begegnen werden.

So breitete sich der grandiose peruanische Walzer im Land aus, Höhepunkt unserer kreolischen Musik und heute allenthalben gespielt und getanzt. In einem seiner bemerkenswerten Artikel in *El Comercio* schreibt Gonzalo Toledo, dass es in der schönen Stadt Huancayo, an den Ufern des Río Mantaro, ebenfalls eine Palizada gab – die sogenannte Palizada Huanca, nach der indigenen Kultur, die vor den Inkas in der Region blühte –, welcher Ärzte, Anwälte und

Staatsbeamte angehörten, die zweifellos seriöser und gebildeter waren als ihre Vorbilder aus Lima.

Als ich nun durch die Straßen des alten Lima lief, auf der Suche nach den bekanntesten Callejones unserer Stadt, ebenjenen, die mit der kreolischen Musik vornehmlich in Verbindung standen, machte ich meine tragischste Erfahrung mit den Ratten. Mein geliebtes Lima, das lässt sich nicht leugnen, besitzt diesen Makel. Und es ist nicht die einzige Stadt, denn unter einer solchen Plage leiden alle alten großen Städte, Paris etwa, das so viele Jahrhunderte zählt und in seinem Untergrund Millionen von Ratten beherbergt. In Lima, in dieser Hinsicht keine Ausnahme, lief ich gerade durch Malambo, das illustre Viertel der Morenos, und steckte meine Nase in einen alten, fast verfallenen Callejón, als ich plötzlich spürte, wie mir etwas auf die Schulter fiel, es hatte sich vom Dach des Gemäuers gelöst. Erst dachte ich, es wäre ein Stück Ziegelstein, und ohne hinzuschauen, schlug ich mit der Hand danach, aber da es mir weiter auf die Schulter drückte, wandte ich den Kopf. Und mit einem so heftigen Zucken, dass mein Herz für einen Moment stillstand, sah ich, zu mir hinglotzend, noch benommen vom Schock und von dem Schlag, eine hässliche, fette graue Ratte, die Augen überrascht aufgerissen. Mir blieb die Luft weg, und ich konnte gerade noch ein weiteres Mal mit der Hand nach dem Tier schlagen. Die Ratte fiel auf den Boden, genauso erschrocken – vielleicht mehr noch als ich –, aber nur für ein paar Sekunden, dann flitzte sie los und versteckte sich unter dem ringsum verstreuten Müll.

Wie jedes große Land hat auch Peru dergleichen Schönheitsfehler. Mit den Ratten kommen Verwesung, Krankheit,

Schwäche, sie untergraben den von der Musik geschaffenen kollektiven Geist. Diesen Viechern den Garaus zu machen ist eine Frage der Ästhetik, mehr noch aber ein moralisches Gebot. Ich appelliere an die Einsicht und Vernunft der zuständigen Behörden.

V

Ein paar Monate waren vergangen seit jenem Abend in Bajo el Puente, und Toño Azpilcueta hatte nichts weiter von Lalo Molfino gehört. Er dachte, die Fachpresse würde über die Tournee von Perú Negro durch Chile berichten, aber die Zeit verstrich, und nirgends fand er die kleinste Notiz, auch wenn er sich jede Woche pünktlich zu den Kiosken begab, um auf die Zeitschriften zu warten und sie durchzublättern. Dann kam ihm zu Ohren, dass der junge Mann aus Chiclayo Perú Negro verlassen habe, um Cecilia Barraza zu begleiten, und so verabredete er sich mit ihr im Café Bransa an der Plaza de Armas, wo er, sofern seine Finanzen es erlaubten, gerne frühstückte. Allein bei dem Gedanken an sie flatterte ihm das Herz. Und wie immer, wenn er sich unter einem Vorwand mit Cecilia Barraza traf, war er nervös, voller Erwartung, weshalb er auch Dr. José Durand Flores nicht gleich erkannte, als der auf seinen Tisch zutrat. Er trug Brille und Krawatte und einen Anzug, der ihm offenbar zu eng war. Als er ihm die Hand gab, kam er ihm riesig vor, wie aus dem Maß gefallen.

»Sind Sie allein?«, fragte er. »Darf ich mich zu Ihnen setzen und mit Ihnen frühstücken?«

»Es ist mir eine Ehre«, sagte Toño, stand auf und verbeugte sich. »Ich bin Ihnen Dank schuldig, und ich weiß nicht, wie ich es Ihnen vergelten soll. Sie haben mir einen wunderbaren Abend in der Gesellschaft von Lalo Molfino geschenkt.«

Mit einem Schnaufen ließ sich Dr. Durand Flores auf einen Stuhl sinken, er knarrte unter seinem Gewicht.

»Hier gibt es die himmlischsten Chancays mit Käse aus der Sierra«, sagte er, und dann schüttelte er den Kopf, als wollte er diese Peña, Lalo Molfino und alles, was ihm seither passiert war, vergessen.

Er bestellte beim Kellner die Delikatesse, die ihm so den Mund wässrig machte, und eine große Tasse Milchkaffee.

»Früher habe ich heiße Schokolade getrunken«, sagte er und wechselte verärgert das Thema. »Der einzige gute Kakao in Peru kommt aus Cusco, und den findet man kaum noch.«

Toño Azpilcueta ignorierte die Bemerkung und wandte sich wieder dem Thema zu, das er für bedeutsam erachtete: Lalo Molfino und seine Tournee durch Chile. Wie hatten die Menschen dort reagiert, die nicht das Glück hatten, sich Peruaner zu nennen? Hatten sie sich Lalo Molfinos Talent gebeugt? Hatte seine Gitarre es geschafft, das wilde Mapuche-Blut zu zähmen? Dr. Durand Flores mochte das Thema nicht weiter vertiefen und sagte, es sei ein einziger Reinfall gewesen. Die Gruppe Perú Negro habe sich am Ende aufgelöst, und nein, er wolle nicht weiter darüber reden und auch nicht in die Details gehen.

»Am Mittwoch fliege ich nach Paris, dort trinke ich wieder eine heiße Schokolade«, sagte er noch. »Ich hoffe, ich komme für längere Zeit nicht zurück nach Lima. Auch nicht nach Peru.«

Er sagte es mit einer so verdrossenen Miene, dass Toño Azpilcueta schwieg, er hatte verstanden, wie unwohl Dr. José Durand Flores sich fühlte.

»Ich wollte Ihnen nur sagen, dass ich den Abend in Bajo el Puente nicht vergessen habe«, sagte Toño schließlich. »Dank Ihnen und dank Lalo Molfinos Gitarre. Seither geht er mir nicht aus dem Kopf. Ich wusste nicht, wo ich Sie telefonisch erreichen konnte, um Ihnen zu danken.«

Man hatte den Milchkaffee und die beiden Chancays mit Käse aus der Sierra gebracht, und Dr. Durand Flores betrachtete sie, nickte. Er war nicht dick, sehr wohl aber eine von Kopf bis Fuß füllige Erscheinung. Seine Stimme war sanft, freundlich, beruhigend.

»Ich hoffe, Sie haben meinen Artikel in *Folklore Nacional* gelesen«, sagte Toño Azpilcueta in die Stille.

»Nein, den habe ich nicht gesehen«, antwortete Dr. Durand Flores und setzte an, den ersten Chancay zu verschlingen, er biss ordentlich hinein. »Ich versuche, diesen Abend in Bajo el Puente zu vergessen.«

»Ich werde mich mein Leben lang daran erinnern«, sagte Toño. »Dass ich Lalo Molfino gehört habe, ist, denke ich, die kostbarste musikalische Erfahrung, die ich je gemacht habe. Ich habe nicht wieder von ihm gehört. Er hat sich nicht einmal bedankt für den begeisterten Artikel, den ich über sein Konzert geschrieben habe.«

»Den hat er bestimmt nicht gelesen. Ich glaube nicht, dass Lalo überhaupt etwas gelesen hat«, sagte Dr. Durand Flores. »Wussten Sie nicht, dass der Junge gestorben ist? Manche sagen, er hat sich umgebracht.«

Toño Azpilcueta war, als würde ihm das Herz stillstehen,

als ginge im selben Moment die Welt unter. Lalo Molfino tot? Selbstmord? Er dachte schon, er würde anfangen zu weinen, und er musste die Augen weit aufreißen, damit sie nicht allzu feucht wurden. Tränen und die Ratten, von denen er fantasierte, waren seine beiden großen Schwachpunkte. Dr. José Durand Flores, ihm gegenüber, kaute genüsslich und nippte an seiner Tasse Milchkaffee.

»Er war ein sehr seltsamer Junge«, sagte er plötzlich und kaute kräftig weiter. »Ich hatte ihn engagiert, weil er so gut Gitarre gespielt hat. Aber unten in Chile hat er uns nur Kopfschmerzen bereitet. Er wollte sich mit niemandem zusammentun, wollte nicht als Gruppe spielen, nur allein. Ein Albtraum. Alle meine Negritos haben ihn gehasst, sie dachten, er würde auf sie herabblicken. Dabei hat er gar nicht gemerkt, dass es die anderen überhaupt gab. Ich glaube, Lalo Molfino war der eingebildetste Mensch der Welt. Er hat sich für den besten Gitarristen Perus gehalten. Na ja, das war er schließlich auch, oder?«

»Das denke ich, ja«, sagte Toño Azpilcueta, er konnte es noch nicht hinnehmen, dass dieser dünne Zambo mit den Lackschuhen gestorben war. Und mit brüchiger Stimme fragte er: »Wie ist er gestorben?«

»Tuberkulose. Glaube ich. Er hatte in beiden Lungenflügeln ein Loch, dazu noch andere Krankheiten«, sagte Dr. Durand Flores. »Er hat natürlich nichts gegessen. Aber in Lima hieß es, er hätte Selbstmord begangen. Ich war nicht hier, sondern in Santiago, und habe versucht, die Schulden der Truppe zu begleichen. Wir haben alles Geld verloren, das wir in Perú Negro gesteckt hatten. Ein einziges Desaster, die Tournee. Für mich und meine Partner.«

Toño Azpilcueta bestürmte ihn jetzt mit tausend Fragen.

»Ich kann nicht viel sagen, nur dass er hier in Lima gestorben ist, kurz nach seiner Rückkehr aus Chile. Es kam plötzlich, im Hospital Obrero, offenbar hatte er das Glück, dass man ihn dort aufgenommen hat. Traurig, nicht wahr? Ein großer Verlust.«

Er aß auf, streckte die Hand nach dem Kellner aus und bat um die Rechnung.

»Wollen Sie wirklich schon gehen, Doktor?«, fragte Toño. Beim Duft der Chancays mit Käse aus der Sierra, der noch über dem Tisch schwebte, bekam er Appetit.

»Am Mittwoch, ich zähle die Stunden.«

»Sie werden uns fehlen in Peru, Doktor«, sagte Toño Azpilcueta, und nach einem kurzen Zögern ging er vom Bedauern über zum Vorwurf. »Bei allem Respekt, ich frage mich, was die Intellektuellen dieses Landes in Frankreich verloren haben. Man kann einfach nichts Gutes lernen von den Froschbeißern. Denken Sie nur an César Moro, den haben sie uns schwul zurückgeschickt. Und er wird nicht der Einzige gewesen sein. Alle, die gehen, halten sich danach für etwas Besseres und ziehen nur noch über Peru her.«

Dr. Durand Flores hätte beinahe gelacht oder sich verschluckt oder beides zugleich. Er legte ein paar Scheine auf den Tisch und gab Toño die Hand.

»Wünsche Ihnen noch einen guten Morgen, mein Verehrtester.«

»Und Ihnen eine gute Reise, Doktor«, sagte Toño Azpilcueta, der zur Förmlichkeit zurückgefunden hatte. »Ich bin zuversichtlich, Sie bald wieder in Ihrer Heimat zu sehen. Wir haben Lalo Molfino verloren, hoffen wir, dass wir Sie nicht auch noch verlieren.«

Toño sah, wie er, nachdem er bezahlt hatte, aus dem Bransa verschwand, ein großer Schwabbel, immer in Eile. Und glücklich, keine Frage, nachdem er so gut gefrühstückt hatte. Er selbst war fix und fertig. Lalo Molfino tot, vielleicht Selbstmord? In der Nacht würde er wieder Albträume haben, heimgesucht von Nagetieren. Die Menschheit, das spürte er, hatte eines dieser Talente verloren, die es rechtfertigten, dass der Mensch auf Erden wandelte. Wozu sollte er jetzt, nach dieser Nachricht, noch auf Cecilia Barraza warten? Um das Treffen hatte er gebeten, weil es bei seinen vielen Nachforschungen über Lalo Molfino geheißen hatte, Cecilia habe ihn aus ihrer Gruppe entlassen, als sie feststellte, dass er in sie verliebt war. Ob das stimmte? Oder war es bloß haltloses Gerede? Das herauszufinden brächte nicht mehr viel. Jetzt ging es nur noch darum, sich bei Cecilia dafür zu entschuldigen, dass er ihr das morgendliche Treffen zugemutet hatte, und Lalo Molfino ein für alle Mal zu vergessen.

Doch als Cecilia Barraza eine halbe Stunde später ins Bransa trat, saß Toño Azpilcueta noch genauso an seinem Tisch, unendlich traurig, nicht eine Sekunde war ihm dieser junge Zambo aus dem Kopf gegangen, den er auf eine Weise hatte Gitarre spielen hören, dass das Leben für ihn zu einem Fest geworden war, oder besser gesagt, dass es ihm das Leben auf den Kopf gestellt hatte. Mit Cecilias Hereinkommen hellte sich sein Gemüt ein wenig auf. Sie war die einzige echte Freundin, die er im kreolischen Künstlermilieu hatte, oder zumindest mochte er den Gedanken. Schon immer war er, auch wenn er nie ein galantes Wort zu ihr gesagt hatte, in sie verliebt gewesen. Es war eine heimliche Liebe, die er tief in seinem Herzen trug, fest davon überzeugt, dass Cecilia ihn weit überragte, wahrlich unerreichbar. Er hatte viele Artikel über sie geschrieben, sie in den Himmel gehoben, hatte von der Eleganz und Zartheit ihres Gesangs gesprochen, von der Art, wie sie sich kleidete, und ihrem grazilen Gang über die Bühne. Ihre Schallplatten hatte er alle aufbewahrt, und er hörte sie verzückt, immer allein, denn von allen Sängerinnen und Sängern der kreolischen Musik war Cecilita mit Abstand diejenige, die Matilde am meisten verabscheute.

»Warum bist du so blass?«, fragte sie. »Man könnte meinen, du fällst gleich in Ohnmacht, Toño.«

»Pepe Durand war hier, zum Frühstücken«, sagte er. »Er hat mir etwas Schreckliches mitgeteilt. So schrecklich, dass ich tatsächlich fast in Ohnmacht gefallen wäre. Lalo Molfino ist tot.«

»Das wusstest du nicht?«, sagte Cecilia.

Sie war wie immer sehr elegant, mit einem leichten Schultertuch, hohen Lederstiefeln und unterm Arm einer kleinen Tasche in der Farbe ihres Regenmantels. Perfekt geschminkt. Sie sah aus, als wäre sie eben noch unter der Dusche gewesen, und als sie auf dem Stuhl neben Toño Platz nahm, glänzten ihre lebhaften Äuglein wunderschön, voller Licht, ihre Hände schienen frisch manikürt zu sein. Noch ganz benommen dachte er, wie glücklich er gewesen wäre, hätte er eine so schöne Frau geheiratet wie die, die jetzt an seiner Seite saß. Doch sofort holten seine düsteren Gedanken ihn wieder ein. Lalo Molfino tot? Er konnte es nicht glauben.

»Eigentlich wollte ich mich mit dir treffen, um über Lalo Molfino zu sprechen«, sagte Toño, seine Stimme war nun eine andere. »Aber das ist jetzt auch egal. Stimmt das? War der Zambito in dich verliebt?«

»So hieß es«, sagte Cecilia und lächelte, als ginge sie das Gerede nichts an. Sie sprach leise, damit die Leute am Nebentisch sie nicht hörten. »Aber er hat mir nie etwas gesagt. Lalo war sehr schüchtern, vielleicht hat er sich nicht getraut. Er hat mir nie das kleinste Kompliment gemacht. Hat mich immer gesiezt. Dabei ist er zwei Monate mit meiner Gruppe aufgetreten. Wenn du wüsstest, was er mir für Kopfschmerzen bereitet hat.«

»Du kanntest ihn also recht gut«, schloss Toño und nahm endlich einen Schluck von seinem Kamillentee, der inzwischen, wie nicht anders zu erwarten, eiskalt war. Cecilia hatte einen Tee mit Zitrone und eine kleine Flasche Mineralwasser bestellt, wie immer.

»Er war ein Genie, keine Frage«, sagte sie. »Aber auch eingebildet, eitel, ein überaus schwieriger Mensch. Ein Neurotiker, wie ich noch keinem je begegnet bin. Er hat sich geweigert, mit den anderen Musikern zu spielen, wollte Nummern für sich allein. Alle in der Truppe haben ihn gehasst, für sie war er ›der Einzigartige‹. Weil er nie mit ihnen gesprochen hat und alle den Eindruck hatten, dass er immer auf sie herabsah. Schon wahr, er hat wunderbar Gitarre gespielt. Aber hätte ich ihn nicht rausgeworfen, hätte mir die ganze Truppe gekündigt. Erst am letzten Tag, als er kam, um sich zu verabschieden, sah er ein wenig traurig aus. ›Ihnen widme ich mein Schweigen‹, hat er gesagt. Er ist dann fast davongerannt. Ich weiß nicht, was er mir damit sagen wollte: ›Ihnen widme ich mein Schweigen.‹ Verstehst du das?«

»Als ich ihn an der Gitarre gehört habe, in Bajo el Puente, da dachte ich, es wäre eine Stille eingekehrt, wie es sie manchmal beim Stierkampf gibt«, sagte Toño. »Es rührt mir an die Seele, dass er dir gesagt hat: ›Ihnen widme ich mein Schweigen‹, Cecilia. Er war in dich verliebt, das ist doch klar.«

Toño sah sie an. Cecilia hatte sich ihre Jugend bewahrt. Er musste an sie denken, als sie noch ein Mädchen war und El Negro Ferrando sie in seiner Sendung auf Radio América entdeckte, mit dieser sanften Stimme und diesen Augen. Wie oft hatte er sie interviewt oder über sie geschrieben, sie gepriesen! Dutzende, vielleicht Hunderte Male. Und er bereute es nicht, denn sie enttäuschte ihre Bewunderer nie.

»Ich hatte dich um das Treffen gebeten, damit du mir sagst, wie ich Lalo Molfino kontaktieren kann«, gestand Toño und zuckte die Achseln. »Ich wollte ihn kennenlernen, ihn interviewen. Armer Kerl. Nach dem Gespräch mit Dr. Durand Flores war ich völlig fertig und verwirrt. Ich nehme an, es hat keinen Sinn mehr, noch weiter über ihn zu recherchieren.«

»Na ja, ein paar Sachen könnte ich dir über Lalo erzählen«, sagte Cecilia und klappte ihre funkelnden Augen auf und zu. »Er war ein Genie an der Gitarre, aber ein seltsames Genie, sehr seltsam. Er ist nie rausgegangen, nur als Beispiel. Auf einen Spaziergang, meine ich, wie wir anderen. Um die Orte kennenzulernen, wo wir aufgetreten sind. Wir waren in Ica, in Arequipa, in Puno und in Cusco. Wir sind oft spazieren gegangen. Nur er nicht. Er wollte nicht mal einen Blick auf den Titicacasee werfen. Er hat sich in seinem Hotelzimmer eingeschlossen, um die Saiten seiner Gitarre zu wechseln, sie zu stimmen. Damit hat er den ganzen Tag verbracht. Du glaubst mir nicht? Ich schwöre es dir. Sightseeing hat ihn kein bisschen interessiert, er hat sich auch mit niemandem getroffen. Das Einzige, was ihn im Leben interessiert hat, war seine Gitarre. Tag und Nacht war er damit beschäftigt, an den Stimmwirbeln zu drehen, das Instrument zu lackieren, die Mechanik zu ölen. Er hat für seine Gitarre gelebt.«

»Das heißt, du hast ihn aus der Truppe rausgeworfen«, sagte Toño. »Obwohl er ein Genie war.«

»Er ist mit niemandem ausgekommen, und die anderen Musiker haben ihn gehasst. Sein Talent haben sie anerkannt, das schon, aber sie haben ihn für verrückt gehalten. Ich denke, ganz so verrückt war er nicht. Vielleicht war es eine Pose, oder er war einfach so.«

»Wie hast du von seinem Tod erfahren?«

»Jemand hat mir gesagt, dass er sehr krank ist und im Hospital Obrero liegt«, sagte Cecilia. »Also habe ich ihn besucht.«

Er war nur noch ein Wrack, Cecilia erkannte ihn kaum wieder in dem Gemeinschaftszimmer mit den vielen Kranken. Der Arzt hatte Cecilia gesagt, sie solle ihn besser nicht anfassen und auf gar keinen Fall küssen, er habe eine schwere Tuberkulose, lange würde es nicht mehr gehen. Die ganze Zeit spucke er Blut, und er könne jeden Moment sterben, aber Verwandte habe das Krankenhaus nicht ausfindig machen können. Sie ging an sein Bett, er hatte die Augen geschlossen, und solange die Sängerin bei ihm war, machte er sie nicht auf.

»Er war immer schon sehr dünn gewesen«, sagte Cecilia. »Aber jetzt war er noch mehr abgemagert ... Nur Haut und Knochen. Er schlief, oder zumindest sah es so aus. Vielleicht hatte er keine Lust, mit jemandem zu reden. Ein paar Tage später bin ich noch mal hingegangen, aber da war er schon gestorben. Da niemand sich gemeldet hat, hat man ihn in einem Massengrab beerdigt.«

»In einem Massengrab?« Toño Azpilcueta war empört, er konnte es nicht glauben. Und dann verspürte er ein Unbehagen, ein Jucken, ein Brennen in der Brust. In der Nacht würden die Albträume schlimmer sein als sonst.

»Das zumindest haben sie mir im Krankenhaus gesagt. Ich habe nicht weiter nachgefragt. Offenbar machen sie das so, wenn sich niemand für den Leichnam eines Patienten meldet – sie beerdigen ihn in einem Massengrab. Ich mag es nicht, nachzubohren, wenn Menschen gestorben sind. Armer Junge. Niemand wusste etwas über ihn. Vielleicht hatte er keine Familie. Er kam aus Chiclayo, hieß es.«

»Ja«, sagte Toño, »aus Chiclayo. Na ja, nicht direkt aus der Stadt. Offenbar ist er in der Umgebung geboren, in Puerto Eten.«

Sie saßen beide da und schwiegen. Toño sagte nichts, weil er das Gefühl hatte, ihm würde die Stimme versagen und er würde sich vor Cecilia lächerlich machen. Vor lauter Rührung hätte er am liebsten geweint. Und das um einen Menschen, mit dem er in seinem Leben kein Wort gewechselt hatte! Es ging ihm so zu Herzen, dass er noch im selben Moment eine Entscheidung traf. Er würde ein Buch über Lalo

Molfino schreiben, egal wie. Er würde in Zeitungen und Zeitschriften recherchieren, würde mit allen Menschen sprechen, die ihn jemals gekannt hatten. Das Buch wäre eine Hommage an sein unglaubliches Talent, aber auch noch vieles mehr. Endlich würde er seine Ideen zum Vals darlegen, die ihm jedes Mal durch den Kopf gingen, wenn er sah, welche Wirkung die Musik auf das Publikum hatte, zumal an jenem Abend in Bajo el Puente, als Lalo Molfino spielte. Und selbst wenn er keinen Verlag fände, das würde er schreiben: Hier in Peru ward uns die beste Gitarre der Welt geboren. Cecilias Nähe ließ sein Herz schneller schlagen, was ihm Mut machte. Sie roch gut, nach frischem Wasser und zarten Düften. Und immer lächelte sie, eine so schöne Frau, so anmutig. Dass man diesen außerordentlichen Gitarristen in ein Massengrab geworfen hatte, weil niemand nach seinem Leichnam gefragt hatte, es traf ihn ins Mark. Nicht einmal der Tod von Professor Hermógenes A. Morones, seinem wundervollen Lehrmeister aus Puño, hatte ihn so geschmerzt. Er musste an die Totenwache denken. So viele Menschen waren gekommen, der Präsident der Republik hatte sogar einen Kranz geschickt. Was für ein Unterschied. Das war ein Unrecht, das war nicht fair. Er würde sein Buch über die peruanische Musik schreiben, und es wäre, ganz sicher, selbst wenn er die Veröffentlichung aus eigener Tasche bezahlen müsste, eine posthume Hommage an den Gitarristen und ein Beitrag zur Lösung der großen Probleme des Landes.

VI

Niemand weiß, wann der Brauch der Einwohner Limas entstand, in die Pampa de Amancaes hinaufzuziehen, um dort zu tanzen und zu singen und sich einen vergnüglichen Tag zu machen; bekannt ist nur, dass es in den Anfängen ein religiöses Fest war, begangen jedes Jahr am 24. Juni. Den Aquarellen von Pancho Fierro aus dem 19. Jahrhundert entnehmen wir, dass es ein sehr altes Fest ist, gefeiert vielleicht schon vor hundertfünfzig Jahren, und dass die Menschen herbeikamen, um den Ño Carnavalón zu Grabe zu tragen, der den Karnevalsumzug angeführt hatte. Manche sagten, selbst Pater Bernabé Cobo habe ein Kapitel seiner *Historia del Nuevo Mundo* (Geschichte der Neuen Welt) von 1653 der buntgemischten Menge gewidmet, die an diesem Tag auf den Hügeln über der Stadt erschien. Und der Historiker Raúl Porras Barrenechea versicherte, er sei auf die Legende eines Eremiten gestoßen, der bei seinem Tod im Ruf der Heiligkeit gestanden habe, mit ihm hätten diese Wallfahrten begonnen. Auch heißt es, ein wohlhabender Minenbesitzer aus Potosí, Aurelio Collantes, habe dort eine dem heiligen Johannes geweihte Kapelle errichten lassen, in der man den Johannistag feierte und die Aufnahme der Kreuzritter stattgefunden habe.

In Wahrheit weiß niemand Genaues. Über die Ursprünge

gibt es die wildesten Spekulationen. Was zählt, ist allein, dass zu der Zeit, als in dieser Ebene in den Hügeln die Amancaes auftauchte, jene außergewöhnliche gelbe Blume, alle Einwohner Limas hinaufzogen, aus allen sozialen Schichten, von den Schönen und Reichen bis zu den einfachsten Leuten und bepackt mit ihren ungleichen Musikinstrumenten, und dann ließen sie sich nieder und begannen zu spielen. Zwischen den Gruppen tollten die Kinder und die Hunde, und natürlich nutzten die Reiter die Gelegenheit, mit ihren Pferden zu renommieren und sie auch mal zum Tanzen zu bringen. So machten sie den Mädchen den Hof, vor den Augen der Eltern. Sehr wahrscheinlich entstand ebendort, in der Pampa de Amancaes, der peruanische Walzer, was auch die ersten in Lima aufgenommenen Fotos bestätigen.

Die Zeugnisse stimmen überein. In die Pampa de Amancaes kamen sie alle, von den hochnäsigen Weißen bis zu den barfüßigen Cholos, die ihr Quechua allmählich vergaßen und anfingen, Spanisch zu radebrechen. Dazu die Chinesen und die Japaner und die Spanier und sonstigen Ausländer. Alle Sprachen waren zu hören. Und alle trafen sich dort, von den alten Gitarristen, die zu den Anfängen des Vals gehörten wie José Ayarza y Gómez Flores, Pedro Fernández oder Luis A. Molina und weiteren namhaften Vertretern der Alten Garde, der Generation von Felipe Pinglo Alva, bis zu Doña Rosa Mercedes Ayarza de Morales, die Dutzende, wenn nicht Hunderte von peruanischen Liedern zusammentrug und sie von der Bühne des Teatro Politeama aus bekannt machte. Dort lernten die kleinen Jungen und Mädchen von den Älteren, den Tanz der Teufelchen zu tanzen –

noch heute weiß niemand, wie er ging, und wahrscheinlich wird man es auch nie erfahren – oder Gitarre, Mundharmonika, die Vihuela zu spielen oder auf den Fohlen zu reiten und sich inmitten der Menge Rennen zu liefern.

Don Pedro Bocanegra, ein anderer Musiker, war berühmt für die Ständchen, die er halb Lima darbrachte, ob zum Geburtstag älterer Herrschaften oder junger Mädchen. Seine kraftvolle Stimme eilte ihm durch die Straßen voraus, und alle begrüßten ihn als begnadeten Vertreter der Alten Garde. Der schlichte Klang der Basssaiten seiner Gitarre öffnete ihm die Türen, und seine männliche Stimme sorgte dafür, dass seine Ständchen die Menschen zuhauf versammelten. Bei Tagesanbruch kehrte Don Pedro dann zurück in sein Zimmer im Callejón del Pino, in der Calle Patos, denn er habe, wie er sagte, »eine Nacht der Boheme erlebt«. Er war einer derjenigen, die an den Ausflügen in die Pampa de Amancaes teilnahmen und, wie auch andere, von allen respektiert wurden.

Ständchen wurden viele dort oben dargebracht. Die jungen Männer ließen es sich nicht nehmen, ihre Angebeteten zu umschmeicheln und sich nebenbei auch bei den besseren Familien bekannt zu machen, auf dass sie sie akzeptierten. Und die jungen Frauen, versteht sich, waren stolz auf die Ständchen, die manchmal über Stunden oder gar Tage gingen und sie den anderen Familien empfahlen, strengen Familien in der damaligen Zeit und so katholisch, dass sich ihr Leben zwischen Geburten, Totenwachen, Beerdigungen und Prozessionen abspielte.

Ältere Fotos zeigen bekannte Persönlichkeiten wie Juan Francisco Ezeta oder Pedro Fernández an den Orten, wo sich die Ärmsten versammelten und barfuß den Tanz der Teufelchen tanzten. Unklar bleibt, ob die kostümierten Gruppen Teufel darstellten, die aus dem Friedhof (und aus der Hölle) ausgebrochen waren, oder ob die tanzenden Paare sie in die tiefsten Tiefen des Infernos zurückjagen wollten, auf dass sie dort bis ans Ende aller Zeiten schmorten. Es verlieh der Pampa de Amancaes einen etwas bedrohlichen religiösen Anstrich, doch davon abgesehen war dieses Volksfest, zu dem nicht nur Abertausende Menschen strömten, sondern manchmal auch der Präsident der Republik, eines der fröhlichsten. Die Familien stimmten sich lange darauf ein, bügelten ihre Kleidung und besserten sie aus, bereiteten reichlich Getränke und Essen zu für die zwei oder drei Tage, die sie dort oben verbringen würden, nahe den Wolken, wo sich ein Meer gelber Blumen über die Gesichter der Mädchen und ihrer Kavaliere legte.

Als Chabuca Granda ihre wunderschönen Valses schrieb, die rund um die Welt die Pampa de Amancaes feierten, war das alles bereits Vergangenheit. Die Stadt hatte sich immer weiter ausgebreitet und den Raum beschnitten, wo das Fest einst stattfand, und die neuen Bauten fraßen an dem Gelände, auf dem die Menschen in früheren Zeiten tanzten und sangen.

Heute ist der Paseo de Amancaes, der Ausflug zum ländlichen Fest unter gelben Blumen, mehr eine Idee als eine Realität. Eine Idee von Wohlgefühl und Gemeinschaft im Gedenken daran, wie die Einwohner Limas, egal aus welcher sozialen Schicht, egal welcher Hautfarbe oder ethnischen Herkunft, hinaufzogen, um sich zu vergnügen. Und zu den Klängen der Musik, inmitten der Tänze, entstand in jenen

Tagen auf geheimnisvolle Weise ein magischer Tanz, der peruanische Walzer, der, von niemandem erfunden, nach und nach hervortrat als ein Band zwischen all diesen Menschen, die, durch die vielfältigsten Vorurteile auseinandergerissen und voneinander getrennt, beim Fest ihre gesellschaftlichen Ressentiments vergaßen und begannen, ihre Artgenossen zu schätzen und sich an ihrer Seite der Freude hinzugeben.

Alles deutet darauf hin, dass es in der Pampa de Amancaes kaum je zu größeren Handgreiflichkeiten kam. Wer es auf eine Auseinandersetzung anlegte, eine Schlägerei oder auch nur einen Streit, wurde sofort beiseitegenommen, und das freundliche Wort wog mehr als ein böses. Alle verbrüderten sich dort oben, und in gewisser Weise liebten sie sich auch – das war Peru.

Später dann, angestoßen von Chabuca Grandas Erfolg mit ihren Polkas und Tänzen, wollten die Regierungen wie auch die Menschen die guten alten Zeiten wieder aufleben lassen, und sie wandten sich an alte Größen der kreolischen Musik wie Alcides Carreño und Alberto Condemarín. Aber es gab keinen Platz mehr. Das Anwachsen der Stadt hatte die Pampa immer weiter schrumpfen lassen, bis sie zu dem wurde, was sie heute ist, eine kleine Grünanlage zwischen Häusern, Parkplätzen und modernen Bauten. Und dennoch, in früheren Zeiten muss die Pampa de Amancaes die Geburtsstätte des Vals gewesen sein, des peruanischen Walzers, der das Zeug hat, die Bewohner des Landes über alle Vorurteile und Bannflüche hinweg zu vereinen und ihnen einen festen musikalischen Boden zu schaffen, auf dem sich, ohne dass irgendwer danach gerufen hätte, diese Verbindung zwischen ihnen allen schmieden ließe, etwas, was uns heute zum Träumen bringt. Das ist meine feste Überzeugung, und solange niemand das Gegenteil beweist, glaube ich daran.

VII

Toño Azpilcueta wusste, dass ihm die sandigen Weiten, die sich im Süden und im Norden von Lima an der peruanischen Küste erstreckten, gefallen würden. Und tatsächlich, dort waren sie, rings um den Bus des Unternehmens Roggero, der ihn von Lima nach Chiclayo brachte. Er war nicht viel herumgekommen in Peru, nur einmal mit dem Flugzeug nach Cusco und, ebenfalls mit dem Flugzeug, nach Trujillo, auf Einladung des Club Libertad und von Guillermo Ganoza, dem so vornehmen wie sympathischen Sohn der Stadt, um als Jurymitglied am Marinera-Festival teilzunehmen, einem Wettbewerb, der, nebenbei gesagt, seit seiner Gründung 1960 zu einem Riesenerfolg geworden war.

Aber er hatte sie nie gesehen, diese Landschaft mit den unendlichen blassgelben, manchmal ins Graue spielenden Sandflächen, den schäumenden Wellen des Meeres zu seiner Linken und, zu seiner Rechten, den Ausläufern der Anden, die er sich so oft vorgestellt hatte, nach Fotos oder den Texten zur Geschichte, die er, das allerdings, immer wieder las.

Dort war der großartige Sand, der sich, als der Bus Trujillo passiert hatte, weiter hinzog nach Chan Chan, der ehemaligen Festungsstadt aus Lehmziegeln, wo die alten Peruaner ihre Toten bestatteten, ob Mensch oder Tier, ihre Lendenschurze, ihre Püppchen, ihre Knotenschnüre, das alles leicht, grazil, originell, blühend und gedeihend in den kleinen Kulturen an der Küste und woran es den großen Kulturen im Hochland fehlte, kriegerischen Zivilisationen, die auf Eroberungen aus waren, erst die Aymara, dann die Inkas, die keine Zeit verschwendeten mit dem Weben prächtiger Umhänge aus Vogelfedern wie in der Paracas-Kultur, bestimmt allein zum Betrachten und um sich daran zu erfreuen. Er konnte sich nicht sattsehen an den Stränden mit ihren Wellen, die so stürmisch brandeten, als wollten sie die von den Bergen herabkommenden Steine lebendig verschlingen.

Er war überglücklich. Schon seit Tagen hatte er keine Albträume mehr, träumte nicht Tag und Nacht von den widerlichen Viechern, und dank dem Geld, das sein Freund Collau ihm geliehen hatte, konnte er endlich die Reise nach Chiclayo und Puerto Eten antreten. Nachdem Collau abendelang zugehört hatte, wie er ihm von dem traurigen und kurzen Leben des Gitarristen aus Chiclayo erzählte, erschien er eines Morgens bei ihm zu Hause, ein wenig verdruckst, seinem Blick ausweichend, eine Hand in der Tasche.

»Ich komme, um dir was Gutes zu tun«, sagte der Chinese Collau. Toño hätte ihn für gleich alt gehalten, aber die Chinesen hatten nun mal alle dieses undefinierbare Alter, ob jung oder alt, und sein Freund war keine Ausnahme.

»War nett, unser Gespräch gestern Abend, oder?«, sagte Toño Azpilcueta. Er war wie entfesselt gewesen und hatte in einem fort von Lalo Molfino gesprochen und von der für Peru so charakteristischen *huachafería*. »Ich glaube, ich habe kein Ende gefunden und war irgendwann bei den Inkas und ihrem Tahuantinsuyo, nicht wahr, Junge?«

»Und wie, du hast geplappert wie ein Papagei«, sagte Collau mit bewegter Stimme. »So viel, dass ich lange nicht einschlafen konnte, ich musste immer an die Geschichte denken, die du uns erzählt hast. Die hat uns sehr berührt, mein Lieber. Was für ein trauriges Leben, dieser Junge. Und dann noch verliebt in Cecilia Barraza. Und was er ihr zum Abschied gesagt hat, das war so schön: ›Ihnen widme ich mein Schweigen.‹«

»Na ja, wenn ich von Lalo Molfino spreche, geht mir das sehr nahe, mir kommen sogar die Tränen«, sagte Toño und klopfte Collau auf die Schulter. »Und was willst du mir Gutes tun, wenn ich fragen darf?«

Sie waren befreundet, seit sie sich eigenhändig ihre Häuschen gebaut hatten, Jahre war das her, in diesem Viertel mit seinem selbstlosen Bürgermeister, Michel Azcueta mit Namen, einem eingebürgerten Peruaner spanischer Herkunft, der so war wie kein Zweiter. Sie hatten beide keinen Eigentumstitel für ihr Grundstück, aber wenn die Worte des Bürgermeisters stimmten, würde das noch kommen. Abends unterhielten sie sich oft, es waren Gespräche, an denen Gertrudis, Collaus Frau aus dem Hochland von Ayacucho und Mutter seiner drei Töchter, normalerweise nicht teilnahm, sie kam allenfalls kurz vor die Tür, schaute ihnen mürrisch zu, ohne ein Wort, und ging wieder hinein.

»Ich leihe dir fünftausend Sol, mein Bester«, sagte sein Freund Collau, ihm war unbehaglich, er wich seinem Blick aus, stammelte fast. »Damit du das Buch schreiben kannst, das du dir in den Kopf gesetzt hast, über Lalo Molfino und die ganzen Sachen zu Peru. Damit du nach Chiclayo fahren kannst und herausfindest, was es auf sich hat mit dem Leben dieses dünnen Jungen. Schreib das Buch, Toño. Du wirst viele Menschen zum Weinen bringen, wenn du es so erzählst wie uns gestern Abend. Du hast ja gesehen, deiner Frau sind auch die Tränen gekommen.«

Toño wusste nicht, was er sagen sollte. Fünftausend Sol wollte Collau ihm leihen? Was war los mit ihm? Es war das erste Mal, dass er mit so etwas ankam, und er kannte ihn seit Jahren.

»Ich leihe sie dir, weil du mich auch zum Weinen gebracht hast, mein Lieber, da war ich schon im Bett. Wer hätte das gedacht, dabei bin ich überhaupt nicht sentimental. Aber was du von dem Jungen erzählt hast, als er im Krankenhaus im Sterben lag, das hat mich gerührt. Wo er so ein großartiger Gitarrist war«, sagte der Chinese.

Toño Azpilcueta wusste nicht, was er sagen sollte, Collaus Vorstoß hatte ihn überrumpelt. Jetzt hätte er Geld genug, um nach Chiclayo zu fahren und in Puerto Eten zur Kindheit von Lalo Molfino zu recherchieren, könnte viele Leute interviewen. Es wäre das erste und auch letzte Buch, das er veröffentlichte, denn die Arbeit daran würde ihn Jahre in Anspruch nehmen, oder zumindest viele Monate. Er hatte einen Kloß im Hals. Collau lächelte.

»Nimmst du es an oder nicht?«, hörte er ihn sagen, den Kopf zu ihm vorgebeugt. »Als Darlehn, ja oder nein? Du schweigst auf einmal, und ich weiß nicht, wie ich es deuten soll. Gertrudis ist übrigens einverstanden, dass ich dir ein bisschen unter die Arme greife, Toño. Sie ist keine Frau, die ihre Gefühle zeigt, aber sie ist sehr sentimental. Wie alle Frauen aus Ayacucho.«

»Deine Großzügigkeit hat mir die Sprache verschlagen, Collau. Hast du wirklich gesagt, was ich gehört habe? Fünftausend Sol? Die willst du mir leihen?«

»Klar doch, mein Lieber«, bekräftigte sein Freund. Er zog die Hand aus der Hosentasche und legte einen Packen zerknitterter Geldscheine auf den Tisch. »Hier, mein Guter. Damit du ganz Peru zum Weinen bringst, so wie Matilde und mich gestern Abend.«

Toño hatte den Chinesen Collau mit seiner Begeisterung angesteckt. Die überschießende Leidenschaft, mit der er von Lalo Molfino und der Bedeutung der kreolischen Musik für ein vereintes Peru gesprochen hatte, hatte nicht nur seine Seele erweicht, sondern ihm auch das Gefühl gegeben, Teil eines Unternehmens zu sein, das dem peruanischen Volk Würde verlieh. Zwar war sein Freund kein sentimentaler Mensch wie all die begeisterten Besucher der Peñas, aber es hatte ihn ergriffen, als er Toño sagen hörte, mit einer Bestimmtheit, die fast schon einer Verherrlichung gleichkam, dass die Huachafería und der kreolische Walzer, zwei untrennbar miteinander verbundene Phänomene, die großen Beiträge Perus zur Weltkultur seien. Das war nicht nur eine schöne Vorstellung, sie verdiente es auch, in einem Buch zum Ausdruck gebracht zu werden. Weshalb er ihm mit dem geliehenen Betrag seine gesamten Ersparnisse zur Verfügung stellte.

»Ich habe noch nie so viel Geld auf einen Haufen gesehen«, sagte Toño und zählte die Scheine. »Ich kann es immer noch nicht glauben, Collau. Bist du dir sicher, dass du mir das leihst? Ich weiß nicht, wann ich es dir zurückzahlen kann.«

»Mach dir keine Sorgen«, sagte Collau und lachte. »Das ist ein Darlehen ohne feste Laufzeit. Wenn du kannst, zahlst du es zurück, und wenn nicht, geht die Welt auch nicht unter. Steck es ein und schreib das Buch, ich bitte dich, Toño.«

»Jetzt bin ich mir sicher, dass es Gott und den Himmel gibt«, sagte Toño später zu seiner Frau Matilde und strich zärtlich über die Scheine, die Collau ihm gegeben hatte. »Denn dieser Collau, der kommt in den Himmel, wenn es ihn gibt, das kannst du mir glauben.«

Er konnte kaum sprechen, fand kaum Worte für sein Glück.

Dank der guten Tat war Toño nun in Puerto Eten. Es hatte sich bestätigt, dass Lalo Molfino nicht in Chiclayo geboren war, sondern in dem Hafenstädtchen, und dass er dort seine Kindheit verbracht und wahrscheinlich die Geheimnisse der Gitarre entdeckt hatte. Wer wohl sein Lehrer gewesen war? Er musste einen gehabt haben. Ihn zu finden war für seine Nachforschungen unerlässlich.

Er kannte niemanden in Puerto Eten, aber man hatte ihm gesagt, es sei eine kleine Stadt, erreichbar mit dem Zug aus der Umgebung und aus der Sierra. Er dachte, alle würden Lalo kennen, denn wenn es stimmte, was er glaubte, war seine Existenz das Bedeutendste, was den Bewohnern dieses Städtchens in seiner gesamten Geschichte zuteilgeworden war. Er müsste nur den Namen des Gitarristen erwähnen, und man würde ihn mit offenen Armen empfangen, zu Hunderten würden ihn die Menschen, die den Gitarristen gekannt hatten, mit allen notwendigen Informationen versorgen. Ein kurzer Besuch, nur zwei oder drei Tage, und er hätte alle Angaben zu dem Jungen beisammen, ganz bestimmt.

In Lima war es Toño nicht möglich gewesen, einen Platz in einem Bus oder Sammeltaxi zu buchen für die Fahrt von Chiclayo zu diesem Hafen, von dem es geheißen hatte, er habe zwei- oder dreitausend Einwohner, aber man hatte ihm versichert, es gebe Dutzende Busse, wenn nicht Hunderte, und er werde keine Schwierigkeiten haben, dort hinzugelangen. Immerhin hatte er das Hotel für die Nacht in Chiclayo reservieren können; es hieß Santa Rosa und lag im Zentrum der Stadt, nicht weit von der Plaza de Armas, und es war zwar keine Unterkunft mit Verpflegung, dafür aber sehr preiswert. Er würde nur eine Nacht bleiben, und selbst wenn es bloß eine einfache Absteige wäre, käme er schon damit zurecht.

Tagelang war er in Lima den Spuren von Lalo Molfino nachgegangen, ohne viel herausfinden zu können, da der Junge mit den Lackschuhen auf seinem Weg durch die Hauptstadt kaum einen Abdruck hinterlassen hatte. Im Hospital Obrero zum Beispiel, in diesem Krankenhaus fürs arbeitende Volk, wo er die letzten Nächte seines Lebens verbracht hatte, war er auf eine Mauer des Schweigens gestoßen. So viele Fragen er auch stellte, erfuhr er nicht, warum man ihn aufgenommen hatte, obwohl er kein Arbeiter war und auch nicht mit einer festen Beschäftigung gesegnet, oder welche Ärzte ihn untersucht hatten; es hieß nur, dass man ihn nach seinem Tod, da niemand nach seinem Leichnam fragte, in einem Massengrab bestattet habe, genau so, wie Cecilia Barraza es ihm erzählt hatte. Er wusste nicht einmal mit Sicherheit, warum Lalo aus seinem Heimatort bei Chiclayo nach Lima gekommen war. Und was seine berufliche Tätigkeit betraf, hörte Toño nur, was man ihm bereits gesagt hatte: dass er Mitglied der Gruppe Perú Negro von Dr. José Durand Flores gewesen und später mit Cecilia Barrazas Ensemble durchs Land getourt sei. In der Zwischenzeit musste er, um nicht zu verhungern, bei irgendeiner Peña mitgemacht oder sich als Gitarrist einer anderen Truppe angeschlossen haben, vielleicht hatte er auch in einer Bar gespielt. Aber das hatte Toño Azpilcueta noch nicht klären können.

Er kam mit seinen Nachforschungen einfach nicht voran, und so spürte er erneut an Armen und Beinen ein Kribbeln. Er musste nur die Augen schließen, schon sah er, wie diese widerlichen Gesellen auf sein Gesicht zukrochen. Er verstand nicht, wieso es so schwer war, auf eine Spur des Gitarristen zu stoßen, und je länger er darüber nachdachte, desto ungerechter erschien ihm das Schicksal dieses unbekannten Genies. Als er einmal abends in Lima aus der Nationalbibliothek kam, frustriert, weil er kaum einen Schritt weitergekommen war, geschah das Unvermeidliche, eigentlich hätte es schon längst passiert sein müssen. Er wollte gerade den Bus nehmen, weiter hinein ins Zentrum der Stadt, um dort umzusteigen in ein Sammeltaxi nach Villa El Salvador, als er plötzlich das deutliche Gefühl hatte, dass ihm ein Nagetier aus der Gosse unters Hemd gekrabbelt war. Er blieb auf offener Straße stehen, und ohne dass ihn die vorbeilaufenden Leute bekümmerten, öffnete er sein Sakko, zog das Hemd aus und besah sich mit dem kleinen Spiegel, den er immer bei sich trug, seinen Rücken. Da war kein Tier. Doch wie er jetzt dastand, halb nackt, mit bloßem Oberkörper, erregte er die Aufmerksamkeit der Passanten, und er versuchte hastig, sich wieder anzuziehen. Das alles war idiotisch, trotzdem verspürte er eine unerträgliche Angst, eine Panik, die wie ein Regenguss über ihn hereinbrach, die ihn schaudern ließ und zur Verzweiflung brachte, es waren diese Momente, in denen er eine Toilette aufsuchen und sich ausziehen musste, die Hose, das Hemd, die Schuhe, wenn er das Gefühl hatte, die Nagetiere würden sich an seinen Füßen herumtreiben, in den Strümpfen oder, noch schlimmer, in der Unterhose. Natürlich hatte er nie ein Tier gefunden, abgesehen von der Ratte in Malambo, die auf ihn gefallen war. Doch das Entsetzen, das ihn allein bei der Vorstellung überkam, eins der schrecklichen Viecher könnte sich unter seiner Kleidung einquartiert haben, mit gesträubtem Schwanz, es brachte ihn um den Verstand, und für ein paar Sekunden, die ihm vorkamen wie Stunden, suchte er seinen Körper mit dem kleinen Spiegel ab. Er konnte diese Panikattacken nicht verhindern, auch wenn er sich damit, egal wo, nur lächerlich machte. Matilde erzählte er nie von den Vorfällen, sie würden ihr, sagte er sich, nur den Lebensabend ruinieren.

Trotz der spärlichen Informationen über Lalo Molfino hatte Toño Azpilcueta zahlreiche Karteikarten gefüllt und den Inhalt des geplanten Buches immer wieder zusammengefasst, er hatte sogar schon einen vorläufigen Titel: *Ein Schlückchen Champagner, Kumpelchen?*, eine Reminiszenz und eine Hommage an seinen Freund Collau, den Mäzen des Projekts, der, wenn er glücklich war und es einen Vorwand gab, ins Haus ging, eine Flasche Sekt holte und ihm ein Glas anbot. Außerdem war es ein witziger Titel und spielte an auf zwei fundamentale Themen: das Gemeinschaftsgefühl und die Huachafería.

In einer seiner Notizen hatte er bereits hervorgehoben, dass es absurd wäre, das Wort als ein Synonym für Kitsch zu betrachten, wie es in manchen Wörterbüchern hieß, zumal in einem Wörterbuch der Peruanismen. Nein, die peruanische Huachafería umfasste mehr als das bloß Kitschige – es war eine Art, die Welt auf eine andere Weise zu verstehen, als man es sonst kannte, naiver, zärtlicher, weniger kultiviert, dafür intuitiver und typisch für jede soziale Schicht. Er würde Lalo Molfinos Lackschuhe zu ihrem Symbol machen. Es gab eine Huachafería der Peruaner indianischer Abstammung, aus bescheidenen Verhältnissen, eine Huachafería der Cholos, das heißt der Mittelschicht, und selbst die Reichen hatten ihre Huachafería, wenn sie vorgaben, sie wären adlig oder Nachfahren von Adligen, und sich untereinander nach dem Kodex des Marqués de Cabriñana zum Duell herausforderten, als würden sie so ein bisschen weißer und verlören ihren Status als Mestizen.

Der echte Peruaner war nämlich der Mestize, der Cholo; so hatten es die Indigenisten verfochten, allen voran José Uriel García aus Cusco in seinem Buch *El nuevo indio* (Der neue Indio) von 1930, wo er in einem Kapitel, »La caverna de la nacionalidad« (Die Höhle der Nationalität), auf die *chichería* zu sprechen kam, die Chicha-Schenke. Uriel García hatte es kaum angedeutet, und so blieb es Toño vorbehalten, seiner Spur zu folgen, um die Geheimnisse des Mestizischen und der Huachafería zu verstehen, wie sie in der kreolischen Musik zum Ausdruck kamen, im Vals, in den Pasillos, der

Marinera, der Polka, den Huainitos aus der Sierra und gespielt auf der Gitarre, aber auch auf dem Cajón, der Quijada, diesem Unterkiefer eines Esels, dem Klavier, dem Zink, der Rassel, der Harfe, der Laute, der Mundharmonika und den unzähligen anderen Instrumenten – ob von der Küste, aus dem Hochland oder aus dem Amazonasgebiet –, die den Reichtum der peruanischen Folklore geschaffen hatten. Die hochmütigen Intellektuellen, zu denen Dr. José Durand Flores natürlich nicht zählte, schätzten dergleichen künstlerische Ausdrucksformen gering, weil ihnen mehr daran gelegen war, so zu sein wie die Franzosen oder die Engländer. Sie verstanden nicht, dass nur das, was *huachafo* war, auch schön war, wahrhaftig, eben weil es nicht bloß irgendwie kitschig daherkam, sondern einem unverfälschten Gefühl entsprang, einer intuitiven und sehr wohl klugen Weltsicht, die den künstlichen Formen und gespreizten Posen vorausging, dieser Manier, mit der sich Schriftsteller hervortaten, die nur Französisch und Englisch lasen und ebendeshalb auch gleichgültig oder gar verächtlich auf die Zeitschriften herabschauten, in denen Toño veröffentlichte.

Um sein Buch aber würden sie nicht herumkommen, und darin wäre der Lehrmeister der Huachafería Lalo Molfino, der wie eine Sternschnuppe das Leben gestreift und mit seiner Gitarre, vielleicht unbewusst oder auch ungewollt, eine Musik geschaffen hatte, die es vermochte, ihn, Toño Azpilcueta, in Sphären von einzigartiger Intensität zu tragen. An jenem Abend in Bajo el Puente war ihm begreiflich geworden, warum er sein Leben der Folklore des Landes gewidmet hatte. Einer Folklore, die sich zwar erst Ende des 19. Jahrhunderts mit Felipe Pinglo Alva und den Komponisten und Bohemiens der Alten Garde, später dann den Raufbolden der Palizada und hundert weiteren Peñas herausgebildet hatte, deren Wurzeln sich aber drei Jahrhunderte zuvor fanden, als nach den Grausamkeiten der spanischen Entdeckungen und Eroberungen das Peru der Zukunft aufschien und das Spanische und das Indianische – gewaltsam, keine Frage – miteinander verband, es war gleichsam die Geburt der Peruaner.

Manche sagten, am Anfang habe die spanische Musik gestanden, aus Sevilla, der Fandango; andere wie der Historiker Manuel Zanutelli Rosas meinten, der peruanische Walzer stamme aus Österreich, von Johann Strauss. Sie konnten sich nicht einig werden, aber wen kümmerte die Herkunft, denn was zählte, war die bloße Existenz, damals und für alle Zeit. Felipe Pinglo Alva, der Vater der peruanischen Musik, war ein Mythos, und Mythen waren grundsätzlich unterschiedlichen und gar widersprüchlichen Ursprungs.

Auf der Fahrt nach Chiclayo lächelte Toño Azpilcueta, er war frohgemut. Sein Buch, sagte er sich, würde einer ideologischen Ausrichtung folgen und eine These vertreten. Aber würde er es auch veröffentlichen können? Ja, ganz sicher, er würde schon Leute finden, die sich für seine Theorien interessierten und ihn finanziell unterstützten. Es würde erscheinen, und sei es als sehr schlichte Ausgabe, auf billigem, fleckigem Papier, per Hand eingerichtet von Schriftsetzern, die so genial waren wie *huachafos* und die es – echte historische Relikte – in einigen Druckereien Limas noch gab. Umso besser, ja, eine Ausgabe, die sich in die Huachafería einreihte, denn Toño Azpilcueta schämte sich nicht, es anzuerkennen oder auszusprechen. War er nicht selbst ein vorzüglicher Vertreter der Huachafería? Bei dem Gedanken musste er laut lachen, und ein paar Fahrgäste im Bus drehten sich verwirrt zu ihm um, offenbar hielten sie ihn für verrückt. Toño ließ sich nichts anmerken, hustete und schaute aus dem Fenster.

Das Meer war nicht mehr zu sehen, die Landstraße zog sich ein Stück in Richtung der Kordilleren, aber der Sand, nun grau, getupft von schütteren Büschen und gekrönt von weißlichen Wolken, war immer noch da, manchmal unterbrochen von winzigen Dörfern, deren Namen er nicht kannte und wo der Bus hielt, um Fahrgäste aus- oder einsteigen zu lassen, zum Glück wurde es nicht voll.

Die Hitze nahm immer mehr zu. Die Wüste ringsum war voller Geheimnisse und, wie Kenner sagten, auch voller Tiere, an den Wochenenden kamen die Wilderer, um sie zu erlegen. In den Dünen gab es Kaninchen, Eidechsen, Spinnen, sogar kleine Füchse. Und natürlich die verdammten Viecher, die er so hasste: Ratten und Mäuse in allen Größen. Er war jetzt schon seit Stunden im Bus unterwegs, und vom Sitzen taten ihm die Knochen weh, der Hintern.

Ob er am Abend den berühmten Reis mit Ente essen würde, die kulinarische Spezialität von Chiclayo? Ja, vielleicht, und dazu ein Bierchen. Aber nachdem der Bus ihn mehr als elf Stunden durchgeschüttelt hatte, wollte er nur schlafen, hoffentlich in einem bequemen und sauberen Bett.

Das Hotel Santa Rosa lag an der Avenida San José, nicht weit von der Plaza de Armas. Alle Geschäfte in Chiclayo waren geöffnet, Menschen strömten hinein und heraus. Toño Azpilcueta brauchte kein Taxi; er fragte nach dem Weg und ging zu Fuß zum Hotel, mit seinem Koffer und der Aktentasche mit seinen Karteikarten und Heften. Sein Körper machte ihm zu schaffen, aber er war glücklich und optimistisch. Erst jetzt, hatte er den Eindruck, begann das große Abenteuer seines geplanten Buches zu Ehren von Lalo Molfino und der Huachafería.

Mit ihren weiß gestrichenen Häusern wirkte die Stadt äußerst sympathisch. Das Hotel Santa Rosa war recht klein und noch einfacher, als er erwartet hatte. Sein Zimmer hatte ein Bad mit Dusche, Klosett und Waschbecken, aber keinen Ventilator, und selbst mit aufgerissenem Fenster war es ein einziger Glutofen. Er war so erschöpft, dass er sich gleich auszog und ohne Schlafanzug aufs Bett legte, dabei dachte er, dass ihn die schreckliche Hitze und die Stiche der Mücken, die ihn schon attackierten, sicher nicht würden schlafen lassen. Außerdem gab es überall Winkel, wo die unvermeidlichen Nagetiere ihr Quartier aufgeschlagen haben konnten.

Trotzdem schlief er sofort ein. Er wachte früh auf – es war noch nicht mal sechs Uhr – und duschte ausgiebig mit lauwarmem Wasser. Er rasierte sich, kämmte sich sorgfältig, und dann nahm er ein frisches Hemd und frische Socken, wechselte aber weder Hose noch Unterhose. Zum Glück hatte er keine Albträume gehabt. Er hatte gut geschlafen und war bester Laune. Er fragte den gähnenden Portier, einen jungen Mann mit biblischem Namen, Caifás, wo er frühstücken könne, und der sagte ihm, nur einen halben Block weiter, an der Plaza de Armas, hätten schon viele Cafés auf, dort könne er auch ein Sammeltaxi nach Puerto Eten nehmen. Die Fahrt koste nur einen Sol fünfzig.

Unter den großen Bäumen auf der Plaza de Armas – waren

es Tamarinden? – herrschte bereits ein reges und lautstarkes Treiben: Menschen, die vorbeihasteten oder, in Grüppchen rings um den Platz, auf jemanden oder etwas warteten, vielleicht eine Arbeit. Es gab ein großes Kino, wahrscheinlich längst aufgegeben. Er sah auch das Rathaus und die Kathedrale, die man ohne Jacke und Hut nicht betreten durfte. Schließlich setzte er sich an einen kleinen Tisch unter Bäumen, zu seinen Füßen das bunte Steinmuster, und bestellte ein deftiges Frühstück mit Spiegeleiern und ein paar Tamales, dazu Brot mit Butter und einen Milchkaffee.

Während er auf das Essen wartete, warf er einen Blick in das Notizbuch, das er eingesteckt hatte, und schaute nach, ob die Bleistifte in seiner Jacke gut angespitzt waren. Er kaufte sich ein Lokalblatt namens *La Industria* und stellte fest, dass man dort all die internationalen Nachrichten brachte, die er am Tag zuvor bereits in den Zeitungen von Lima gelesen hatte.

Der Kellner sagte ihm, drüben in der Taxischlange stünden alle Sammeltaxis, die nach Norden und nach Süden führen, ein jedes würde ihn in Puerto Eten absetzen, Fahrtzeit etwa eine halbe Stunde, da die Straße, anders als die Panamericana, nicht asphaltiert sei. Toño aß in Ruhe sein warmes Frühstück und ließ sich jeden Bissen schmecken. Um diese Uhrzeit war es noch nicht so heiß, und da Puerto Eten am Meer lag, würde er die Bruthitze, die ihm am Abend in Chiclayo so zugesetzt hatte, dort sicherlich besser aushalten. In dem Moment erinnerte er sich, dass vor einiger Zeit ein Buch mit dem Titel *Puerto Eten* erschienen war, von einem peruanischen Dichter. Wie hieß er noch gleich? Er musste das Buch lesen, vielleicht war darin ja die Rede von Lalo Molfino. Auf dem Rückweg, hoffte er, hätte er Zeit für Reis mit Ente. In einem der Restaurants gab es das Gericht bestimmt.

VIII

Toni Lagarde war, ich hatte es bereits angesprochen, eine der schillerndsten Figuren der Palizada, einer dieser weißen Jungs aus Miraflores, die davon träumten, aus ihrem bequemen Leben auszubrechen. Als ich ihn kennenlernte, war er schon in vorgerücktem Alter. Wir sind bis heute gut befreundet, denn er lebt noch, inzwischen neunzig, und ich hoffe, er bleibt uns noch viele Jahre erhalten. Er selbst hat mir seine Geschichte erzählt, eine Geschichte, nebenbei gesagt, wie man sie in unserer Stadt nicht oft erlebt, in einem Lima, in dem die rassistischen Vorurteile an der Tagesordnung sind (und wegen des Sendero Luminoso nun auch die Schüsse, die Stromausfälle und die an Masten aufgehängten Hunde).

Toni, der Mirafloriner, hatte bereits ein Studium der Agrarwissenschaften an der Universität La Molina begonnen, als er sich dieser Gruppe von Tunichtguten mit dem famosen Karamanduka an der Spitze anschloss, der genau wie die anderen meinte, er könne Gitarre spielen, singen und sämtliche Valses und Marineras aus den Callejones von Lima tanzen und mit seiner Clique auf jede Jarana gehen, die ihnen bei ihren nächtlichen Zügen durch die Stadt vor die Nase kam.

Toni war einer der Jüngsten von ihnen, das Haar immer ordentlich gekämmt und mit Rollkragenpulli, eng anliegender Hose, großen Schuhen und roten Socken, dazu einem weißen Tüchlein, das er hervorzog, wann immer eine Marinera erklang. (Ich habe Fotos von ihm gesehen, als er noch jung war, er sah aus wie ein Schmalzdackel.) Das Haar hatte er sich lang wachsen lassen, es fiel ihm blond wallend auf die Schultern. Er war ein recht weißlicher Weißer und hatte sehr große blaue Augen, die sich, wenn er zu singen versuchte oder tanzte, zu einem Schlitz verengten.

Eines Tages stellten die Mitglieder der Palizada fest, dass Toni Lagarde immer wieder in den Callejón de Morones wollte, wo fast jeden Samstag eins dieser ausgelassenen Feste stattfand und wo die Palizada schließlich, nachdem es zunächst viele Zwischenfälle gegeben hatte, mit offenen Armen aufgenommen wurde. Aber warum wollte Toni jedes Mal dorthin zurück?

Irgendwann merkten seine Freunde und Kumpane, dass er hinter Lala her war, einem schlanken, wohlgeformten und äußerst schwungvollen schwarzen Mädchen. Mit großer Anmut tanzte die Negrita den Vals, die Marineras und die Huainitos, sie hatte fröhlich funkelnde Augen und konnte flirten wie eine gestandene Frau aus Lima, dabei war sie gerade mal sechzehn oder siebzehn. Karamanduka und seine Freunde zogen Toni deswegen oft auf.

Bis er ihnen eines Tages gestand, dass es stimmte, ja, Lala Solórzano war seine Freundin. Und er warnte sie, niemand solle versuchen, sich an sie ranzuschmeißen, denn sie gehöre ihm, ihm, ihm, und niemand solle es wagen, ihr auch nur ein Kompliment zu machen oder sie zum Tanzen aufzufordern, sonst bekämen sie es mit ihm zu tun, da verstehe er keinen Spaß. Toni hatte etwas getrunken, und sie gaben nichts auf ihn. Aber dann sahen sie die beiden Hand in Hand, und so glaubten sie ihm schließlich, denn an all den Abenden tanzten sie miteinander, ohne sich voneinander zu lösen, und die Negrita tanzte tatsächlich nur mit ihm, dabei warfen sie sich Blicke zu und küssten sich wie ein verliebtes Pärchen.

Die Mitglieder der Palizada wollten nun von Toni Lagarde die Wahrheit hören: War dieses Getändel im Callejón de Morones ernst gemeint? War ihm nicht klar, dass er ein reiches Jüngelchen aus Miraflores war und sie ein schwarzes Mädchen aus dem ärmsten Viertel Limas? Was sollte das heißen? Dass Toni Lala flachlegen wollte, oder war da vielleicht noch mehr? Er lächelte, wich einer Antwort aus, aber dann gestand er, dass da mit Lala Solórzano tatsächlich »noch mehr« war, denn er »liebe« sie und es sei ihm sehr ernst. Die ganze Clique machte sich lustig über ihn: »Hör schon auf, Toni, erzähl uns nicht, dass du diese Negrita aus dem Morones heiraten willst, das glauben wir dir kein Stück, und noch weniger werden deine Eltern es dir glauben, falls du überhaupt den Mut hast, es ihnen zu sagen.«

Aber Toni war keiner, der klein beigab, und als er seinen Eltern verkündete, dass er eine Negrita aus dem Morones heiraten wolle, war das Geschrei groß, und sein Vater drohte, ihn rauszuwerfen. Worauf Toni, der sehr pampig sein konnte, seinen Koffer packte, aus dem Elternhaus in eine Pension zog und nie wieder zu ihnen zurückkehrte. Er gab das Studium der Agrarwissenschaften auf und suchte sich eine Anstellung bei der Stadtverwaltung von Lima, wo er dann bis zu seinem Ruhestand arbeitete. Lalas Eltern verstießen ihre Tochter ebenfalls, denn statt kirchlich zu heiraten, lebte sie einfach mit Toni in wilder Ehe zusammen, christlich konnte man das nicht nennen. Zu Toni sagten sie, sobald er sie heiraten könne, mit einundzwanzig – er war gerade mal achtzehn –, solle er wiederkommen, erst dann würden sie ihn empfangen.

Die ganze Palizada dachte, diese Liebelei zwischen dem weißen Jüngelchen aus Miraflores und dem schwarzen Mädchen aus dem Morones wäre nur von kurzer Dauer, schon bald würde das Paar auseinandergehen, so wie es sich gehörte – Toni Lagarde war nun mal ein Junge aus gutem Hause und Lala Solórzano bloß eine Negrita, die mit Müh und Not lesen konnte und deren Eltern in einem Callejón wohnten, wo sie am Hungertuch nagten, auch wenn der Vater (ab und zu) auf dem Bau arbeitete, bei einer Firma, die Häuser für die Reichen baute, und die Mutter gelegentlich als Wäscherin und Näherin. Abgesehen davon war der Vater ein guter Cajónspieler und gab in der Nachbarschaft Unterricht in peruanischer Musik.

Gleichgültig gegenüber allem Gerede lebten die jungen Leute weiter ihre Liebe, und die Überraschung war groß, als bekannt wurde, dass Lala schwanger war und die beiden, statt eine der vielen Engelmacherinnen in Lima aufzusuchen, die das Notwendige unternahmen, um ein Paar von der Bürde eines Kindes zu befreien, darauf bestanden, es zu bekommen. Sie waren weiterhin sehr verliebt und gingen manchmal ins Morones, wenn dort eine der Jaranas stattfand, bei denen die Palizada glänzte. Toni und Lala schienen, immer Händchen haltend, noch genauso glücklich zu sein wie zu Beginn der Geschichte.

Und das Glück des Paares wuchs im selben Maße wie

Lalas Bauch. Als es so weit war, ging sie in die Entbindungsklinik im Zentrum von Lima und brachte ein kleines Mädchen zur Welt. Es muss ein lustiger Anblick gewesen sein, wie dieser recht blonde weiße Junge und dieses aufmüpfige schwarze Mädchen Hand in Hand durch die Straßen Limas spazierten und stolz die kleine Wiege auf Rädern schoben, in der die schokoladenbraune Kleine schlief, das Haar so kraus wie das der Mutter. Aber wie es aussieht, hat Toni Lagarde seine jugendliche Verrücktheit nie bereut, denn trotz allem hat seine Ehe mit der Negrita gehalten, Jahr um Jahr um Jahr, selbst als er bei der Stadtverwaltung von Lima pensioniert wurde und sich aufs Altenteil zurückzog.

Damals lernte ich sie kennen, beide hatten längst graue Haare. Ich wollte in einem der Blättchen, für die ich schreibe, eine Reportage unterbringen und machte ein Interview mit ihnen, seither sind wir befreundet. Manchmal gehe ich nachmittags auf einen Imbiss zu ihnen, denn Lala macht eine Quittenmarmelade, dass man sich die Finger danach leckt. Als sie noch in einem Reihenhäuschen in Surquillo wohnten, besuchte ich sie regelmäßig. Damals konnte man ihnen begegnen, wenn sie durchs Zentrum von Lima spazierten, in den Parks von Miraflores oder auf dem Weg zu dem Callejón, wo ihre Eltern wohnten; sie hatten dem Paar, als die Kleine geboren wurde, der sie den Namen Carmencita Carlota gaben, wieder die Türen ihres Zimmers im Callejón de Morones geöffnet.

Schließlich heirateten Toni und Lala doch, und das mit allem Pipapo. Was von der Palizada geblieben war, fand sich zur Hochzeit ein. Versteht sich, dass sie viele Valses tanzten und auch ein paar Marineras.

Nur Tonis Eltern haben ihm nie verziehen. Sie blieben hart und grollten ihm bis ans Ende ihrer Tage, die Türen ihres Zuhauses für immer verschlossen. Offenbar hat nur seine Mutter ihn manchmal sonntags gesehen, in der Kirche von Miraflores, vor der Zwölf-Uhr-Messe. Toni war sehr ernst geworden. Er ließ sich schon mal blicken, um die restlichen Mitglieder der Palizada zu grüßen, tanzte aber nur selten, genauso wie seine Frau. Wann immer die alten Freunde sie sahen, konnten sie nicht glauben, dass ihre Romanze so viele Jahre überdauert hatte und dass Toni und Lala auf ihre Weise glücklich waren, auch wenn die Eheleute im Schoße der Familie natürlich den ein oder anderen Streit hatten, wie alle Paare, aber zu einer echten Trennung kam es nie. Sie sind recht gut gealtert und nach wie vor ein hübsches Paar, kokett auch.

Es ist die einzige Ehe von Dauer, die aus der Palizada hervorgegangen ist, alle anderen Bohemiens und Abenteuerlustigen sind früh gestorben oder ledig geblieben und haben einen Abstieg erlebt, manche von ihnen sind im Alter verarmt und mussten sogar betteln gehen.

Nicht aber Karamanduka. Der wurde nicht nur berühmt, sondern verdiente auch gutes Geld mit seinem Ruhm und den Adaptationen fürs Theater und sicherlich auch den grandiosen Valses und Marineras, die er komponierte. In Lima war er eine Größe, die Zeitschrift *Variedades* brachte sogar ein Foto von ihm, in schicker Garderobe. Für die kreolische Musik hatte er wirklich ein gutes Ohr.

Toni und Lala wohnen heute in Breña, nicht weit von der La-Salle-Schule, auf die ich als Kind gegangen bin, und wann immer ich sie besuche, bieten sie mir eine Tasse Tee an oder einen schön heißen Kaffee und dazu getoastete Chancays, die Lala mit der selbst zubereiteten tollen Marmelade bestreicht, jedes Mal gelingt sie ihr noch besser. Es ist ein großes Vergnügen, ihnen zuzuhören, wenn sie von früher erzählen und von dem, was die Palizada alles angestellt hat. Carmencita Carlota ist inzwischen auch schon etwas älter; sie hatte öfter mal einen Freund, hat aber nie geheiratet und arbeitet bei einer Firma, die für verschiedene Fabriken den Kantinenservice übernimmt. Sie liebt ihre Eltern sehr und ist ziemlich hübsch, wie das bei Menschen gemischter Herkunft oft der Fall ist. Sie hat so große Augen, dass man wie betört ist und nur staunen kann, auch hat sie, trotz kleiner Statur, noch diesen Körper einer Schwimmerin, der sie immer ausgezeichnet hat. Sie ist überaus sympathisch und fragt mich jedes Mal, warum ich sie nicht öfter besuche, ihr würden die Eltern nicht all die Geschichten erzählen, die sie mir erzählen. Ich locke sie aus ihnen heraus, denn nichts mag ich lieber, als die alten Anekdoten zu hören, Anekdoten aus einer Zeit, als die peruanische Musik begann, zu einer echten nationalen Musik zu werden

Kommen wir nun, um die Bedeutung des hier behandelten Themas zu unterstreichen, zu etwas gesellschaftspolitisch Aktuellem, gefärbt von den Schüssen und Stromausfällen, die uns das Leben in Villa El Salvador schwermachen. So findet meine Geschichte eine Verankerung in der Gegenwart, und die Dringlichkeit wird umso greifbarer. Einmal kam ich etwas später nach Hause und sah, dass Matilde und meine beiden Töchter völlig verängstigt waren, denn in einem unserer Zimmer hatte sich eine Frau versteckt. Sie hatte Tränen in den Augen, weil draußen, wie sie sagte, zwei

Senderistas standen, die sie umbringen wollten. Ich hatte die beiden an der Tür angetroffen, sie hatten mich sehr korrekt gegrüßt. Wie Killer sahen sie nicht aus, aber die Frau versicherte uns, das seien sie sehr wohl. Ich ging wieder hinaus, aber da waren die beiden nicht mehr, sie waren im Dunkel der Nacht verschwunden. Wir boten der Frau einen Kaffee an, ihre Hände zitterten beim Trinken. Sie hieß María Elena Moyano und wohnte in Pachacámac, einem der Viertel von Villa El Salvador, und wie sie sagte, wollten diese Guerilleros des Leuchtenden Pfads, die sich vorgenommen hatten, das Viertel in ihre Gewalt zu bekommen und sich gegen alle anderen Gruppen durchzusetzen, sie töten, weil sie sich ihnen widersetzte und ihr Treiben lautstark anprangerte.

Natürlich hat man sie auch umgebracht, kurz nachdem sie sich in unser Haus geflüchtet hatte. So steht es um unser Land. Weinen wir Tränen um die tapfere Frau und beschwören wir die Anmut und das Glück der peruanischen Musik, damit es bald aufhört mit dem Trennenden und dem Hass unter Geschwistern.

IX

Die Fahrt nach Puerto Eten hatte, wie vorhergesagt, dreißig Minuten gedauert. Den Reiz des Ortes machte die weit ins Meer ragende Landungsbrücke aus, der kleine Sandstrand, der sich hinter einer langen Uferpromenade aus den Fünfzigerjahren muschelförmig dahinzog, sowie der Bahnhof, an dem es sehr ruhig war. Fabriken und viele Geschäfte gab es in einer benachbarten Stadt, in Ciudad Eten, ein Stück von der Küste weg und offenbar recht wohlhabend. Unzählige Kinder badeten im Meer, sie schrien, rannten, jagten einander hinterher. Die Häuschen waren alle aus Holz, sicherlich von ehemaligen Fischern und nun sehr gepflegt, sie hatten einen kleinen überdachten Eingangsbereich. Nicht wenige waren Pensionen.

Toño hatte sich im Ort umgesehen und war über einen kleinen Platz gegangen, auf dem es von Arbeitern wimmelte. Der Platz hieß Juan Mejía Baca, zu Ehren des Buchhändlers und Verlegers, dessen Buchhandlung nur wenige Schritte von der Universität San Marcos entfernt lag, am Jirón Azángaro in Lima. Grässlich war nur die Hitze, dazu die Wolken von Mücken. Er hatte keine Lust, sein Gepäck durch die Stadt zu schleppen, und die erste Pension genommen, auf die er gestoßen war – El Rincón del Norte –, gleich dort, wo das Sammeltaxi ihn rausgelassen hatte. Das winzige Zimmer war ausgestattet mit einem Bett und einem Nachttisch. Immerhin war vom Fenster aus das Meer zu sehen. Es schien auch keine Verstecke zu geben, die die verdammten Nagetiere hätten anlocken können. Die beiden kleinen Plätze im Zentrum von Puerto Eten machten einen freundlichen Eindruck. Es gab ein großes Lokal der Partei von Belaúnde Terry – der Acción Popular –, ein Foto des Politikers nahm die gesamte Tür ein. An diesem Platz befand sich auch die Kirche von Puerto Eten, sie war geschlossen. Toño hatte sich dort auf ein Bier hingesetzt, schweißgebadet, seine Stirn und seine Hände glühten.

Seine Recherche, hatte er gedacht, würde ein Leichtes werden, aber nach zwei Tagen in Puerto Eten war er immer noch niemandem begegnet, der auch nur von Lalo Molfino gehört hatte. Losgefahren war er in der Überzeugung, er wäre der ganze Stolz dieses Landstrichs, eine unendlich populäre Gestalt, mit seiner Gitarre bewundert von allen Menschen des Städtchens und selbst noch den Steinen, aber dem war nicht so. Er hatte in den Apotheken nach ihm gefragt, in den Cafés, hatte die Leute in den Geschäften und den Fabriken von Ciudad Eten gefragt, die Arbeiter auf den beiden kleinen Plätzen und die Passanten, aber kein Mensch hatte jemals gehört von der bedeutendsten aller Personen, die in der Gegend geboren waren oder einmal geboren würden. Wie war das möglich? In seiner Not hatte Toño das Polizeirevier aufgesucht, ein halbfertiges Gebäude, wo er einen freundlichen Polizisten fand, aber der zuckte nur mit den Schultern und sprach in diesem mexikanisch anmutenden Singsang zu ihm, mit dem alle Bewohner des Nordens von Peru sprechen.

»Lalo Molfino, sagten Sie? Nein, kenne ich nicht, keine

Ahnung. Ich glaube, da war mal so ein italienischer Priester mit dem Nachnamen. Ein Italiener, ja, oder jedenfalls ein Europäer, denke ich. Aber als ich herkam, war er schon tot. Oder zumindest hatte er Puerto Eten verlassen. Ich glaube, er war zurückgegangen nach Italien, ja, jetzt erinnere ich mich. Die Menschen hier mochten ihn anscheinend sehr. Als er ging, haben sie ihm sogar eine Urkunde überreicht. Ich bin aus Tumbes, zu Ihren Diensten, Don.«

Jetzt saß er auf der Terrasse vor der Pension, trank ein gut gekühltes Bier und betrachtete das schäumende Meer und den halbrunden Strand, wo nichts mehr zu sehen war von den Kindern und Jugendlichen, die den ganzen Tag in den bräunlichen Wassern geplanscht hatten. Erschöpft sagte er sich, dass er sich geirrt hatte. Er war schon der Verzweiflung nahe und bereit, das Handtuch zu werfen, als er die Stimme des Betreibers der Pension hörte, der ihm sagte, dass jemand nach ihm suche. Hinter ihm erschien ein Mann, der sich sogleich in aller Förmlichkeit als ehemaliger Angehöriger der Guardia Civil vorstellte, Pedro Caballero mit Namen, auf der Polizeiwache habe man ihm gesagt, ein Herr aus Lima frage nach Lalo Molfino.

Er war ein Mann undefinierbaren Alters, mit einem Kindergesicht trotz des Bartschattens. Er hinkte und stützte sich auf einen Stock. Angezogen war er halb wie ein Soldat, halb wie ein Zivilist, er trug Stiefel und eine Schirmmütze. Später erklärte er Toño Azpilcueta, dass die Guardia Civil ihm erlaubt habe, der Einheit weiterhin verbunden zu bleiben, obwohl er sich beim Fußballspielen das Bein gebrochen habe – es war immer noch bandagiert –, weil es nur wenige Guardias auf der Wache gebe.

Um das Interesse an seiner Person zu wecken, sagte er gleich als Erstes, dass Lalo seit den Jahren auf der Santa Margarita sein bester Freund gewesen sei. Sie seien zusammen auf die kleine Schule in Puerto Eten gegangen, die Pater Molfino eingerichtet habe, ein ganz außergewöhnlicher italienischer Priester.

Toño lud ihn auf ein kühles Bierchen ein. Endlich hatte er jemanden gefunden, der ihm zu dem Gitarristen Auskunft geben konnte. Er hatte es also nicht, wie allmählich schon befürchtet, mit einem bloßen Phantom zu tun. Es hatte ihn tatsächlich gegeben, und Pedro Caballero sagte ihm noch einmal, ja, Lalo sei in Puerto Eten geboren, und von klein auf seien sie unzertrennlich gewesen. Als Jugendlicher sei er dann – eine seiner typischen Anwandlungen – nach Piura oder nach Chiclayo gegangen, um sich seinen Lebensunterhalt zu verdienen, mit einer kleinen Gruppe, die kreolische Musik spielte, Los Trovadores del Norte oder so ähnlich, er habe nicht einmal die Güte gehabt, ihm auch nur einen Brief zu schreiben. Niemals. Denn so sei Lalo Molfino nun mal gewesen, das habe man akzeptieren müssen. Ein Künstler eben, launenhaft und schwierig, so wie alle.

Toño bat ihn zu warten und lief hinauf in sein Zimmer, um sein Notizbuch zu holen. Er wollte nicht, dass ihm irgendeine Angabe des Mannes entging. Er kam schwitzend zurück und hätte sich trotz knapper Finanzen am liebsten ein weiteres Bier bestellt, aber dann bombardierte er Pedro Caballero nur mit Fragen. Er wollte am Anfang beginnen, mit seiner Herkunft. Jemand aus seinem Umfeld, vermutete er, vielleicht sein Vater oder seine Mutter, ein Onkel, eine Cousine, hatte ihn mit der Gitarre vertraut gemacht, doch

Pedro Caballero entzog seiner Hypothese sofort den Boden. Lalo Molfino sei ein Waisenkind gewesen, seine wahren Eltern habe er nicht gekannt.

»Das heißt, er wusste nicht, woher er kam«, sagte Toño Azpilcueta und schrieb fleißig mit.

»Nein, soweit ich weiß, nicht«, sagte Pedro Caballero mit einem Achselzucken. »Nicht einmal Pater Molfino, der ihn großgezogen hat. Zumindest hat er das gesagt.«

»Eine Erinnerung, die ich nie vergessen werde«, sagte Pater Molfino, und dabei tanzten seine Lippen über einem Mund voller Zahnlücken. »Brrr. Was für eine Kälte heute Abend in Puerto Eten, Caballerito!« (Er benutzte immer den Diminutiv, wenn er mit Pedro Caballero sprach.)

Er hatte heftig gefroren und schon im Bett gelegen, die Lichter gelöscht in seiner zum Pfarrhaus umfunktionierten ehemaligen Fischerhütte, als es an der Tür klopfte. Eine kindliche Stimme rief nach ihm: »Pater Molfino, Pater Molfino.« Er schlief zwar schon halb, stand aber auf, warf sich eine Decke über und ging öffnen. Der kleine Junge, der bei ihm geklopft hatte, machte einen erschöpften Eindruck, seinen Augen und seiner Stimme war anzumerken, wie verstört er war. Pater Molfino kannte ihn gut. An vielen Sonntagen half er ihm bei der Messe als Ministrant.

»Die Señora Domitila stirbt, Pater, und sie möchte, dass Sie ihr die Letzte Ölung spenden.«

»Kann sie mit dem Sterben nicht bis morgen warten?«, fragte Pater Molfino halb im Scherz. Beide zitterten vor Kälte, denn in den Nächten von Puerto Eten sank die Temperatur drastisch.

»Kann sie nicht«, sagte der Junge. »Es geht ihr sehr schlecht, ich glaube, sie stirbt. Vielleicht ist sie schon tot, wenn wir kommen.«

»Und wo wohnt Domitila?«, fragte Pater Molfino und zog sich etwas Warmes an.

»Sie wohnte weit weg«, sagte Pedro Caballero zu Toño Azpilcueta und zeigte irgendwo in die Ferne. »Dort drüben. Hinter einer der Müllkippen von Puerto Eten. Der ältesten. Es gibt nämlich mehrere. Ich kenne drei. Die größte liegt außerhalb von hier, in Reque. Kilometer über Kilometer Müllhalden. Überall Fliegen und Ratten.«

Schließlich zog sich Pater Molfino die Soutane über, nahm die Utensilien, die er benötigte, um der Señora Domitila die Letzte Ölung zu spenden, und steckte sie in einen Korb. Arme Frau. In den letzten Wochen hatte er ihr mehrmals die Beichte abgenommen, außerdem litt sie, wie er wusste, unter Erbrechen und Heiserkeit, aber nie hätte er gedacht, dass es ihr so schlecht ging. Er setzte den Kleinen auf das Motorrad, mit dem er sich durch Puerto Eten bewegte, und fuhr über die Uferpromenade. Am Himmel leuchtete ein runder Mond in einem Meer von Sternen. Der Junge wies dem Pater den Weg über eine Straße, die aus dem Stadtgebiet hinausführte, und nach zehn Minuten sagte er ihm, wo er anhalten solle. Dem Pater stieg ein ekelhafter Gestank in die Nase, und er erschrak, als er sah, dass der Junge in dieselbe Richtung weiterging.

»Domitila wohnt hier auf der Müllkippe?«, fragte er.

»Dahinter«, sagte der Junge. »Es ist nicht mehr weit bis zu ihrem Haus, Pater.«

»Da ist doch alles voller Ratten und Kakerlaken«, protestierte Pater Molfino.

»Ich weiß, ich weiß«, sagte der Junge. »Mich haben sie gebissen, als ich auf dem Weg zu Ihnen war.«

»Das war auf dem Rückweg«, erklärte Pater Molfino. »Ich glaube, die arme Domitila war da schon gestorben. Sie lebte allein, in einer armseligen Hütte hinter einer der Deponien von Puerto Eten, weiter oben. Da gibt es ein ganzes Viertel, die Menschen bitterarm. Der kleine Junge war ein Nachbar. Er war nicht mit ihr verwandt, hat sich aber aus freien Stücken um sie gekümmert.«

»Auf dem Rückweg? Durch den Müll?«, fragte Toño Azpilcueta.

»Mir blieb nichts anderes übrig, als hindurchzugehen«, sagte Pater Molfino. »Domitila lebte dort oben. Dank der Müllhalde hatte sie zu essen. Weil die Leute, wie sie sagte, immer etwas Essbares wegwarfen. Reste, Abfälle. Man muss das alles rasch aufsammeln, sonst kommen einem die Ratten zuvor, die Kakerlaken, die Fliegen, die Mücken. Tausende von Insekten. Selbst die Fledermäuse haben sich dort versorgt, sagte sie. Und da habe ich auf einmal ein Geräusch gehört, wie …«

»Wie was, Pater?«, fragte Pedro Caballero. Damals war sein Bein noch heil, und er trug stolz die Uniform und den Revolver der Guardia Civil.

»Wie das, was es auch war: das Wimmern eines Säuglings«, antwortete Pater Molfino, riss die tränenfeuchten Augen auf und fuchtelte mit seinen knochigen Händen. »Die arme Domitila war schon tot. Und die Letzte Ölung hatte ich ihr bereits gespendet. An den Namen des Jungen erinnere ich mich nicht, aber er sollte dort bei der toten Frau bleiben und für ihre Seele beten. Ich selbst habe mich auf den

Weg zurück nach Hause gemacht, quer durch den Müll. Mit den Händen habe ich die Mücken und die Fliegen verscheucht und mit den Füßen die Ratten und die Kakerlaken. Verdammte Müllkippe. Aber es gab keinen anderen Weg zurück nach Puerto Eten als quer durch diese ekelhaften Haufen, wo es nach allem Dreck der Welt stank. Und in dem Moment habe ich es gehört. Ganz leise. Hatte ich richtig gehört? Ja, das war das Wimmern eines Neugeborenen. Klar doch, natürlich.«

»Er sprach sehr gut Spanisch«, sagte Pedro Caballero. »Aber wenn man ihn hörte, merkte man sofort, dass er Italiener war. Das war nämlich, als würde er die Wörter nicht sprechen, sondern singen. Zum Wohlsein, mein Freund!«

Toño Azpilcueta stieß mit seinem Glas an: »Dann zum Wohlsein!«

»Sie meinen, die Mutter hat das Baby dort ausgesetzt, mitten im Müll? Damit die Ratten es fressen? Das glauben Sie doch nicht im Ernst, Pater Molfino!«, rief Pedro Caballero entsetzt.

»Seit vielen Jahren träume ich von dieser Nacht«, sagte Pater Molfino. »Seit zweiundzwanzig Jahren, und noch nie habe ich jemandem davon erzählt. Du bist der Erste, der es aus meinem Mund hört. Außer dem Friedensrichter, der mir aufgetragen hat, mich um das Kind zu kümmern. Ihm habe ich es natürlich erzählt, und er hat mich dasselbe gefragt, was auch ich mich gefragt habe: Wie kommt es, dass die Ratten den Kleinen noch nicht gefressen hatten? Wahrscheinlich wegen des Wimmerns, das hat sie verscheucht. Ratten haben feine Ohren. Es war ein leises Weinen, aber ich habe es gehört. Damals hatte ich bestimmt noch ein gutes Gehör. Heute, mit den Jahren, machen die Augen und die Ohren nicht mehr richtig mit. Aber auf dem Weg durch die Müllhalde habe ich es gehört. Was war das? Das Wimmern eines Kindes. Sollte ich gehen, meinen Weg fortsetzen? Obwohl ich wusste, dass man dort im Müll ein Neugeborenes ausgesetzt hatte? Nein, natürlich nicht, das wäre ja noch schöner. Also habe ich mir ein Herz gefasst, habe nach den Ratten und den Kakerlaken getreten und im Dunkeln geschaut, woher dieses leise, fast schon verstummende Wimmern kam.«

»Sie meinen, die Mutter hat sich nicht getraut, das Baby zu töten«, stammelte Pedro Caballero. »Sie hat es dort auf der Müllkippe abgelegt. Haben Sie herausgefunden, wer sie war?«

»Nein, habe ich nicht«, sagte Pater Molfino und schüttelte den Kopf. »Eine verzweifelte Frau, das ganz sicher, weil sie arm war. Einer dieser zerstörten Menschen, von denen es hier so viele gibt. Der Hunger hatte an ihren Gefühlen genagt, auch das. Arme Frau. Trotzdem, es gehört schon was dazu, ein Neugeborenes auszusetzen. Sich nicht zu trauen, es zu töten, und das den Nagetieren zu überlassen.«

»Und dann haben Sie das Kind gefunden?«

»Habe ich, ja«, sagte Pater Molfino, und bei der Erinnerung zitterte ihm wieder die Stimme. »Natürlich erst nach langem Suchen. Nachdem ich links und rechts um mich getreten hatte, um die Ratten und die widerlichen Kakerlaken und die Tausende von Viechern zu verscheuchen, die nachts auf die Müllhalden kommen und Nahrung sammeln. Ich weiß nicht, wie lange ich gesucht habe, aber auf einmal habe ich den Kleinen gefunden. Eingewickelt in eine Wolldecke.

Ich habe ihn auf den Arm genommen, er weinte immer noch. Er wollte natürlich an die Brust. An die Brust seiner Mutter. Wie ein kleines Skelett war er, der Ärmste. Ich erinnere mich noch genau an ihn, unter meinen Fingern habe ich die Knochen gespürt. Als ich dann von dem Müllberg runtergestiegen bin, mit dem Baby in den Armen, kamen mir die Tränen. Ich dachte schon, ich hätte vergessen, wie man weint. Aber nein. Dort habe ich erfahren, dass ich es noch konnte.«

»Hat er es erfahren?«, fragte Toño Azpilcueta, der für einen Moment aufhörte zu notieren.

Diese verdammte Rattengeschichte verband ihn jetzt erst recht mit Lalo Molfino. Würde er in Zukunft immer wieder davon träumen?

»Natürlich nicht«, sagte Pater Molfino energisch. »Ich habe es ihm nie gesagt.«

»Hat er erfahren, dass seine Mutter ihn kurz nach der Geburt auf einer Müllkippe vor der Stadt ausgesetzt hat?«, fragte Toño Azpilcueta noch einmal.

»Ich weiß es nicht«, sagte Pedro Caballero. »Zu dem Gespräch kam es erst, als Lalo schon groß war und nachdem er in einer seiner typischen Anwandlungen von heute auf morgen abgehauen war, nach Chiclayo oder nach Piura, ohne sich von irgendwem zu verabschieden, nicht einmal von Pater Molfino, und der hatte ihn schließlich gerettet und adoptiert und später auf die kleine Schule geschickt, die es damals hier gab. Santa Margarita hieß die, auf die bin ich auch gegangen. Der Pater hatte sie so genannt, nach einer Jungfrau drüben in Italien, er hat sie sehr verehrt. Ich weiß nicht, ob Lalo jemals erfahren hat, dass dieser italienische

Priester, wie auch immer er hergekommen ist, ihn auf einer Müllkippe aufgesammelt hatte. In der Schule war die Rede davon, aber niemand hat sich getraut, es ihm zu sagen. Glaube ich zumindest.«

»Wohnt er noch hier, der italienische Priester?«, fragte Toño Azpilcueta sein Gegenüber, legte den Stift beiseite und trank ein Schlückchen von dem Bier, das inzwischen alles andere als kalt war.

»Nein, das nicht. Als er spürte, dass er sterben würde, ist er nach Italien zurückgegangen«, sagte Pedro Caballero. »Puerto Eten hat ihm einen großen Abschied bereitet, der Bürgermeister hat ihm sogar eine Medaille an die Brust geheftet. Was wohl aus ihm geworden ist. Aus Pater Molfino, meine ich. Bestimmt ist er schon tot.«

»Wie lange ist das alles her?«, fragte Toño Azpilcueta. Er hatte einen fiesen Geschmack im Mund und sah überall Ratten und Kakerlaken.

»Viele Jahre natürlich«, sagte Pedro Caballero. »Ist doch klar. Ich meine, wenn der Pater es Lalo nicht gesagt hat, bin ich wohl der einzige Mensch in der Stadt, der weiß, dass die Mutter oder der Großvater oder wer weiß wer Lalo Molfino kurz nach der Geburt auf einer der Deponien von Puerto Eten ausgesetzt hat, damit die Kakerlaken und die Ratten ihn fressen.«

Beiden war der Appetit vergangen, und sie lehnten dankend ab, als der Kellner der Pension El Rincón del Norte ihnen gefüllte Kroketten anbot. Zwei weitere Bier dagegen mussten sein, um ein Gespräch durchzustehen, in dem von Müllkippen und Nagetieren die Rede war.

»Als ich auf die Welt kam, war Pater Molfino schon da,

denn er hat mich getauft, wie meine Mutter mir sagte«, sprach Pedro Caballero weiter. »Lalo hat er adoptiert und ihm seinen Nachnamen gegeben. Ein guter Mann, der Pfarrer. Er hat die Santa Margarita gegründet, die hat hier wie eine öffentliche Schule funktioniert, dabei war sie privat. Das heißt, niemand musste einen Centavo bezahlen, glaube ich. Oder zumindest dürften nur sehr wenige das monatliche Schulgeld gezahlt haben. Auf die Schule sind viele Kinder aus Puerto Eten gegangen. Damit war er ein Pionier. Wir waren Jungs und Mädchen gemischt. Die meisten von uns haben dann am Colegio Nacional die Sekundarstufe gemacht, nicht aber Lalo, da hatte er nämlich schon die Gitarre entdeckt. Und von dem Moment an war das Instrument für ihn sein Leben.«

»Sein Leben?«, fragte Toño Azpilcueta verwundert, an den Lippen schon das zweite Bier, das der Kellner ihnen auf den Tisch gestellt hatte. Es war kalt, zum Glück, aber bald würde es warm werden.

»Ich weiß nicht, wo er sie gefunden hat. Bestimmt auf einer der Müllkippen von Puerto Eten. Eine alte Gitarre, ohne Saiten, jemand hatte sie weggeworfen. Ohne Saiten, im Ernst. Er hat sie mitgenommen und wieder zum Leben erweckt. Und von da an war sein Leben diese Gitarre. Nein, ich übertreibe nicht. Er hat neue Saiten aufgezogen, die Wirbel ersetzt, hat die Gitarre lackiert. Oder geölt, besser gesagt. Von da an kannte er nichts anderes mehr, nur noch das Instrument. Sein Leben lang hat er die Gitarre mitgeschleppt. Das Spielen hat er sich, glaube ich, auch ganz allein beigebracht. Ja, ganz allein. Soweit ich weiß, hat niemand ihm Unterricht gegeben. Aber weil er Tag und Nacht an der Gitarre hing, ist er auch nicht weiter zur Schule gegangen. Pater Molfino war verzweifelt. Er wollte, dass er aufs Colegio Nacional ging und die Sekundarstufe machte, aber Lalo hat nicht auf ihn gehört. Wie gesagt, für ihn gab es nichts anderes mehr im Leben. Wozu auch, er hat wahnsinnig gut gespielt.«

»Wahnsinnig gut«, sagte auch Toño Azpilcueta. »Ich werde den Abend nie vergessen, an dem ich ihn gehört habe. Deshalb bin ich heute hier. Aber bleiben wir beim Thema: Wie war die Beziehung zwischen Lalo und Pater Molfino?«

»Seltsam«, sagte Pedro Caballero. »Alles daran war seltsam, wie so vieles im Leben von Lalo Molfino. Nie hat er ihn wie einen Vater behandelt, eher wie einen Pater. Er hat ihn respektiert, aber ob er ihn auch geliebt hat, das weiß ich nicht.«

»Und seine Mitschüler?«, fragte Toño Azpilcueta. »Hatte er sonst noch einen Freund? Gab es da vielleicht ein Mädchen?«

»Himmel, nein!« Pedro Caballero wedelte mit den Händen. »Das Verhältnis zu den anderen Kindern war ziemlich schlecht. Weil er so war, wie er war, abweisend, misstrauisch. Und weil es hieß, das sei unnormal, so mit einem Pfarrer zusammenzuleben. Wir fanden das seltsam. Aber aufgezogen hat ihn damit keiner, bei der kleinsten Andeutung hätte Lalo ihm einen Kopfstoß verpasst. Er war ein Raufbold, ließ sich nichts gefallen, auch wenn er so schmächtig war. Auch für mich war es nicht einfach, sein Freund zu sein. Ich war richtig wütend, als ich erfahren habe, dass er nach Chiclayo gegangen ist, oder nach Piura, ohne sich von mir zu verabschieden. Und für Pater Molfino, kann ich mir vorstellen, war es noch schlimmer. Lalo war seltsam, mehr als seltsam, das kann ich Ihnen sagen.«

»Aber irgendjemand muss ihm das Gitarrespielen doch beigebracht haben«, hakte Toño Azpilcueta nach. »Niemand lernt das allein. Und schon gar nicht so, wie er gespielt hat.«

»Wer sollte ihm hier denn Unterricht geben!«, rief Pedro Caballero. »Soviel ich weiß, gibt es in Puerto Eten keine Gitarrenlehrer. Außerdem war Lalo der unsympathischste Mensch der Welt. Nur mit mir hat er gesprochen. Soweit ich mich erinnere, war er mit niemandem sonst befreundet.«

»Das heißt, als er die Schule von Pater Molfino verlassen hat, ist er auf keine weitere gegangen«, sagte Toño Azpilcueta.

»Nein, wohl nicht«, sagte Caballero. »Ich habe ihn seither kaum noch gesehen, wegen der blöden Gitarre. Warum sollte er weiter lernen, wenn er nur Gitarrist werden wollte? Das hatte doch keinen Sinn, mit der Schule weiterzumachen, oder? Aber Sie kennen sich da besser aus. War Lalo wirklich ein großartiger Gitarrist?«

»Wie gesagt, der beste, den ich in meinem Leben gehört habe«, antwortete Toño Azpilcueta. »Und ja, damit kenne ich mich aus. Glauben Sie mir, Gitarristen habe ich wahrscheinlich schon Hunderte gehört, peruanische und ausländische.«

»Ich habe ihn oft gehört, aber nie hätte ich gedacht, dass er so gut wäre, wie Sie sagen«, sagte Pedro Caballero. »Das heißt, Lalo Molfino war außergewöhnlich gut auf dieser Gitarre.«

»Er war genial, mehr als genial«, sagte Toño Azpilcueta. »Er war himmlisch, göttlich, was immer Sie wollen.«

»Aber verwundern tut es mich schon, was Sie von meinem Freund erzählen«, sagte Pedro Caballero und kratzte sich am Kopf. »Sie schreiben also ein Buch über ihn. Ich hoffe, Sie erwähnen mich darin. Immerhin haben Sie von mir die Angaben zu Lalo bekommen. Nicht wahr, Don?«

Toño Azpilcueta blieb in Puerto Eten drei Tage länger, als er vorgehabt hatte, insgesamt fünf. Gerechnet hatte er mit nur zwei Tagen für die Recherche. Die drei weiteren Tage saß er morgens, mittags und abends in der kleinen Bar der Pension El Rincón del Norte und trank Bier, in Begleitung des überaus zuvorkommenden Pedro Caballero und zusammen mit Dutzenden seiner Freunde, die mit Lalo Molfino auf der Santa Margarita gewesen waren. Toño fiel auf, dass viele der Freunde sich kaum an Lalo erinnerten, oder sie erinnerten sich kein bisschen und dachten sich nur etwas aus, um anzugeben vor diesem Herrn aus Lima, der meinte, er müsse ein Buch schreiben über den von ihm als Genie bezeichneten Zambito aus Puerto Eten.

Den wichtigsten Beitrag zu seiner Recherche lieferte ihm in den drei Tagen ein Anwalt, Juan Quiroga, der weder auf der kleinen Schule gewesen war noch Lalo Molfino überhaupt kannte, ihm aber nichts weniger verschaffte als das Protokoll der Erklärung, die Pater Molfino bei der Polizei abgegeben hatte und wonach er das Kind lebend auf einer der Müllkippen gefunden habe und beabsichtige, es zu adoptieren, sollte niemand sich melden. Es war ein wertvolles Dokument, und der Anwalt war so freundlich, es zu fotokopieren und ihm die Kopie zu geben. Toño bewahrte sie sorgfältig in seiner Aktentasche auf.

Die ganze Nacht dachte er an diese ersten, noch unbeholfenen Klänge, die der kleine Lalo Molfino der wiedererweckten Gitarre entlockt hatte, und wie sie sich angehört haben mussten in der Nacht von Puerto Eten. Und in der Einsamkeit seines Pensionszimmers, in das bei Wind und je nach Stärke der Meeresströmung das Rauschen der Wellen drang, wurden seine Augen feucht. Mit fünfzig Jahren war er ein wenig tränenselig geworden. Aber warum überkam ihn bei der Erinnerung an den Zambito aus Puerto Eten, der eine so unglaubliche Musik gespielt hatte, ein solcher Jammer? Beide, Lalo und er, waren von italienischen Vätern großgezogen worden, auch wenn sein eigener einen baskischen Nachnamen trug. Beide waren mit diesem Makel auf die Welt gekommen, um es irgendwie zu benennen, dieser allzu losen Verbundenheit mit Peru, was sie gleichwohl hatten beheben können, indem sie sich der peruanischsten aller Künste hingaben, der kreolischen Musik. Die Valsecitos hatten jede Leere, alles Fehlende ausgefüllt. Und jetzt, da er zu Lalo Molfino recherchierte, wurde Toño bewusst, dass er in manchen Momenten eine ebensolche Panik verspürt hatte, panische Angst davor, dass man ihn von der Straße aufgesammelt hatte, von einer Müllkippe vielleicht, warum nicht, und dass er mit einem ausländischen Vater zusammengelebt hatte, genau wie Lalo. Ihn schauderte bei dem Gedanken, dass er keine Gewissheit hatte über seine Herkunft, dass er ein Entwurzelter war. Der Mensch war kein Atom, sagte er sich, er war nicht dafür geschaffen, allein durchs Leben zu gehen, er musste Teil von etwas Größerem sein, einer Gemeinschaft, einer Heimat, die ihm einen Sinn gab und ihn beschützte. Ohne eine solche Zugehörigkeit, was war der Mensch schon? Kaum mehr als ein Kind, das man auf einer Müllkippe ausgesetzt hatte, den Ratten zum Fraß. Toño wischte sich mit den Fingern die Tränen ab, und dann bedeckte er sich, ohne etwas auf die Hitze zu geben, von Kopf bis Fuß mit dem Laken. Er fürchtete, eine Maus, egal wie klein, hätte einen Weg gefunden, durch die Bretter in sein Zimmer zu schlüpfen. Nur ein Gedanke beruhigte ihn, und er klammerte sich daran, bis er eingeschlafen war. Denn er hatte etwas gefunden, dem er sein Leben widmen konnte: Er würde ein Buch über Lalo Molfino schreiben, er hatte der Welt etwas zu sagen.

X

Der peruanische Walzer, der Vals, ist eine gesellschaftliche Institution: nicht geschaffen, um allein gespielt oder gehört zu werden wie manch andere Musik, ganz und gar nicht. Für den Vals braucht es ein Ensemble von drei, vier oder mehr Personen, nur so kann er in Schwung kommen. Daher bildeten sich gleich von Anfang an, im 19. Jahrhundert, als er entstand, und in den ersten Jahrzehnten des 20. Jahrhunderts die verschiedensten Gruppen. Zu den berühmtesten zählen natürlich Los Morochucos, bestehend aus Óscar Avilés, Augusto Ego-Aguirre und Alejandro Cortez, sowie das legendäre Duo Montes und Manrique und das Trio Abancay mit César Santa Cruz, José Moreno und Pablo Casas. Wie César Santa Cruz Gamarra sagt, war José Moreno ein enger Freund von Felipe Pinglo Alva, und er begleitete ihn mit selbstloser Hingabe »bis zu seiner letzten Minute«.

In diesen Gruppen gab es immer einen Sänger oder eine Sängerin und mehrere andere Musiker, in der Regel Gitarristen, auch wenn in dem Maße, wie sie in die verschiedenen Bereiche der Gesellschaft Einzug hielten, weitere Instrumente zur Gitarre hinzukamen, aus der Oberschicht etwa das Klavier oder die Geige, aber auch andere, bescheidenere Instrumente wie die Laute, das Cajón, Kastagnetten, die Mundharmonika und in jüngster Zeit sogar die Ratsche.

Und natürlich müssen wir Eduardo Montes und César Augusto Manrique dankbar sein, die zu Beginn des 20. Jahrhunderts, zu einer Zeit, als in Peru noch keine Schallplatten aufgenommen wurden, mit einhundertzweiundachtzig peruanischen Stücken nach New York fuhren, aus denen dann einundneunzig Schallplatten wurden. Laut den Autoren, von denen ich diese Angaben habe, José Antonio Lloréns Amico und Rodrigo Chocano Paredes, belegen sie, dass sich im Jahr 1911 in Peru bereits »ein kreolisches Repertoire von beträchtlichem Umfang und großer Beliebtheit im Volk herausgebildet hatte«.

Außerdem erschienen die ersten Liedersammlungen und entstanden *centros musicales*, Clubs oder Vereine, die es sich zur Aufgabe machten, berühmte Komponisten und Künstler zu ehren. Das erste Centro, das gegründet wurde, war das Carlos A. Saco, und nach dem Tod von Felipe Pinglo Alva eines, das sich dessen Andenken widmete. Beide wurden später zu Peñas, auf denen man die heimischen Künstler feierte, so trugen sie zur Verbreitung der peruanischen Musik bei. Bedeutende Anhänger des Centros, das sich dem Andenken Carlos A. Sacos verschrieben hatte, waren etwa Jesús Vásquez und die Geschwister Ascoy mit ihrem Duo La Limeñita y Ascoy, während das Centro Felipe Pinglo Alva nur einen echten Star hatte: María Jesús Jiménez, dazu viele Mitglieder.

Ich war immer voller Bewunderung für all die Gruppen, die mit dem Vals entstanden. Sie waren mehr als nur musikalische Ensembles; ihre Mitglieder wurden zu guten Freunden und teilten vieles miteinander, nicht nur ihre Liebe zur kreolischen Musik. Mit ihnen und ihrer Begeisterung für die heimischen Melodien entwickelte sich ein Bewusstsein für die Gemeinschaft, der Gedanke, dass sie zu ein und demselben Land gehörten und dass sie stolz darauf sein sollten. Schade, dass sich niemand mehr an die Ältesten von ihnen erinnert, an die Pioniere unter den Gruppen und an ihre Stimmen, unter denen, wie könnte es anders sein, eine Vielzahl von Frauen herausragten.

In der Anfangszeit gab es noch keine *cancioneros*, Liederhefte oder Liedersammlungen, weshalb wir uns auch nicht an die ältesten Ensembles erinnern, obwohl Fachleute sie sehr wohl stets erwähnen, darunter ein Franzose, Gérard Borras, in seinem vorzüglichen Buch über den Vals. Man sollte die Stücke alle sammeln, sollte sie hören und das Überlieferte festhalten, denn sie erzählen die wahre Geschichte Perus.

Ohne Zweifel hat der Vals, sowie er in unserem Land Wurzeln schlug, die Gründung von Gruppen befördert, die diese Musik spielten, zunächst unter Menschen aus einfachsten Verhältnissen, später dann, in der Gesellschaft aufsteigend, in der Mittelschicht und gar in den aristokratischen Kreisen, wie es heute der Fall ist, da der Vals ausnahmslos alle peruanischen Familien erreicht. Ich erinnere mich an einen Artikel von Ruperto Castillo in der Zeitschrift *Folklore Nacional*, worin er erzählt, wie überrascht er war, als er im Amazonasgebiet in einem weit abgelegenen Dörfchen, das von der Zivilisation, wie er dachte, noch unberührt war, einen Vals hörte, gesungen von den dortigen Indigenen in ihrer eigenen Sprache. Mit anderen Worten, auch in Amazonien war diese wahrlich nationale Musik angekommen.

Wenn ich sage, der Vals beflügelt den Sinn für Gemeinschaft, spreche ich nur aus, wie es ist. Wer spielt oder spielte den Vals schon allein? Außer Lalo Molfino niemand. Aber sein Fall war wirklich außergewöhnlich und ließ sich entschuldigen. Man musste schon so Gitarre spielen wie er, um sich gegen jede Begleitung auf der Bühne zu verwahren. Gebildet haben sich Ensembles immer für eine in Freundschaft verbundene Gemeinschaft. Sie sind ein Mittel gegen Individualismus und jeden Hang zum Egoismus, da unvereinbar mit einem Vergnügen, das sich nur in der Gruppe erleben lässt oder über die Katharsis des Tanzens oder einer Jarana, nicht umsonst ist beides bei uns so beliebt. In der Hauptstadt und in den Provinzen sind Hunderte, Tausende von Musikkapellen entstanden dank des Vals und seiner Macht, die Freundschaft zu befördern, dank dieser Feste, die die guten Beziehungen zwischen Gruppen von Menschen besiegeln und wofür Peru ein so großartiges Beispiel ist. Außerdem hat der Vals viele Paare zueinandergeführt und zweifellos unzählige Ehen gestiftet.

Womit ich nicht sagen will, dass wir ein besonders fröhliches Land wären wie etwa Brasilien, wo die Menschen beim legendären Karneval halb nackt auf den Straßen tanzen; sehr wohl aber sind wir ein Land, in dem freundschaftliche Bindungen dazugehören und unerlässlich sind, um zu lachen, Geburtstage zu feiern oder auch gemeinsam um einen Menschen zu trauern. Was sonst hieße Freundschaft? Es ist eine andere Art, zueinander in Beziehung zu treten und Brücken der Verwandtschaft zu schlagen. Und solange der Vals nicht in rückwärtsgewandte Nostalgie verfällt, stützt er die Freundschaft, die Kameradschaft und die Liebe allemal.

Wenn Sie es darauf anlegen, will ich Ihnen sagen, dass er

auch der Erotik zugutekommt. Und hier haben wir wieder dieses Paar, das für die beiden Extreme der peruanischen Gesellschaft steht: Toni Lagarde, das reiche Jüngelchen aus Miraflores, und Lala Solórzano, die hübsche und kecke kleine Schwarze aus dem Callejón de Morones. Was sie so lange zusammengehalten hat? Was, wenn nicht die Erotik! Trotz ihres Alters werden ihre Nächte noch voller Genuss sein, voller Erkundungen, Abenteuer und Glückseligkeit. Und hier halte ich ein aus Respekt vor den Damen, die mich lesen.

Um von Erotik zu sprechen, bedarf es einigen Feingefühls, nicht dass ältere Frauen oder Pfarrer sich gekränkt fühlen. Aber ich bin der festen Überzeugung, dass beim Hören und vor allem beim Tanzen peruanischer Walzer früher oder später die Leidenschaft hervorbricht, sich durchsetzt und oftmals auch ihren Siedepunkt erreicht.

Die Paare, die er herbeiruft und die zusammen tanzen, geraten irgendwann in Erregung, begehren sich. Ob sie dann miteinander ins Bett gehen oder davon Abstand nehmen, hängt von ihnen ab. Der Vals aber hat seine Aufgabe erfüllt, und in diesem Sinne ist die Ehe von Toni Lagarde und Lala Solórzano ein echter Erfolg, denn wer lebt schon so viele Jahre zusammen, wenn nicht die Liebe dahintersteckt (und das Bett, wollte ich schon hinzufügen, aber aus Respekt vor der Heiligen Mutter Kirche verkneife ich es mir). Mit der Kirche ist der Vals im 19. Jahrhundert schon mal aneinandergerasselt, da er in den Augen der Bischöfe Moral und Anstand zuwiderlief. Offenbar missfiel ihnen, dass der Finger des Mannes den Rücken der Frau leicht berührte – so tanzte man damals, unter Einhaltung dieser Distanz –, und tatsächlich hätten sie ihn beinahe verboten. Ich bin der Sache auf den Grund gegangen, und ich bleibe bei dem Gesagten. Nur dass die katholische Kirche mit ihrem Scharfsinn und ihrer Weisheit bemerkte, dass von allen Liedern und Tänzen nichts so beliebt war wie der Vals, quer durch die gesamte Bevölkerung, und so nahm sie Abstand von dem Verbot, wonach die Peruaner ihn nicht tanzen durften.

Nicht jede Musik hat eine solche Auswirkung auf die Gesellschaft wie der *vals criollo*, der kreolische Walzer. Für den Yaraví zum Beispiel gilt das nicht, auch nicht für die traurigen Weisen aus dem Norden, für die innige und wehmütige Musik von einsamen Sängern wie Mariano Melgar aus Arequipa, auch wenn hier und da versucht wurde, dem Yaraví eine eher heitere, auf die Gemeinschaft zielende Note zu geben. Aber mir ist das egal. Wenn mir melancholisch zumute ist, mag ich den Yaraví, besonders die Stücke von Mariano Melgar, unserem Helden und romantischen Komponisten, der im Kampf für die Unabhängigkeit Perus in der Armee von General Pumacahua starb, als der einen Aufstand anführte. Der Vals aber bringt Freude in jeden Moment des Lebens, und ich höre ihn so: am Morgen, wenn ich noch gähne; mittags, wenn ich esse; nachmittags und abends, wenn ich arbeite, was sonst, denn der Vals inspiriert auch und ruft zur Tat.

Wer hat nicht schon bemerkt, dass die Musik eines kreolischen Walzers insgeheim sexuell anregend wirkt, bei Männern wie bei Frauen? Auch bringt er uns auf »dumme Ideen«. Während wir tanzen, fühlen wir uns zunehmend voneinander angezogen, die Körper berühren sich, und je weiter der Abend fortschreitet, desto mehr pflegen wir einen vertraulichen Umgang, Geheimnisse werden ausgetauscht. Die Körper kommen einander näher, verführen sich gegenseitig, bis die Begierde geweckt ist, um es irgendwie zu benennen, womit diese dummen Gedanken gemeint sind, die sich aus der gegenseitigen Anziehung ergeben, einer Anziehung, die oftmals auf unwiderstehliche Weise beflügelt wird von der Musik und den Texten unseres Vals. Als ich vom Vals als einer gesellschaftlichen Institution sprach, die die Freundschaft befördert, und einer Lust, die der Liebe zugutekommt, wollte ich genau das sagen, wenn auch in etwas allgemeinerer Form.

Passiert das bei jeder Musik, zu der die Leute tanzen? Keineswegs. Wer käme auf die Idee, dergleichen über einen argentinischen Zapateo zu sagen oder über den beliebten Samba? Der Zapateo wird allein getanzt, ob von einem Tänzer oder einer Tänzerin. Hier gibt es kein Paar, und wenn doch, wird voneinander getrennt getanzt, konzentriert auf die jeweils eigenen Schritte zur Musik, zu einer Musik, die die Menschen isoliert und auf Distanz hält, statt sie einander anzunähern und zu entflammen, wie es beim Vals der Fall ist. Der Zapateo wurde geschaffen, um aus der Ferne betrachtet zu werden, der Vals, damit man ihn am eigenen Leib erlebt.

Deshalb hat der Vals in unserem Land auch eine so große Zustimmung erfahren, er hat dazu beigetragen, die Menschen zusammenzubringen und Vorurteile und Rassismus zu bekämpfen. Bei allem, was der peruanische Walzer zu bieten hat, sollte man gerade das nicht vergessen, denn es ist auch ein Teil seines Zaubers.

XI

Als Toño Azpilcueta aufstand, musste er an Lucha Reyes denken. In seinen Augen war sie die Sängerin, die Lalo Molfino am meisten ähnelte, ein so schweres Schicksal hatte sie gehabt und so jung war sie gestorben. Er erinnerte sich an einen Dokumentarfilm über sie, worin es geheißen hatte, dank ihres entschlossenen Charakters habe Lucha die vier Flüche überlebt, die ihr anhingen: dass sie eine Frau war, eine Schwarze, eine Sängerin und nicht eben eine Schönheit.

Sie wurde 1936 in eine vielköpfige Familie geboren, ein ganzes Völkchen von Schwarzen, klein und groß, aufgewachsen in einem der Elendsviertel, wo die Ärmsten der Armen in Peru zur Welt kamen, und mehrere Jahre war sie in einem Kloster, sicherlich im Hinblick darauf, einmal Nonne zu werden, eine Möglichkeit, zu überleben in Peru, wenn man eine Frau war, schwarz und nicht eben eine Schönheit. Aber Lucha Reyes hatte Schlimmeres überstanden, als am Hungertuch zu nagen. Zum Glück lernte sie den Negro Ferrando kennen, denn der holte sie als Sängerin in seine Sendung auf Radio América, wenn die Pferderennen aus dem Hippodrom übertragen wurden. Obwohl Ferrando, ein Zambo, vor allem Pferdenarr war, wusste Toño Azpilcueta doch genau, wie viel er für die kreolische Musik und ihre Interpreten getan hatte, wie viele Sängerinnen und Sänger er entdeckt hatte, darunter Cecilia Barraza, womit er ihnen die Chance gab, zu singen, Gitarre, Güiro oder Cajón zu spielen und berühmt zu werden. Eine der Frauen war Lucha Reyes.

Toño Azpilcueta erinnerte sich an die Perücken, die Lucha Reyes sich aufsetzte, blond, rot oder weiß, und wie sie mit ihrer gewaltigen Stimme diese kreolischen Walzer sang, die in Peru für eine einfache Herkunft und für die Armut standen. Und natürlich für die Huachafería mit ihren so leidenschaftlichen wie blutigen Geschichten, ihrer übersteigerten Sentimentalität und all den Kitschigkeiten, denen sie eine Form gab für die Ewigkeit, indem sie dem Vals einen besonderen Akzent verlieh, eine Kraft und Vitalität, wie man es noch nicht kannte. So hatte sie den Vals, bis dahin eher leise, recht manierlich und ein wenig effeminiert, zu etwas ungeheuer Wuchtigem gemacht und zugleich zu etwas überaus Feinem. In seinen unzähligen, immer lobenden Artikeln über die Sängerin hatte Toño es genau so geschrieben.

Schade, dass der Zambo Ferrando den Zambito Lalo Molfino nicht entdeckt hatte, er hätte ihn bestimmt bekannt und populär gemacht; hätte ihn »die Gitarre Perus« genannt, um ihn hervorzuheben gegenüber Óscar Avilés, hätte für ihn Platten aufgenommen und wäre mit ihm durchs Land gezogen, damit die peruanischen Massen ihn kennenlernten und ihm applaudierten. Ein solches Schicksal hätte Lalo Molfino verdient gehabt. Aber da der Zambo Ferrando es nicht getan hatte, kam es ja vielleicht ihm und seinem Buch zu, dem Jungen posthum zum Ruhm zu verhelfen.

Toño überließ sich den Erinnerungen an Lucha Reyes, um nicht daran zu denken, was ihm, bevor es zurückging nach Lima, in Puerto Eten als Letztes zu tun blieb. Er wollte es nicht, es widerte ihn an, allein bei dem Gedanken verspürte er ein fieses Kribbeln auf der Haut, aber um sein Buch zu schreiben, das wusste er, musste er Reque besuchen, dieses Meer aus Müll, das sich erstreckte, so weit das Auge reichte, und wo Pater Molfino den kleinen Lalo gefunden hatte.

Statt zu frühstücken, heuerte er ein Taxi an und erklärte dem Fahrer, für ein Buch, an dem er schreibe, müsse er die schreckliche Müllkippe sehen. Der Taxifahrer hatte Verständnis und öffnete ihm die Tür seines Wagens. Eine halbe Stunde später hatten sie die Brücke passiert, und Toño Azpilcueta sah vor sich das riesige, nicht zu überblickende Meer aus Abfällen, über denen Unmengen von Fliegen schwirrten, und kaum war er ausgestiegen aus dem alten Taxi, attackierten sie schon sein Gesicht, seine Arme, seine Hände. Dann drang er, sich immer wieder die Nase zuhaltend, hinein in diese gigantische Deponie, die keine Grenzen kannte, und sah die Müllsäcke, die die Lastwagen vormittags abluden, nachdem sie den Unrat in den umliegenden Ortschaften eingesammelt hatten.

Das Erstaunlichste war, dass inmitten der stinkenden Halden eine Hütte stand, gebaut aus Resten von Papier, Stoff, Holz und Metall, und dass dort ein Mann lebte, offenbar schon recht betagt. Als er auf ihn zutrat und ihn ansprechen wollte, sah er, wie der Alte sich bückte und in den Müll abtauchte, als würde er nach einem Schatz suchen, und als er sich wieder erhob, schüttelte er irgendwelche Viecher ab, die ihm auf den Hals und auf den Kopf geklettert waren. Er tat es mit einer solchen Selbstverständlichkeit, dass Toños Abscheu noch wuchs. Er konnte nicht anders und kratzte sich, am ganzen Körper spürte er die ekelhaften feuchten Pfoten und wie seine Haut juckte. Als der Alte mit der Schaufel einen Geier verscheuchte, der Anstalten machte, ihm einen Schatz zu klauen, den er zwischen den Abfällen gefunden hatte, wurde Toño schwindlig. Er versuchte sich vorzustellen, wie Lalo Molfino sich gefühlt hatte, dort ausgesetzt in dem abscheulichen Gestank, umgeben von den aufdringlichen Viechern, die an ihm hochkrabbelten, und er hielt es nicht länger aus. Das alles war zu schmutzig und bestimmt auch so voller Ratten und Mäuse, dass er sich vor sich selbst ekelte. Und in einer Wolke von Fliegen und Gerüchen rannte er zurück zum Taxi. Der Fahrer stand da und schlug sich mit der Hand die Mücken aus dem Gesicht. »Und, haben Sie gesehen, was Sie sehen wollten?«, fragte er spöttisch. Toño schüttelte sich von Kopf bis Fuß und bat ihn, auf der Stelle loszufahren.

In der Pension nahm er eine ausgiebige Dusche. Er wechselte die Unterhose und die Hose, dachte sogar daran, die Sachen, die er auf der Müllkippe angehabt hatte, im Zimmer zurückzulassen. Aber dann besann er sich, da ihm kaum noch frische Kleidung blieb, packte alles in den Koffer und vergewisserte sich, dass in der Aktentasche seine Hefte und Notizbücher steckten. Mit dem Gepäck ging er bezahlen, und als er zum Eingang der Pension kam, stieß er auf einen Mann, der dort auf ihn wartete. Er brauchte einen Moment, ehe er ihn erkannte. Der Mann war groß und hielt sich krumm, und wie so viele in Puerto Eten trug er einen Overall, ein Sporthemd und Turnschuhe.

»Gott sei Dank habe ich Sie gefunden, bevor Sie wieder fahren«, sagte er und gab ihm die Hand. »Ich bin Jacobo

Machado. Wir haben gestern zusammengesessen, aber wir waren so viele, dass Sie sich bestimmt nicht an mich erinnern.«

»Ich erinnere mich sehr gut«, sagte Toño Azpilcueta. »Aber sicher doch. Ein Freund von Pedrito Caballero, nicht wahr?«

»So ist es«, bestätigte Machado. »Ich komme, weil ich gestern ein paar Piscos über den Durst getrunken habe und mein Gedächtnis einen Aussetzer hatte. Das passiert mir schon mal. Lalo war nicht mein Freund, aber zufällig habe ich etwas erfahren, was Ihnen hilfreich sein könnte. Der Herr, der ihn nach Chiclayo mitgenommen hat, vielleicht auch nach Lima, damit er dort in einer kreolischen Gruppe spielt, hieß Abanto.«

»Luis Abanto Morales?«, fragte Toño Azpilcueta überrascht. »Ich wollte gerade irgendwo frühstücken. Möchten Sie nicht mitkommen? Ich lade Sie ein. Das heißt, Abanto Morales …«

»Ob Morales, weiß ich nicht«, sagte Machado, und dabei zuckte seine breite Nase. »Aber er hieß Abanto, daran erinnere ich mich genau. Ich habe ihn in Chiclayo kennengelernt, in Puerto Eten war er wohl nie. Ich weiß auch noch, dass wir zusammen ein paar Bier getrunken haben, er hat mich eingeladen.«

Sie setzten sich in ein Café gleich neben der Pension, bestellten Milchkaffee mit Toast und Butter und unterhielten sich eine ganze Weile. Jacobo Machado war damals Lastwagenfahrer gewesen und fuhr seine Fracht von Puerto Eten nach Chiclayo und ins übrige Peru, mal als Fahrer, mal als Beifahrer, mit einem nagelneuen Lkw, dem sie den Namen »Ratscher« gegeben hatten.

Den Job, der auch recht gut bezahlt war, hatte er zwei oder drei Jahre gehabt. Und als er einmal abends in Chiclayo beim Bier mit einem Mann zusammensaß, der aus Lima kam und Abanto hieß, sprachen sie über Puerto Eten. »Von dort stammt der beste Gitarrist Perus, Lalo Molfino«, sagte der Mann, und dann prahlte er damit, dass er ihn engagiert habe, um in einer Gruppe zu spielen.

»Sind Sie sicher, dass das Abanto Morales war?«, fragte Toño Azpilcueta.

»Ich sagte doch, ich weiß nicht, ob Morales. Aber Abanto, das ja. Schon ein seltsamer Name.«

»Er ist ein guter Sänger«, sagte Toño. »Vor ein paar Jahren habe ich ihn öfter gehört. Hätte Lalo Molfino ihn begleitet, wüsste ich davon. Das wundert mich sehr.«

»Ich weiß nicht, ob er ihn begleitet hat«, sagte Jacobo Machado. »Sicher weiß ich nur, dass er Abanto hieß. Er war recht korpulent und nicht mehr der Jüngste. Er trug Krawatte, am Handgelenk eine große Uhr, und er kam aus Lima. Ein eleganter Herr. Keine Ahnung, was er in Chiclayo gemacht hat, aber als er den Namen Lalo Molfino erwähnte, bin ich von meinem Stuhl aufgesprungen und habe dem ganzen Tisch erzählt, dass wir in Puerto Eten zusammen auf der Schule waren, der Santa Margarita.«

»Hat er Ihnen denn gesagt, was aus ihm geworden ist? Aus Lalo, in Chiclayo oder in Lima?«

»Nein, weil wir gleich das Thema gewechselt haben«, sagte Machado. »Niemand sonst kannte Lalo, nur der Herr Abanto und ich. Wenn ich mich recht erinnere, haben wir danach über Fußball gesprochen.«

Als Toño Azpilcueta später in dem Bus saß, der ihn von

Puerto Eten nach Chiclayo brachte, dachte er weiter an Abanto Morales. Jemand hatte ihm gesagt, er sei krank. Das würde er in Lima herausbekommen. So hätte er einen Vorwand, sich noch einmal mit Cecilia Barraza im Bransa zu treffen, sie konnte ihm sicher sagen, wo er den Sänger und Komponisten fand. Es gab keinen Grund mehr, in Chiclayo zu bleiben und dort weitere Nachforschungen anzustellen. Besser nahm er noch am selben Tag den Roggero-Bus von Chiclayo nach Lima, auch wenn er den famosen Reis mit Ente dann immer noch nicht gekostet hätte.

Toño konnte nicht schlafen – diesmal fuhr er über Nacht und hatte keine Gelegenheit, die einsamen Wüstenabschnitte zu sehen und ab und zu das Meer mit seinen tosenden Wellen –, und so dachte er über sein Buch nach. Der Aufenthalt in Puerto Eten war nicht so ergiebig gewesen, wie er sich vorgestellt hatte, aber zumindest hatte er ein paar wichtige Angaben erhalten, die es ihm ermöglichten, sich in Lalo Molfinos Psyche zu vertiefen. Es gab noch viele Lücken, die er würde füllen müssen, er würde weiter recherchieren und weitere Personen befragen, angefangen bei Abanto Morales. Oder sollte er all das, was er über Lalo Molfino nicht wusste, erfinden? Wenn er es sich ausdachte, wäre sein Buch so etwas wie ein Roman, eine Fiktion über das mutmaßliche Leben von Lalo Molfino. Aber nein, das wollte er nicht. Er wollte, dass sein Buch auf einer präzisen Recherche beruhte, mit nur Wahrem und von ihm selbst Überprüftem. Ein Buch über die Huachafería und den kreolischen Walzer und über diesen Unbekannten, der auf eigene Faust beschlossen hatte, die gefundene Gitarre instand zu setzen und zu spielen, dieses großartige Instrument des Vals, gleichsam das Inbild der peruanischen Musik. Ein Buch, in dem er erklärte, dass es den Vals in den drei Jahrhunderten der Kolonie nicht gegeben hatte, einer Epoche, in der die weißen Peruaner aus den besseren Kreisen ihre eigene Musik hatten, importiert aus Spanien, und in der die Peruaner niederen Stands, angefangen bei den Sklaven, ebenfalls ihre Musik und ihre Tänze hatten, und die waren afrikanischen Ursprungs und sehr verschieden von denen der Weißen. Tatsächlich hatte sich die musikalische Verschmelzung der beiden getrennten Welten erst im 19. Jahrhundert ergeben, viele Jahre nach der Unabhängigkeit, als die Valsecitos aufkamen.

Was war passiert in den letzten zehn Jahren, dass Peru in einen Bruderkrieg geraten war, mit unzähligen Toten jeden Tag? Warum brachte der Leuchtende Pfad kleine, in den Bergen verlorene Dörfer in seine Gewalt oder legte Bomben in den Städten der Sierra, selbst in Lima, wenn sämtliche Opfer doch Peruaner waren? In welchem Moment war das Land auseinandergebrochen, hatte sich das Hochland von der Küste getrennt, Bruder von Bruder? Brauchte es jetzt nicht mehr denn je ein Buch, das Peru erneut vereinte? Konnte er ein solches Buch über die peruanische Seele schreiben, in dem seine Landsleute sich wiedererkannten und daran erinnerten, was sie vereinte? Im Dunkel des Busses musste Toño Azpilcueta, wenn auch ein wenig betreten, lächeln über diese peruanische Angewohnheit, zu glauben, was man denkt, wäre bereits in Erfüllung gegangen. Würde es ihm genauso ergehen? Würde er sich mit dem Traum zufriedengeben, der Fiktion, oder würde er all seine Vorstellungen in ein Werk einfließen lassen, das imstande wäre, dem Heimatland neue Kraft zu geben? Nein, beim Traum würde er es nicht belassen. Toño war sich sicher, dass er sein Buch über Lalo Molfino schreiben würde. Den festen Willen hatte er. Und sein Freund, Kumpel und Nachbar, der Chinese Collau, hatte ihm dafür fünftausend Sol geliehen. Er durfte ihn nicht enttäuschen.

XII

Ich möchte Ihnen nun von Gérard Borras erzählen, einem jungen Franzosen, aber großen Kenner unserer Heimat, auf den ich mich bereits bezogen habe und der eine Studie publiziert hat über Lima, den Vals und das kreolische Lied in den Jahren 1900 bis 1936. Der Autor, der am Französischen Institut für Andenstudien in Lima arbeitet, hat für sein Buch, das, wie der Titel schon sagt, gerade mal sechsunddreißig Jahre umspannt, einen streng akademischen Ansatz gewählt und die *cancioneros* aus jener Zeit untersucht. Dank der in Lima erschienenen Liederhefte und der Zeitschrift *Variedades*, die er mit der Neugier des Wissenschaftlers durchgesehen hat, gibt uns seine Untersuchung eine fundierte Vorstellung davon, welchen Einfluss der Vals in diesen Jahren hatte, als er in der Unter- und der Mittelschicht eine große Verbreitung fand. Ganz Lima einschließlich der Presse bediente sich des Vals (oder der peruanischen Musik im Allgemeinen), um an Ereignisse zu erinnern, auf die sich die Aufmerksamkeit des Volkes gerichtet hatte, ob es um Politik ging, Verbrechen oder anderes. So erfahren wir aus der Studie zum Beispiel, was in Lima der Tod zweier prominenter Piloten auslöste, Octavio Espinosa und Walter Pack (Letzterer ein US-Amerikaner), die im Flug versehentlich kollidierten und beim Absturz ebenso ums Leben kamen wie die beiden Mechaniker an Bord. Der Unfall erschütterte die Menschen, und natürlich wurde er aufgegriffen in einer Reihe von Valses und kreolischen Liedern, die das Ereignis zelebrierten (betrauerten, wollte ich sagen). Mit den Anfängen der peruanischen Luftfahrt, das macht Borras deutlich, rückten auch die Namen von Fliegern wie Carlos Tenaud, Juan Bielovucic und Octavio Espinosa ins Bewusstsein des Publikums, für einen Moment genossen sie großes öffentliches Ansehen. Aber wie gesagt – wie die Studie besagt –, erschütterte der Tod von Octavio Espinosa und Walter Pack die Stadt, und zu ihren Ehren entstanden mehrere Valses, was bedeutet, dass der peruanische Walzer nicht nur Musik war, sondern auch ein Medium zur Übermittlung von Nachrichten.

Mit dem *vals criollo* ging es voran, er nahm immer mehr Raum ein in der Wahrnehmung der peruanischen Bevölkerung, denn das Phänomen blieb nicht auf Lima beschränkt, sondern erreichte auch die Provinzen, es handelte sich also zweifellos um eine nationale und äußerst volkstümliche Musik. Und das vor allem aufgrund der Herkunft jener, die sie schufen: Es waren einfache Leute, manchmal bettelarm, Arbeiter, Marmorschleifer, Maurer, Steinmetze, Straßenfeger, Laternenanzünder, Menschen, die auf eine Gitarre sparten oder sich untereinander eine schenkten. Bei der Verbreitung des peruanischen Walzers spielte Felipe Pinglo Alva eine zentrale Rolle, und sein Tod 1936 hinterließ eine Leere, die landauf, landab Tausende von Peruanern zu füllen versuchten. Was natürlich niemandem gelang, er blieb der Stern am Himmel der peruanischen Musik. Aber der Vals und andere heimische Lieder – wie die Polkas und die Tonderos – verbreiteten sich immer weiter und in sämtliche Richtungen, bis sie alle Räume erfassten, von den schlichtesten bis zu den prächtigsten, und so zum ersten Mal eine nationale Musik schufen, in der alle Peruaner, so unterschiedlicher Herkunft sie auch sein mochten, zusammenfanden. Daher ihre Popularität, was sich auch die Presse zunutze machte. Selbst Lieder mit makabrem oder gar masochistischem Humor wurden verfasst, wie etwa *Die Maus*: »Wenn ich Angst verspüre / vor Kakerlaken und vor Mäusen / dann weil die kleinen Tierchen / mir unters Bettzeug kreuchen.« Oder das: »Zwischen Lambayeque und Chiclayo / erlegten sie den Huerequeque / und aus dem Kropf des Vogels, gute Frau / zogen sie 'nen Cholo aus Lambayeque.«

Nach dem Tod von Felipe Pinglo Alva trat eine wunderschöne Sängerin mit einer großartigen Stimme hervor: Jesús Vásquez. Sie sang den Vals überaus einfühlsam, und so trug sie wie niemand sonst dazu bei, gesellschaftliche Bereiche für die kreolische Musik zu begeistern, die bis dahin von ihr noch unberührt waren. Viele junge Menschen kamen mit eigenen Liedern zu ihr, und über das Radio und die ersten peruanischen Filme half sie, diese bekannt zu machen. Jesús Vásquez reiste durch die ganze Welt, und überall hatte sie Erfolg. Sie stammte aus Rímac, und sie war eine der großen Persönlichkeiten der peruanischen Musik. Tatsächlich war das künstlerische Milieu damals geprägt von vielen weiblichen Stimmen, Sängerinnen wie Serafina Quinteras, Amparo Baluarte, Alicia Lizárraga, Estela Alva, La Limeñita und vielen anderen. Chabuca Granda aber stellte sie alle in den Schatten, denn nur sie setzte sich international durch, trug die peruanische Musik über unsere Grenzen hinaus und verschaffte ihr ein weltweites Publikum.

In den Jahren nach dem Tod von Felipe Pinglo Alva machten sich Dutzende, Hunderte, vielleicht Tausende von Komponisten ans Werk, und einige Sängerinnen wurden durch sie berühmt, so die erwähnte Jesús Vásquez, ein wahrer Publikumsliebling und allgegenwärtig durch das Radio und das Kino, womit sie entscheidend dazu beitrug, dem *vals criollo* landesweit eine Stimme und ein Gesicht zu geben.

Um noch einmal auf den Vals als Nachrichtenmedium zurückzukommen: Einmal berichtete die Zeitschrift *Variedades* über einen Kampf auf Leben und Tod zwischen zwei Banditen, Tirifilo und Carita, den Letzterer gewann. Nicht nur der Artikel schilderte den Vorfall, als ginge es um ritterliche Helden, es wurden auch viele Valses komponiert, die dieses Kampfes gedachten. Oder nehmen wir politische Themen wie die Kampagnen, die auf die Rückgabe der schmerzlich vermissten Provinzen Tacna und Arica an Peru abzielten, oder den traurigen Krieg gegen Kolumbien im amazonischen Regenwald, alles historische Ereignisse, die Anlass waren für eine Vielzahl musikalischer, von edelstem Patriotismus erfüllter Kompositionen, die Borras, der französische Experte, kenntnisreich beschreibt, auch wenn er, da er keine Gelegenheit hatte, ihn zu hören, nicht von Lalo Molfino spricht oder anderen großartigen Interpreten der kreolischen Musik.

XIII

Wieder zurück in Lima, verspürte Toño Azpilcueta das Bedürfnis, auf einen Imbiss seine Freunde Toni Lagarde und Lala Solórzano zu besuchen und ihnen von seinem Projekt zu erzählen. Nachmittags machten die beiden meist einen Spaziergang durch die Straßen ihres Viertels. Sie waren in recht hohem Alter, sicherlich schon an die neunzig, aber ihre Gewohnheiten hatten sie nicht abgelegt.

Toni war ein exzellenter Leser, umso mehr, seit er im Ruhestand war, und er interessierte sich vor allem für die Geschichte Perus. Er hatte die Bücher großer Historiker wie Porras Barrenechea, Jorge Basadre und Luis E. Valcárcel verschlungen, womit er in seinem Kopf ein heilloses Durcheinander anrichtete, denn noch immer konnte er sich nicht entscheiden zwischen den »Hispanisten« und den »Indigenisten«. Wenn er José de la Riva Agüero las, bezaubert von dessen Fin-de-Siècle-Prosa, wurde er zu einem Verfechter der Hispanität, doch sobald er die Autoren aus Cusco aufschlug, allen voran Uriel García, verwandelte er sich in einen unverbesserlichen Indigenisten. Diese ideologischen Umschwünge amüsierten ihn sehr, alle anderen rollten genervt die Augen.

Während sie ihren Imbiss mit Quittenmarmelade zu sich nahmen, erzählte Toño ihnen von dem unglaublichen Darlehen, das sein Freund Collau ihm gewährt hatte, und von seiner Fahrt nach Chiclayo und Puerto Eten. Er sei, sagte er, fest entschlossen, das Buch über Lalo Molfino zu schreiben und seine Gedanken zur Huachafería zu Papier zu bringen. Toni und Lala lachten, als nähmen sie seine Worte nicht ganz ernst. Toño ließ sich nichts anmerken und kam zur Sache. Er würde sie gern nach den noch lebenden Mitgliedern der Palizada fragen, wenn denn noch einer lebte. Die beiden hatten schon lange keinen mehr gesehen, sie wussten nicht einmal, wer noch lebte und wer nicht. Sie räumten ein, dass sie nur noch selten peruanische Musik im Radio hörten, sie hätten es jetzt mit den Hörspielserien, und wenn sie zu Hause seien und nicht gerade ein Buch in der Hand hielten, setzten sie sich zusammen vor den Apparat und gäben sich in Freud und Leid den alten, so schaurigen wie überdrehten Geschichten hin, die ein Sender wieder ins Programm genommen habe. Wenn Toño über die Huachafería schreiben wolle, sagte Lala, dürfe er diese unterhaltsamen Geschichten nicht außer Acht lassen, sie erinnerten sie an ihre eigene Liebesgeschichte. Toño ließ sich nicht beirren. Er bezweifle, sagte er, dass Hörspielserien ein echtes peruanisches Produkt seien, außerdem halte er es für eine Beleidigung, das Genie von Felipe Pinglo oder Lalo Molfino und ihr Talent, die Seele abzuhorchen, mit Einfällen aus der Feder von Schreiberlingen zu vergleichen, die sicherlich im Akkord produzierten und garantiert nichts wüssten über Peru oder die Empfindsamkeit der Menschen im Land.

Toni ließ sein typisches Gelächter erschallen und sagte, egal wer das Zeug geschrieben habe, es spiegele doch sehr gut die peruanische Realität wider. So finde sich darin, nur als Beispiel, das Thema seiner Erbschaft. Die Sache war, wie er erzählte, schon vor Jahren geklärt worden. Toni hatte seine Geschwister schwer beeindruckt, als er ihnen beim Notartermin sagte, dass er keinen Centavo aus dem Erbe anrühren würde, auch wenn er das Gesetz auf seiner Seite wisse, denn er respektiere die Entscheidung seiner Eltern, ihn zu enterben, als er Lala Solórzano heiratete. Seine Geschwister protestierten und sagten, sie hätten sich darauf verständigt, den elterlichen Willen nicht zu respektieren und ihn als Miterben zu betrachten, aber Toni, der ein sturer Bock sein konnte, meinte, da sei nichts zu machen, er respektiere die Entscheidung seiner Eltern, ihn zu enterben, weil er eine arme schwarze Frau geheiratet habe, sie sollten seinen Anteil untereinander aufteilen, so blieben sie gute Freunde (tatsächlich sahen sie sich praktisch nicht mehr, allenfalls bei der Trauerfeier für einen Bischof). Der Notar hatte es schließlich so arrangiert, dass das Gesetz dem Buchstaben nach befolgt wurde und in der Praxis die Geschwister den Anteil, der Toni zustand, untereinander aufteilten. Am Ende umarmten sie sich.

»Das wäre ein gutes Thema für einen Vals, nicht für eine Hörspielserie«, sagte Toño Azpilcueta mit strenger Miene.

Toni hatte drei Geschwister, einer der beiden Brüder, der Älteste, war Anwalt gewesen, der andere Bankier, und die Schwester hatte in zweiter Ehe einen reichen Chilenen geheiratet, der in Peru lebte und offenbar Ländereien besaß, auch wenn General Velasco ihm mit seinem Landreformgesetz einige weggenommen hatte. Bis vor kurzem hatte sie ihn und Lala manchmal eingeladen, und sie gingen hin, um das Gesicht zu wahren, aber im Grunde langweilten sie sich nur in Gesellschaft dieser vornehmen Damen und Herren, die viel von Geschäften redeten und sich praktisch nicht oder überhaupt nicht für die Geschichte Perus interessierten. Um zu zeigen, dass sie keine rassistischen Vorurteile hegten (natürlich hatten sie die), hätschelten und tätschelten sie Lala, und vor ein paar Jahren schlugen sie ihr gar vor, sie in ihre Musik- oder Tanzclubs aufzunehmen, ihre Lesezirkel, und sie stimmte sehr freundlich zu, dabei wusste sie genau, dass nach dem Fest alles Versprochene vergessen wäre. Im Grunde kamen sie aber recht gut mit diesen Verwandten aus, wenn auch nur aus der Ferne.

Richtig gut dagegen schien sich Carmencita Carlota mit ihren Cousinen zu verstehen, oder ihren Nichten, und mit einer von ihnen war sie eng befreundet, sie brachte sie nachmittags öfter mit nach Hause, und dann aßen sie die tollen Chancays mit Quittenmarmelade ihrer Mutter. Lala und Toni waren ein Paar, das Toño wahrlich beneidete. Wie hatten sie das geschafft? Sicherlich weil sie es in jungen Jahren so schwer gehabt hatten, dachte Toño. Ihre Sturheit hatte sie gerettet. Sie hatten sich behauptet, mit ihrer Liebe und weil sie auch Carmencita Carlota so sehr liebten. Toño verglich sich mit ihnen, und es machte ihn traurig. Er und Matilde, die aus demselben Viertel stammten, La Perla, und die zueinandergefunden hatten, ohne dass es ihnen jemand übelgenommen hätte; die zu keinem Gerede Anlass gegeben hatten und schon gar nicht von ihren Familien abgelehnt worden waren, sie gingen immer mehr zueinander auf Distanz. Zwischen ihnen schlichen sich diese lächerlichen Kleinigkeiten ein, die in einer Beziehung Risse hinterlassen. Ganz anders seine Freunde. Sie hatten, auch wenn sie aus unterschiedlichen Welten kamen, in der kreolischen Musik den Kitt gefunden, der sie über alle Unterschiede in Herkunft und gesellschaftlicher Zugehörigkeit hinweg verband. Und da saßen sie nun, glückliche alte Leutchen, die sich durchs Leben begleiteten. Lala und Toni waren ein Vorbild. Zwischen ihnen war nichts von diesem Hass, der zwischen Menschen schwelt, die schon lange zusammengelebt haben, diesem Groll, der sie zur Verbitterung verdammt. Man musste sich nur umschauen, und es war nicht zu übersehen, dass die meisten Menschen unglücklich waren und immer um etwas kämpften, was sie nie erreichen würden – Glück oder Vermögen –, anders als Toni und Lala, die mit ihrem Schicksal zufrieden zu sein schienen, auch wenn die Armut ihnen verwehrt hatte, durch die Welt zu reisen oder auch nur durch Peru. Zwar beklagten sie sich, dass sie Cusco nicht kannten, weil sie nie genug Geld hatten, um im Urlaub einmal hinzufahren, aber verbittert waren sie deshalb nicht, schließlich gab es andere Dinge, die es wettmachten. Wozu ihre große Liebe gehörte, sie ermöglichte es ihnen, sich gemeinsam an einem Buch zu erfreuen oder einem Film, an Radiosendungen und selbst an diesen Seifenopern, die ihnen, wie sie sagten, auch wenn Toño es nicht gern hörte, ans Herz rührten und sie mit Hoffnungen erfüllten, sodass sie mit ihren neunzig Jahren noch weiter leben konnten. Und an der Musik natürlich auch. Im Bett verstanden sie sich bestimmt gut, erregt von den Valses und den Marineras, da war sich Toño sicher. Zweifellos besser als Matilde und er. Wie lange schon hatten sie sich nicht mehr im Bett vergnügt und miteinander geschlafen? Die Antwort war niederschmetternd. Monate, vielleicht Jahre, er hatte längst aufgehört zu zählen. Wer war schon wie Toni und Lala.

Für Toño waren seine Freunde der beste Beweis dafür, dass er mit seinen Ideen richtiglag. In ihrem Leben hatte der Vals eine Revolution ausgelöst, und eine solche sollte auch die gesamte peruanischen Gesellschaft erfassen, um sie über alle Vorurteile und Gräben hinweg zu vereinen. Das, verriet ihnen Toño, wäre die zentrale These seines Buches. Immer habe man gedacht, es seien die Religion, die Sprache oder die Kriege, die ein Land ausmachten und eine Gesellschaft begründeten, nie sei es jemandem in den Sinn gekommen, dass auch ein Lied, eine Musik an die Stelle von Religion, Sprache oder irgendwelchen Schlachten treten könne. Man müsse nur ein wenig darüber nachdenken, dann begreife man, dass allein die Musik, der künstlerische Ausdruck die Macht habe, Mitmenschlichkeit zu wecken, vielleicht auch das erotische Begehren zwischen den unterschiedlichsten Personen. Toño deutete auf die beiden. Dort war der Beweis, direkt vor ihm, wer wollte das bestreiten. Vor Begeisterung hob er die Stimme, brüllte fast, gestikulierte so heftig, dass der Stuhl unter ihm knarrte, als würde er auseinanderbrechen.

Toni und Lala warfen sich verstohlene Blicke zu, ein wenig überrascht vom Ungestüm ihres Freundes. Schließlich überwand sich Toni und sagte, dass nicht alles in ihrem Leben so perfekt sei, wie es aussehe, aber Toño, der es mit zusammengebissenen Zähnen hörte, korrigierte ihn sofort.

»Nichts da, mein Freund«, sagte er und wedelte mit dem Finger. »Ihr seid ein Vorbild, für mich und ganz Peru.«

Sie aßen ihre Chancays mit Quittenmarmelade, und beim

Abschied versprach Toño ihnen ein Exemplar seines Buches. *Für zwei Seelen, die der Vals zusammengeführt hat, Vorbild und Stolz dieses mestizischen Landes: mein Peru*, so würde die Widmung lauten.

XIV

Das Cajón ist *die* große Erfindung der peruanischen Musik. Seine Ursprünge verlieren sich in der Nacht der Jahrhunderte, wahrscheinlich aber entstand es in der Zeit der Conquista, denn mit den Spaniern kamen, als Sklaven oder als Freie, auch viele *negros* und *mulatos*. Über diese Menschen afrikanisch-europäischer Herkunft, die die Eroberer – beginnend mit Christoph Kolumbus – ab Ende des 15. Jahrhunderts begleiteten und die sich aktiv an der Eroberung des Tahuantinsuyo beteiligten, herrscht in den Geschichtsbüchern ein großes Schweigen. Dabei machten »Schwarze« und »Mulatten« in den fernen Anfängen der Kolonie manchmal ein Drittel der Teilnehmer der spanischen Feldzüge aus. Viele Sklaven wurden auch für ihre Tapferkeit und ihre Dienste im Rahmen der Conquista mit der Freilassung belohnt. Der Historiker Porras Barrenechea weist darauf hin, dass seither, trotz aller Verbote durch die Inquisition, die afrikanische Musik mit ihren Liedern und Tänzen in die Bevölkerung einsickerte, in jenem verheißungsvollen Morgenrot Perus, als diese aus Spanien kommenden Menschen eine bedeutende Rolle spielten. Viele von ihnen waren Muslime, die im Mutterland zum Katholizismus konvertiert waren, und so trug auch der Islam mit einem Tröpfchen zu der wilden Mischung bei, aus der die Peruaner hervorgingen. Unsere ältesten Fotos zeigen Musikgruppen, bei denen an exponierter Stelle das Cajón und der Cajonist zu sehen sind.

Das Cajón ist untrennbar verknüpft mit der Armut und der Erfindungsgabe jener, die nicht einmal eine Handvoll Geld hatten, um sich eine Mundharmonika oder eine Vihuela zu kaufen, geschweige denn eine Gitarre. So erfanden sie dieses Instrument, das wie ein treuer Schatten die Marinera begleitet, den Vals, den Huaino und überhaupt alle Musik, die landauf, landab geschaffen wurde, seit die Unabhängigkeit, ausgerufen von General San Martín nach dem Eintreffen seiner Armee aus Chile, all die Konspirationen krönte, mit denen die Peruaner sich von der spanischen Vormundschaft zu befreien versuchten.

Es war die Geburtsstunde des Cajóns als peruanisches Musikinstrument. Wer es erfunden hatte? Historiker nennen die Namen der ältesten bekannten Musikgruppen, bei denen das Cajón bereits Verwendung fand, und verweisen auf die Schwarzen. Aber so viele Namen sie auch angeben, niemand kann es mit Sicherheit sagen. Im Zweifel sollte man, denke ich, das Cajón als das bezeichnen, was es in Wahrheit ist: ein Symbol für das, was die bedürftigsten und musikbegeistertsten Peruaner hervorzubringen imstande sind. Es waren Menschen, die mangels finanzieller Mittel zum Cajón als Perkussionsinstrument griffen, um die Sängerinnen und Sänger der kreolischen Musik zu begleiten.

Jedes Cajón ist ein Cajón, keine Frage. Vorzugsweise aber ist es eines aus hartem, sehr altem Holz – Zedernholz, wobei es auch solche aus Huarangoholz gibt –, da es am besten klingt und sich der Hand und dem Rhythmus fügt. Heute warten die Musikgeschäfte mit Cajóns »aus der Fabrik« auf, die, wie Sie sich denken können, liebe Leser, nicht eben die besten sind, oft sogar schlechter als die von der Straße. Das Cajón hat einen betörenden Klang. Das fanden auch einige spanische Sänger, die sich, als sie von Andalusien nach Lima kamen, in die Trommel verliebten und sie auf dem Rückweg mit nach Spanien nahmen, wo sie offenbar, so erzählten es mir Musiker, die viel in der Welt herumkommen, zu einem markanten Instrument geworden ist, vor allem im Süden des Landes, zusammen mit den für den Flamenco so wesentlichen Elementen wie den Kastagnetten und der Gitarre.

Ein guter Cajonist braucht harte Hände mit ordentlich Schwielen und ein gutes Gehör, mehr nicht. Und eine Stimme, die einigermaßen den Ton trifft. Heute wird Cajón auch an Musikschulen und Konservatorien gelehrt, aber immer heißt es, die besten Spieler seien die Perkussionisten von der Straße, die es nach dem Gehör gelernt haben und sich niemals vertun. Tatsächlich ist es eine Augen- und Ohrenweide – ich weiß, wovon ich spreche –, wenn man sieht, wie diese Straßenmusiker, manchmal Analphabeten, aber eben versiert im Cajónspiel, ihre Finger und die Handfläche zu einem gesungenen Vals wirbeln lassen und die Klänge hervorlocken. Weshalb, so heißt es, die Sänger und Sängerinnen von Valses und Marineras darauf bestehen, dass in ihren Gruppen immer ein Cajón dabei ist. Zwar sind die besten Instrumentalisten auf dem Cajón, meist platziert neben dem Schlagzeug, Männer, aber es gibt auch bereits einige Frauen, vor allem in Andalusien und in Lima, und sie zeigen ihr Können mit der gleichen Eleganz und einem ebenso guten Ohr wie die Männer. Ich könnte jetzt ein paar Beispiele für grandiose Cajonisten in Lima nennen, es sind jedenfalls alle, die in einem der mehr oder weniger bekannten Ensembles spielen.

So heißt es etwa, dass Juanito Solórzano, der Vater unserer Lala Solórzano, ein Meister am Cajón und bis zu seinem Tod – er starb an Altersschwäche, mit fast hundert Jahren – auch der Star auf diesem Instrument im Callejón de Morones war, wo er mit seiner Riesenschar von Enkeln und Urenkeln und anderen Anverbandelten lebte.

Inzwischen hat sich das Cajón über die ganze Welt verbreitet, und viele Länder schreiben sich seine Erfindung zu. Aber es ist nun mal peruanischen Ursprungs. In Peru ist es entstanden, und darauf kann unsere Musik stolz sein. Hier haben wir auch die besten Cajonisten, und darauf können wir stolz sein. Natürlich nicht nur in Lima. Es gibt sie in allen Provinzen, an der Küste und im Hochland. Selbst im Amazonasgebiet. Ohne das Cajón wäre die peruanische Musik nicht, was sie ist. Sein Klang hat eine besondere Note, eine Seele aus Holz. Unser Marinera, unser Vals, unsere Polkas wären nicht dasselbe ohne den Duft der Bäume und Pflanzen aus unseren Wäldern, vor allem dem Regenwald am Amazonas. Diesen Geschmack verleiht eben das Cajón. Und umso älter, desto besser. Deshalb behalten unsere Cajónspieler ihre Instrumente auch, bis sie buchstäblich auseinanderfallen.

Haben Sie schon mal den Cojo Lañas gehört? Der Cojo Lañas wollte sich nie einer Musikgruppe anschließen, trotz der vielen Angebote. Aber dann sieht man ihn plötzlich irgendwo auf der Bühne oder in einem Nachtlokal, nach Lust und Laune wie die Bohemiens, sobald dort eine Gruppe spielt, die er schätzt. Und dann legt er los.

Mein Gott, was für ein Gehör, was für Hände. Ein unscheinbares Männlein, er hatte sogar Kinderlähmung, aber am Cajón wächst er, geht auf, man könnte fast meinen, er würde in die Höhe steigen. Er ist eine Art Lalo Molfino am Cajón. Niemand versucht mehr, ihn zu engagieren. Die Leute sind es leid. Jetzt warten die Gruppen einfach darauf, dass er hereinkommt und sie begleitet. Es gibt wirklich viele ausgezeichnete Cajonisten. Einer von ihnen ist mit Chabuca Granda durch die Welt getourt: Carlos *Caitro* Soto, eine wahrlich majestätische Erscheinung mit seinem Cajón.

César Santa Cruz Gamarra, Bruder von Victoria, der namhaften Folkloristin, schreibt in *El Waltz y el valse criollo*, seinem Buch über den peruanischen Walzer, dass es in den Fünfzigerjahren im Land drei große Cajónspieler gab: Francisco Monserrate, Víctor »el Gancho« Arciniega und Juan Manuel Córdova, genannt »el Pibe Piurano« (der Junge aus Piura), der sich vor allem den Tonderos widmete. Und dass diese »Schlagzeuger« in den Radiosendungen zu hören waren, zumal am Ende, denn fast immer schlossen sie mit einer Marinera oder einem Tondero von der Nordküste. Und dass es Yolanda Vigil war, »la Peruana« (die Peruanerin), so ihr wunderbarer Spitzname, die in ihrer Show im Embassy die kreolische Musik einem größeren, weit über Lima hinausreichenden Publikum bekannt machte, und das mit einer für Frauen von der Küste typischen Anmut und Pfiffigkeit. Dem Autor zufolge brach die kreolische Musik erst ab da aus dem Schneckenhaus der Callejones aus und verbreitete sich im ganzen Land.

Ohne die Verdienste Cruz Gamarras schmälern zu wollen, denke ich doch, dass die kreolische Musik ihren Siegeszug schon etwas früher angetreten hatte und in alle Sphären vordrang, sodass die verschiedenen gesellschaftlichen Gruppen das Cajón und die Cajonisten längst als ein wesentliches, untrennbar mit der kreolischen Musik verbundenes Element betrachteten.

Hinzu kommt, dass César Santa Cruz Gamarra der Ausbreitung der kreolischen Musik, wie sie in den Fünfzigerjahren durch die Radiosendungen stattfand, nicht nur Positives abgewann. Im Gegenteil, es missfiel ihm, als hätte der Vals, indem er die ganze Gesellschaft erreichte, etwas von seiner Qualität verloren, seiner Originalität, als wäre er hierdurch verarmt. Das sehe ich natürlich anders. Für mich war der Ausbruch aus dem kleinen Kreis, in dem die peruanische Musik bis dahin eingesperrt war, das Beste, was uns passieren konnte. Es ist eine große Leistung dieser Musik, denn mit ihr entstanden Lieder, die die Peruaner, egal aus welcher Schicht, als ihre eigenen verstanden.

César Santa Cruz Gamarra wurde in der Heimat zu einer überaus präsenten Gestalt, zunächst als Interpret und Komponist von Liedern, dann als *decimero*, als Verseschmied, der seine Dezimen vor verschiedenstem Publikum mit ungeheurer Leichtigkeit improvisierte, womit er eine alte Tradition aufgriff, deren Ursprünge sich in den Jahren der Kolonie verlieren. Mit ihm erwachte die Tradition zu neuem Leben, und er wurde äußerst populär, trotz aller Vorurteile gegenüber Schwarzen und ihrer Ausgrenzung im damaligen Peru. Er selbst war zwar ein Schwarzer, gehörte aber nicht zu den Ärmsten im Land. Er wurde in die Mittelschicht hineingeboren, wuchs als Kind im Limaer Viertel La Victoria auf, und mehrere seiner Verwandten – vor allem seine

Schwester Victoria – trugen mit ihrem Talent dazu bei, die peruanische Folklore zu bereichern, sei es mit ihrem Wissen, das sie in Artikeln, Vorträgen und Büchern weitergaben, sei es mit ihrem Gesang und ihrem Tanz, womit sich alle Mitglieder dieser Familie Ansehen erwarben. Am bekanntesten im ganzen Land aber wurde César Santa Cruz Gamarra mit seinen Dezimen. Später reiste er nach Spanien, wo er, wahrscheinlich nicht ganz so erfolgreich wie in Peru, die kreolische Musik verbreitete und sich einen Namen machte. Ich glaube, er ist drüben gestorben, aber Bewunderer wird es auch dort nicht wenige geben.

Als Dezimendichter konnte ihm niemand das Wasser reichen, er wurde geliebt und respektiert. Zwar kannte er viele der vorgetragenen Strophen auswendig und griff je nach Situation auf sie zurück, bei anderen Gelegenheiten aber improvisierte er tatsächlich und ließ sich von Vorschlägen aus dem Publikum anregen, ein großartiges Schauspiel. Mir war es mehrmals vergönnt, ihn zu erleben, bei öffentlichen Auftritten oder im Radio, und auch ich war beeindruckt, mit welcher Leichtigkeit ihm dies gelang, auf unvergessliche Art und immer sehr persönlich, der Applaus war riesig. In allen Milieus erfreute er sich großer Beliebtheit, nur seine Reise nach Spanien hat ihm nicht gutgetan, denn die Klänge der Heimat werden ihm in Madrid gefehlt haben, sodass ihm dort der Ruhm versagt blieb und auch die führende Rolle, die er in Peru eingenommen hatte.

XV

Die ganze Woche hatte Toño Azpilcueta an seinem Buch gearbeitet. Abgesehen von ein paar Zeichen- und Musikstunden, die er im Colegio del Pilar geben musste, hatte er nichts anderes getan, als die zusammengetragenen Informationen über Lalo Molfino zu sortieren, und herauszufinden versucht, wie er an den Sänger und Komponisten Abanto Morales herankam.

Cecilia Barraza klärte ihn auf: Der Herr Abanto, den Jacobo Machado ihm gegenüber erwähnte, hatte nichts zu tun mit dem berühmten Sohn der Stadt Cajabamba, außer dass sie den gleichen Namen trugen. Und so war es. Der betreffende Abanto – in dem Fall ein Vorname, kein Nachname – hatte zufällig Lalos Gitarre gehört, und er hatte sich der schönen Vorstellung hingegeben, mit der Gründung einer Gruppe für kreolische Musik eine hübsche Stange Geld zu verdienen. Denn Abanto war Unternehmer, kein Musiker oder Experte fürs Kreolische, und er investierte, wo immer er ein gutes Geschäft witterte. Toño machte ihn in Callao ausfindig, da er jetzt in der Fischerei tätig war, so wie vorher, oben im Norden, in der Gegend von Chiclayo, mit dem Transport von Waren.

»Ich habe tagelang nach Ihnen gesucht«, sagte Toño, als Abanto ihn schließlich in seinem kleinen Büro in der Nähe des Hafens empfing. »Sie werden sich fragen, warum ich so darauf gedrängt habe, mit Ihnen zu sprechen. Aber Sie hatten nun mal das Glück, die vorzüglichste Gitarre Perus kennenzulernen, Lalo Molfino, dem ich in einem Buch, an dem ich schreibe, Gerechtigkeit widerfahren lassen möchte. Ich würde mich freuen, wenn Sie mir mit ein paar Angaben behilflich sein könnten. Alles, woran Sie sich erinnern, ich bitte Sie.«

Abanto sah ihn enttäuscht an. Sicher hatte er gedacht, jemand wollte ihm ein gutes Geschäft vorschlagen, und jetzt erinnerte er ihn an diesen Musiker, mit dem er so viel Geld verloren hatte.

»Verflucht sei der Tag, an dem ich in das Geschäft mit der kreolischen Musik eingestiegen bin«, sagte er zerknirscht. »Wir haben es nie zu einem Auftritt gebracht, wegen diesem Lalo. Ein Taugenichts, ein Schuft, voller Bedenken und Obsessionen. Er wollte nicht als Gruppe auftreten, hat verlangt, dass er allein spielt. Wegen ihm haben mir alle Musiker, die ich schon engagiert hatte, abgesagt. Ich habe ihnen die Proben bezahlt, habe ihnen Honig ums Maul geschmiert, habe sogar noch was draufgelegt, damit sie für Lalo ein freundliches Gesicht machen, aber am Ende haben sie das Handtuch geworfen. Eine elende Ratte, dieser Lalo Molfino, ein blöder Arsch.«

Abantos Erklärung stach Toño ins Herz. Er hätte ihn fast seinerseits beschimpft, als wäre der Beleidigte er selbst, aber dann erinnerte er sich, dass er das schon zum zweiten Mal hörte. Es fiel ihm schwer zu glauben. Mehr noch, er weigerte sich, es zu glauben, aus einem einfachen Grund: Weil es nicht sein konnte. Der Künstler der liebevollsten, alle vereinenden Musik konnte kein Individualist sein und schon gar kein narzisstischer Egoist, der andere Musiker so sehr verachtete, dass er sich weigerte, mit ihnen zu spielen. Er hatte gesehen, welch magische Wirkung seine Gitarre hatte, hatte es gespürt. An jenem Abend in Bajo el Puente hatte er das Publikum umarmen wollen, hätte am liebsten alle Anwesenden geküsst, hätte ihnen alles gegeben, was er hatte, denn Lalo Molfinos Gitarre hatte sie zu Brüdern und Schwestern gemacht. Seine Musik war so selbstlos wie freigebig, war das Gold und das Silber Perus, mit vollen Händen ins Publikum geworfen. Was Abanto sagte, musste einen anderen Grund haben.

Als Toño klar wurde, dass es ein Fehler gewesen war, ihn aufzusuchen, sagte er, er gehe dann besser. In dem Moment ließ der Unternehmer einen Satz fallen, der alles in ein neues Licht rückte.

»Die einzige Person, die es mit ihm ausgehalten hat, war seine Freundin. Eine kleine Dünne, ziemlich jung, sie ist nachmittags immer zu ihm gekommen. Ihren Namen weiß ich nicht mehr. Maluenda oder so ähnlich.«

»Lalo hatte eine Freundin?«, fragte Toño überrascht. »Eine kleine Dünne, sagten Sie?«

»Ja, die Ärmste«, bestätigte Abanto. »Nachmittags sind sie immer Hand in Hand spaziert, ehrlich. Sie kam zu ihm, wenn er fertig war mit den Proben. Fragen Sie Miguelito, der erinnert sich bestimmt besser an sie, er hat Cajón gespielt in der Gruppe. Früher ist er auch mit dem Ratscher gefahren, und jetzt ist er einer meiner Angestellten in der Fischmehlfabrik. Eine gute Arbeitskraft.«

Das Gehörte spannte Toño Azpilcueta auf die Folter. Er

notierte sich, wo dieser Miguelito erreichbar war, fuhr zurück und ging in die Nationalbibliothek, um weiter an seinem Buch zu schreiben. Einerseits freute er sich, weil er etwas Wichtiges über Lalo Molfino herausgefunden hatte, andererseits konnte er es immer noch nicht fassen, dass Abanto so unflätig und provozierend über den Gitarristen gesprochen hatte. Das konnte nicht sein, die Leute hatten sich über Lalo geirrt. Ihm selbst, musste er sich eingestehen, war auch schon mal ein Fehlurteil unterlaufen, wenn er einen Artikel über bedeutende Künstlerpersönlichkeiten schrieb. Zuweilen war er ungerecht gewesen, hatte einen Aspekt nicht berücksichtigt und ein scharfes, aber uninformiertes Urteil gefällt. War ihm das nicht auch mit der großen Chabuca Granda passiert?

Anders als Chabuca glaubte, hatte es Toño sehr gefreut, dass sie in so vielen Städten der Welt so gemocht und bewundert wurde. Doch als er sich ihre Valses und Pasillos vornahm, notierte er in mehreren seiner Artikel, dass ihre Texte nicht eine Realität der kolonialen Vergangenheit Limas zum Ausdruck brächten, sondern pure Fantasie seien. Hatte es dieses elegante, halb andalusische, halb arabische Lima denn jemals gegeben, wo die Caballeros, zu Pferde und in Ponchos aus feinstem Leinen, und die jungen Damen, vornehm und wunderschön, über die Seufzerbrücke spazierten oder jenseits des Flusses über den Paseo de Aguas, wenn sie nicht in die Pampa de Amancaes hinaufzogen, um mit ihren hübschen Gesichtern, denen die zartesten Düfte entströmten, in einem Meer von gelben Blumen zu baden? Waren das nicht alles Erfindungen, die, wie manche der Überlieferungen von Ricardo Palma, die peruanische Realität nicht beschrieben, sondern verschleierten und verzerrten?

Es war eine alte Geschichte zwischen ihnen, die zum Glück nicht von einem der auf Krawall gebürsteten Blättchen an die breitere Öffentlichkeit gezerrt wurde. Jedenfalls hatte Toño Azpilcueta, als Chabuca Granda ein immer größeres Publikum für sich einnahm, das über die Grenzen Perus weit hinausging und von Argentinien bis Mexiko eine begeisterte Anhängerschaft für den peruanischen Vals gewann, es gewagt, seine Einwände vorzubringen gegen diese Sicht der kreolischen Vergangenheit Limas, wie sie aus ihren Liedern sprach. Hätte der große Felipe Pinglo Alva nur eine solche Verbreitung gefunden!, sagte er auf einer Peña, womit er für einen Riesenwirbel und endlose Debatten sorgte.

In seinen Artikeln war Toño Azpilcueta immer sehr respektvoll gewesen, genauso in seinen Worten über Chabuca Granda. Er hatte darauf geachtet, nicht eine Person herabzuwürdigen oder zu beleidigen, die – endlich! – nicht nur beim peruanischen Publikum einen Riesenerfolg hatte, sondern auch außerhalb Perus, in Chile, Ecuador, Kolumbien, Argentinien, Mexiko, selbst in Brasilien, es berührte ihn zutiefst, dass sie mit ihren Rhythmen und Texten so unterschiedliche Menschen in ihren Bann schlug. Aber dann erlaubte er sich eben einen kleinen Zweifel und fragte sich, ob diese herzergreifenden Ausflüge in die Pampa de Amancaes, die Chabuca Granda in ihren Liedern besang, überhaupt möglich gewesen waren, ob es nicht eher, statt der schmucken jungen Männer und hübschen Mädchen aus der feinen Gesellschaft Limas, ein einfacheres Volk gewesen war, dieses Volk ohne Schuhe und ohne Parfums, das sich den Vals am Anfang zu eigen gemacht hatte. Ursprünglich, so Toños Einwand, habe der Vals weniger aristokratisch angemutet, er sei volkstümlicher gewesen, ärmlicher, hungriger. Aus den vielen Callejones sei er im Laufe der Jahre aufgestiegen, habe nach und nach ein gehobeneres Publikum erobert, sodass die Mittelschicht ihm die Türen ihrer bescheidenen Stuben öffnete, bis er sich schließlich einen Weg gebahnt habe in die Salons der wohlhabenden und aristokratischen Kreise.

Wochen nach der Veröffentlichung seines Artikels wurde Chabuca Granda anlässlich einer Show auf Radio América Toño Azpilcueta vorgestellt. Er fragte sie etwas zu dem Thema, und sie war so verärgert, dass sie ihn nur ernst anschaute und sich weigerte, ihm zu antworten. Für Toño Azpilcueta war es einer der peinlichsten Momente seines Lebens. Doch mit dem wachsenden Ansehen und der zunehmenden Popularität der Sängerin änderte Toño seine Meinung: Was spielte es für eine Rolle, dass es dieses halb andalusische, halb arabische Lima nie gegeben hatte? Dank Chabuca Granda gab es die Stadt eben jetzt. Warum sollten sich Autoren und Komponisten an die historischen Fakten halten? Waren die großen Musiker etwa der Vergangenheit treu geblieben? Nein, viele Opernkomponisten, angefangen bei Mozart und Wagner, hatten sich eine mythische Vergangenheit geschaffen, die weitaus unwirklicher war als das koloniale Lima von Chabuca Granda, und trotzdem hatten sie, allein mit ihrer Originalität und ihrem überragenden Talent, dafür gesorgt, dass die Themen sich durchsetzten.

Statt Chabuca zu kritisieren, galt es, sie zu preisen. Denn indem sie dergleichen Vergangenheit erfand, war sie die wahre Schöpferin einer Historie, die nicht fiktiv war, sondern real, fortlebend in der Erinnerung von Hunderten, Tausenden, vielleicht Millionen von Menschen auf der Welt, die

Peru durch ihre Valses und Pasillos kennenlernten, Lieder, in denen Chabuca dieses in der Fantasie, in Träumen und Vorurteilen imaginierte Lima beschrieb.

Toño Azpilcueta hatte seine Worte zwar zurückgenommen, ebenfalls schriftlich, doch Chabuca konnte ihm nicht verzeihen, und wann immer sie sich begegneten, auf einer Peña oder einem Festival, fiel ihre Begrüßung äußerst knapp aus, wenn nicht eisig. Irren war menschlich, und bei Chabuca hatte er sich geirrt, weshalb es auch gut sein konnte, dass Abanto und José Durand Flores und selbst Cecilia Barraza das Verhalten von Lalo Molfino missverstanden hatten. Unmöglich, dass ein derart virtuoser Gitarrist ein solcher Ausbund an Respektlosigkeit, Egoismus und mangelnder Solidarität war, wie alle behaupteten, denn seine Musik war das Gegenteil. In seinem Buch würde er es beweisen, doch dafür musste er die dünne junge Frau finden, die bestimmt eine Landsmännin von Lalo war, aus Chiclayo, und die es verstanden hatte, sein Herz zu lesen.

XVI

Als Carlos Gardel 1935 bei einem Flugzeugunfall in Kolumbien ums Leben kam, war das für die Welt und natürlich auch für Peru eine Katastrophe. Es passierte zu einer Zeit, als der Tango, der dank der »kreolischen Drossel« und der starken Präsenz Argentiniens – es waren noch andere Zeiten – die Welt umrundet hatte, sogar Paris eroberte, wo man den Tango Apache tanzte. Und genau wie in Frankreich wurden überall Schritte erfunden, die die Paare im Takt der Musik choreografierten.

Durch den tragischen Tod Gardels wurde der Tango noch populärer, was so weit ging, dass er in unserem Land den Vals auf der Beliebtheitsskala nach und nach verdrängte. In Lima zum Beispiel kam ein Text von J. Chávez Sánchez mit dem Titel *La tangomanía* in Mode, der wie folgt ging:

> Zum Lachen, diese Schwarzen aus Malambo,
> statt Marinera tanzen sie Tango,
> und was Anmut war, wird ungeniert
> in verdrehte Hüften überführt.

Ausgerechnet der wöchentlich erscheinende *El Cancionero de Lima* brachte eine ganzseitige, nach Ansicht mancher Limaer geschmacklose Schlagzeile, die da lautete: »Carlos

Gardel, der Vielbewunderte, starb mit dem Tango *Cuesta abajo* auf den Lippen« – *cuesta abajo*, abwärts. Wie auch immer, mit Gardels Tod schwand die Liebe der Einwohner Limas zum kreolischen Vals, und für die meisten Menschen trat an seine Stelle der Tango. Felipe Pinglo Alva und die Sänger der sogenannten Alten Garde reagierten darauf mit Patriotismus, um die Leute abzubringen von dem Weg, der den Geschmack des Volkes hinunter in Richtung Río de la Plata lenkte, fern der Seele des »neuen Indios«, die José Uriel García, dieser große Geist aus Cusco, so eindrucksvoll porträtiert hatte. Mit Talent und Mut haben unsere Musiker den Tango in die Schranken gewiesen und erneut den Vals als das populärste tanzbare Lied Perus etabliert, eine Musik, die sich, geboren in den ärmsten Callejones und Vierteln, peu à peu ausbreitete, bis sie zum ersten Mal ein Lied schuf, das nun tatsächlich ein nationales war, weil ganz Peru es tanzte.

Es war eine bewundernswerte Tat von Felipe Pinglo Alva und vielen weiteren Gitarristen und Sängern jener außergewöhnlichen Generation, die seither, als Hüterin dessen, woraus die Nation erwuchs, einen festen Platz im Gedächtnis der Peruaner hat. Und all diese einfachen, bescheidenen Menschen, Cholos und *huachafos* wie sicherlich auch Pedro Bocanegra, Carlos Saco, Víctor Correa Márquez, Manuel Covarrubias, Filomeno Ormeño, David Suárez Gavidia, Nicolás Wetzell, Alberto Condemarín und Luis de la Cuba, konnten weder ahnen, dass sie Peru veränderten, noch, dass das Land kulturell und vor allem musikalisch überhaupt nur dank ihnen entstand. Sie gingen in die Callejones, in denen es nur einen einzigen Wasserhahn gab, und in die volkstümlichsten und ärmlichsten Viertel wie Mercedarios, Barrios

Altos, Rímac, Malambo, Chirimoyo und hundert weitere. Sie tranken Pisco und Chicha und taten drei Tage nichts anderes, als zu singen, Gitarre zu spielen und zu tanzen. Sie starben jung, die Lungen zerstört, Opfer von Gelbfieber, Pocken, Malaria oder Tuberkulose. Sie waren Helden und wussten es nicht einmal.

Ursprünglich eine spanische oder österreichische Musik, vielleicht auch beides, verdankte der peruanische Walzer seine Popularität den chilenischen und argentinischen Tänzen, welche die gleichen Wurzeln hatten. Aber nur in Peru war, zumal dank Felipe Pinglo Alva, die Huachafería aufgekommen, dieses großartige Ummünzen von Worten und Gefühlen, das schließlich, davon bin ich fest überzeugt, zum bedeutendsten Beitrag Perus in der Welt der Kultur wurde. Eine Huachafería von ihrer schönsten Seite wie die Poesie von César Vallejo in *Los heraldos negros* (*Die schwarzen Boten*) oder die Gedichte mit all ihren Mädchen und Knaben von José María Eguren, der offenbar an nordische Feen glaubte; oder, mehr Huachafería geht nicht, die so lautstarke wie werbewirksame Dichtung von José Santos Chocano, den man auf der Plaza de Armas von Lima bei einem unvergesslichen (unvergesslich »kitschigen«) Fest in altgriechischer Manier bekränzt hatte. Die Huachafería hatte die Weißen mit den Cholos und selbst den Indios vereint, denn alle Peruaner erkannten sich wieder im Vals, der nun auf Festen gespielt wurde, in den eleganten Salons ebenso wie in den einfachsten Pulperías, erkannten sich wieder in dieser Musik, die mit Lalo Molfino, ohne dass er es je wusste, in vollendeter Form zum Ausdruck kommen sollte.

Felipe Pinglo Alva führte die Bewegung an, die dem Valsecito zu seiner Vorrangstellung verhalf, und trotz der Tuberkulose, die an seiner Lunge fraß, hatte der legendäre Barde ein klares Ziel vor Augen. In einem Brief sprach er von seinem »Bestreben, eine nationale Musik zu schaffen«. Was vielleicht auch der Grund ist, weshalb er die seichte, mit Gemeinplätzen kandierte Musik beiseiteließ und sich ernsthafteren Themen zuwandte, selbst solchen, die in die tückischen Gefilde der Politik hineinreichten. Man denke nur an *El plebeyo* (Der Plebejer) und all die Herzen, die an der sozialen Ungerechtigkeit zuschanden gingen.

Thematisch kam er in seinen Stücken immer wieder zurück auf die Liebe, aber er hatte auch keine Scheu, sich in die Müllecken der Gesellschaft zu begeben, manchmal beschrieb er das Elend und die Nöte der Armen und die Gewalt, der sie ausgesetzt waren, das Unrecht, das ihnen widerfuhr, manchmal auch die Hoffnungen der jungen Männer und Frauen aus der Mittelschicht, die danach trachteten, die Welt zu erobern und das Glück zu finden. Daher wurde Felipe Pinglo Alva auch der Sänger der einfachen Leute genannt. Und auch jene Kritiker, die sich mit den großen Beiträgen befasst haben, welche »der unsterbliche Barde« in einem schwierigen Moment, zwischen 1924 und 1926, zum kreolischen Walzer geleistet hat, weisen darauf hin, dass seine Lieder nicht nur mit einer bis dahin unbekannten künstlerischen Qualität aufwarteten und mit einem innovativen poetischen Spiel, sie waren auch geprägt von einem sozialen Bewusstsein und verfolgten so subtil wie elegant konkrete Ziele. Es ist genau das, was seine Texte ausmacht.

In seinem Leben, das so reich war, aber auch so kurz und traurig aufgrund der Tuberkulose, an der er in jungen Jahren, mit gerade mal siebenunddreißig, zugrunde ging, komponierte er etwa dreihundert Valses, wenn nicht noch mehr. Da seine Eltern, Don Felipe Pinglo Meneses und Doña Florinda Alva Casas, früh gestorben waren, wuchs er bei zwei Tanten von ihm auf, die ihn verhätschelten und verwöhnten, weshalb die beiden, Gregoria und Ventura, auch einen großen Einfluss auf ihn hatten. Natürlich schickten sie ihn auf das Colegio Nuestra Señora de Guadalupe, diese traditionsreiche öffentliche Lehranstalt von Lima, und sein Name blieb für immer verbunden mit Barrios Altos, dem Viertel, in dem er die meiste Zeit lebte. Später arbeitete er in einer Abteilung des Kriegsministeriums, wo der Lärm der Schießübungen seiner Empfindsamkeit gleichwohl nichts anhaben konnte.

Nach allen Zeugnissen war er recht klein und sehr schlank, überaus höflich und aufmerksam, vor allem gegenüber den Damen, und von den Peñas und Tertulias zog er sich meist gegen zwei Uhr zurück, spätestens um drei, da er am nächsten Tag zur Arbeit musste.

Anerkennung erfuhr Felipe Pinglo Alva in Peru erst spät, und auch das nur halb und nach seinem Tod. Eine gewisse Popularität erlangte er durch das Radio und durch das Kino, denn die ersten in Peru gedrehten Filme wie *Gallo de mi galpón* (Der Hahn aus meinem Stall) liefen unter anderem mit Musik von ihm. Die meisten Aufnahmen seiner Kompositionen wurden jedoch erst posthum eingespielt, da es zu seiner Zeit in Lima noch nicht die notwendige Infrastruktur gab, um Schallplatten aufzunehmen.

Manchmal frage ich mich, das gebe ich gerne zu, warum Felipe Pinglo sich in den Texten seiner Valses so klein machen musste, hier der Vasall, da die Aristokratin. Der Text von *El plebeyo* kommt mir allzu weinerlich vor, allzu klassenbewusst, aber im negativen Sinne. Was soll das, zu verkünden, »der Plebejer« liebe eine »Aristokratin«? Heißt das nicht, den voreingenommenen und rassistischen Charakter der peruanischen Gesellschaft hinzunehmen? Heißt das nicht, die Gesellschaft so zu akzeptieren, wie sie ist, mit all ihren Vorurteilen? Meiner Meinung nach sollten die »Weißen« genauso wie die »Indios« verschwinden, aufgehend in einem einzigen großen, mestizischen Ganzen. Genau das sollte vorangetrieben werden, und genau diese Funktion erfüllt die Musik, die kreolische Musik im Allgemeinen und der Vals im Besonderen, um ein vereintes Land der Cholos zu schaffen, in dem alle sich mit allen vermischen und die mestizische Nation entstehen kann, die nur noch Peruaner kennt. Das wahre Peru wird ein Land des Kunterbunts sein. Ein mestizisches Peru, ein Peru der Cholos, das sich hinter dem Vals auftut, hinter der peruanischen Musik mit ihren Gitarren, Cajóns, Eselskiefern, Klavieren, Zinken und Lauten. Es ist das Peru, von dem der Vals kündet, jawohl, das Peru der Gefühligkeit und der Huachafería, das Peru der Menschen ohne rassistische Vorurteile, wie auch der großartige José Uriel García einer war.

XVII

Werte Señorita,

endlich habe ich Sie gefunden, auch wenn es alles andere als einfach war. Fast drei Wochen habe ich nach Ihnen gesucht. Aber ich möchte Sie nicht mit meinen Kümmernissen beladen, sondern Ihnen nur sagen, dass ich Sie dank Miguel Cuadra ausfindig gemacht habe, einem der Mitarbeiter des Herrn Abanto in Callao, ehemals Musikveranstalter und Entdecker eines Künstlers, dem sowohl Sie als auch ich zugetan sind, des berühmten Lalo Molfino. Bitte erschrecken Sie nicht. Herr Abanto erzählte mir, sein Angestellter Miguel Cuadra sei ein Freund von Lalo Molfino und von Ihnen gewesen. Außerdem sagte er, ohne Ihre Privatsphäre verletzen zu wollen, Sie und der Barde hätten häufigen Umgang miteinander gepflegt, weshalb er annahm, Sie seien ein Paar. Darum habe ich nach Ihnen gesucht. Und so wie ich es dem tüchtigen Miguel Cuadra erklärt habe, erkläre ich es nun auch Ihnen.

Mein Name ist Toño Azpilcueta, ich bin Kritiker und widme mich der Verbreitung der kreolischen Musik. Für manche bin ich lediglich ein Journalist, der das künstlerische Treiben Perus beobachtet, in meinen Augen aber ist meine Funktion eine andere: Ich bin, möchte ich sagen, eher ein Seismograf, der die Schwingungen der nationalen Seele misst, und glauben Sie mir, nie habe ich erlebt, dass sie sich derart spannt und dehnt wie in der Gegenwart von Lalo Molfino. Ein einziges Mal in meinem Leben wurde ich Zeuge eines solchen Wunders, aber allein dieses Ereignis hat mich zur Dankbarkeit verpflichtet und in mir das immerwährende Interesse an seiner so talentierten wie passionierten Person geweckt. In zahllosen Höfen habe ich dem Polieren der Gitarre zugehört, aber nie so wie damals auf einer Peña in Bajo el Puente mit dem vortrefflichen Lalo als Protagonisten des Abends. Es hat mich so tief berührt, dass ich nun ein Buch über ihn schreibe. Und hier kommen Sie ins Spiel, meine liebe Freundin.

Ich möchte Sie nicht beunruhigen, seien Sie versichert. Wenn ich Ihnen heute schreibe, dann in der Absicht, Sie um Ihre wertvolle Auskunft zu bitten. Sie sind gewiss die Person, die Lalo am besten kannte und die jenem zauberischen gläsernen Gefäß am nächsten war, der seine Akkorde entsprangen, seiner Seele. Aber keine Angst. Ihr Name wird, es sei denn, Sie bestimmen anderes, in meinem Buch nicht erscheinen. Was mich betrifft, so werde ich Ihre Wünsche strikt respektieren. Ich schreibe diesen Essay, weil Lalo Molfino ein unvergleichlicher Gitarrist war, das Originellste und Außergewöhnlichste, was der peruanischen Musik je widerfahren ist. Wir beide wissen es, nur die Menschen dort draußen wissen es nicht, und für sie schreibe ich. Damit sie dieses Genie kennenlernen, das Gott viel zu früh von uns genommen hat.

Ich erlaube mir, Sie zum Frühstück einzuladen, kommenden Montag im Bransa an der Plaza de Armas. Dort gibt es die himmlischsten Chancays, Sie werden es nie vergessen.

Dienstag und Mittwoch werde ich ebenfalls dort sein, ich warte auf Sie. Bitte kommen Sie, dann können wir uns unterhalten.

Herzlichst, Ihr
Toño Azpilcueta

Ob Maluenda, nachdem sie den Brief gelesen hatte, wohl käme? Das fragte sich Toño, als er bei einem Kamillentee im Bransa saß. Aber sie kam tatsächlich, allerdings weder am Montag noch am Dienstag, sondern erst am Mittwoch, und das überaus vorsichtig, sie drückte erst sachte mit dem Fuß gegen die Tür des Cafés, ehe sie eintrat. Toño war das Warten schon leid gewesen, hatte gedacht, sie käme bestimmt nicht, aber er hatte sich geirrt. Kaum erschien sie auf der Caféterrasse, schlug sein Herz schneller. Sie ist es, sagte er sich.

Und sie war es tatsächlich. So ärmlich gekleidet, dass einer der Kellner sie für eine Bettlerin hielt und schon hinauswerfen wollte. Toño kam ihm zuvor. Er hakte sie unter – »Die Señorita gehört zu mir«, sagte er –, führte sie an seinen Tisch und rückte ihr den Stuhl zurecht. Sie trug einen blauen Kittel, der sehr alt aussah – sie musste gefroren haben, so leicht gekleidet –, und Schuhe, die eher Pantoffeln ähnelten. Ihre Füße waren geschwollen vom vielen Laufen, die Zehennägel schauten heraus, krumm und schief und unlackiert. Sie machte einen verängstigten Eindruck.

»Was möchten Sie gerne frühstücken?«, fragte Toño. »Es gibt hier hervorragende Chancays mit Käse aus der Sierra. Dazu vielleicht ein Tässchen Milchkaffee?«

Sie nickte, sagte nichts. Sie schien noch sehr jung zu sein, aber aus ihrem Gesicht sprach etwas Uraltes. Offenbar war sie nervös. Immer wieder nickte sie, und manchmal schaute sie sich mit ängstlicher Miene um. Sie hatte ein hübsches Gesicht, wenn man von den Augen absah, dem leeren Blick darin.

»Ich bin Ihnen sehr dankbar, dass Sie gekommen sind«, sagte Toño Azpilcueta und lächelte ihr zu. »Ohne Sie hätte es meinem Buch an vielem gefehlt, wie Sie sich vorstellen können. Ich wusste ja nicht und hätte auch nicht geahnt, dass Lalo Molfino in der Stadt eine Liebste hatte.«

Sie nickte, lächelte nicht. Und dann hörte Toño zum ersten Mal ihre Stimme:

»Ich weiß nicht, warum ich gekommen bin, Señor. Ich weiß nicht, was ich hier soll.«

Ihre Augen sahen Toño Azpilcueta nicht direkt an, huschten an ihm vorbei.

Toño bestellte für sie, was er als Delikatesse angekündigt hatte, und erst nachdem sie sich den Magen gefüllt hatte und sah, dass Toño bereit war, weiterhin so viel Essen wie nötig zu bestellen, ließ Maluenda die Deckung fallen.

»Ich weiß nicht, ob Lalo mich wirklich geliebt hat«, sagte sie und sammelte mit der Fingerkuppe die Krümel des Chancays auf.

Ihre Beziehung hatte ohne alles Romantische begonnen. Dafür recht spontan und ziemlich direkt. Lalo hatte sie aus dem Café kommen sehen, wo sie arbeitete, ganz in der Nähe von dort, wo er, Miguel Cuadra und zwei weitere Musiker probten, und eines Tages traute er sich, sie anzusprechen. Beim dritten Mal packte er sie am Arm, einfach so, und zog sie mit, obwohl sie protestierte, um sich schlug und drohte, die Polizei zu rufen. Lalo küsste sie. Dann ließ er sie los. Maluenda rannte davon, aber nach ein paar Schritten blieb sie stehen, ging langsam weiter. Lalo holte sie ein, und schweigend, ohne ein einziges Wort, begleitete er sie bis an die Tür ihres Zuhauses in der Avenida Sáenz Peña. Zum Abschied küsste er sie erneut, diesmal wehrte sie sich nicht. Es war ein Kuss auf den Mund, ein feuchter Kuss. An ihren Lippen, schmal und schüchtern, spürte sie seine Zunge und wie sie darüberfuhr. Die anfängliche Angst löste sich auf, als sie bei Lalo eine starke Hemmung bemerkte. Ihre folgenden Begegnungen verliefen ähnlich. Erst gab Lalo sich ungestüm, aggressiv, aber nach einem hastigen Kuss senkte er den Blick und verkroch sich in sich selbst. Er war unfähig, Zuneigung auszudrücken, und irgendwann war es Maluenda, die ihn ermutigen musste, sie zu umarmen, zu liebkosen, ihr Küsschen auf den Hals zu geben.

»Darüber hinaus ist es nie gegangen«, sagte sie. »Vielleicht hat er mich doch nicht richtig geliebt, oder er mochte es nicht.«

»Sie meinen, ein paar Küsschen, und das war's?«, tastete Toño sich vor.

Lalo saß stundenlang da, ohne mit ihr zu sprechen, stimmte seine Gitarre, den Kopf über die Saiten gebeugt, als würden sie mit leiser Stimme zu ihm sprechen und ihm ihre Geheimnisse verraten. Er wohnte in einem Zimmer in einem Callejón, drüben in La Perla, einem Zimmer, das niemand fegte und wo Lalo nur eine Handvoll Anziehsachen hatte, abgesehen von seiner Gitarre natürlich, um die kümmerte er sich wie andere um einen Hund oder ein Kätzchen. An dem Abend, als er sie dorthin mitnahm, dachte sie,

sie würden endlich miteinander schlafen. Sie selbst war bereit und gab ihm sogar zu verstehen, dass sie ihm gehöre, dass er mit ihr machen könne, was er wolle. Aber Lalo tat nichts. Er erzählte ihr von Puerto Eten, von Pater Molfino, von der Müllhalde, auf der er seine Gitarre gefunden hatte, nur das.

»Menschen, die sich lieben, die machen doch was miteinander«, sagte Maluenda nachdenklich und kaute an ihrem zweiten Chancay mit Käse aus der Sierra.

Als sie das nächste Mal allein in seinem Zimmer waren, küssten sie sich leidenschaftlich, berührten sich, und Maluenda merkte, dass Lalo erregt war. Sie legte sich aufs Bett und zog das Kleid hoch. Dann drückte sie den Rücken durch, zog den Slip aus und verschränkte die Arme vor der Brust, nervös, voller Erwartung. Aber Lalo stand vom Bett auf und wandte sich um.

»Da war so eine Art Bremse in ihm, keine Ahnung, als hätte er Angst zu sterben oder so. Er war glücklich, aber dann ließ er plötzlich von mir ab, als hätte er sich an irgendwas oder irgendwen erinnert, fast angewidert. Ich habe das nie verstanden. Und ich habe auch nie wieder mit etwas angefangen. Ich dachte, er würde jetzt die Initiative ergreifen, aber nichts da. Küsschen, Schmusen und fertig. Weiter nie.«

Die unerwartete Information überraschte Toño zunächst, aber dann fand er sie überaus interessant. Lalo war der einsamste Mensch, dem er je begegnet war, niemand konnte ihn ausstehen, eher unwahrscheinlich, dass dieses dünne Mädchen nicht seine Zuneigung geweckt hatte. Es musste etwas Tieferes sein, eine schwere Hemmung, ausgelöst durch seine leidvolle Kindheit.

»Und wie kam es zur Trennung?«, fragte er.

»Einfacher geht's nicht«, sagte Maluenda. Und zum ersten Mal zeigte ihr Gesicht ein Lächeln. »Einmal wollte ich ihn von der Probe abholen, so wie jeden Abend, und der Herr Abanto sagte mir, er hätte Lalo rauswerfen müssen, weil er mit dem Rest der Truppe nicht ausgekommen wäre. Ich bin zu ihm nach La Perla gegangen, aber in seinem Zimmer war keiner mehr. Ich habe nie wieder etwas von ihm gehört, bis der Brief von Ihnen kam. Jemand hat ihn mir vorgelesen, weil ich nicht lesen kann. Besser gesagt, das Lesen fällt mir schwer, es kostet mich große Mühe. Ich meine, ich lese nicht viel. Erst habe ich gezögert, ob ich Ihre Einladung zum Frühstück annehmen soll. Ich hoffe, ich muss es nicht bereuen.«

»Sie werden es nicht bereuen«, versicherte ihr Toño Azpilcueta. »Ich nehme in mein Buch nur auf, wozu Sie mich autorisieren. Ich werde Ihren Namen keineswegs nennen, es sei denn, Sie wünschen es. Außerdem kenne ich nicht mal Ihren Nachnamen und möchte ihn auch nicht kennen, wenn Sie das beruhigt.«

Als sie das Gespräch beendet hatten, begleitete Toño sie noch zur Tür des Bransa und sah ihr nach, wie sie zwischen den an der Plaza de Armas geparkten Autos und Lastwagen verschwand. Er stellte sich vor, wie sie an der Kathedrale vorbeiging, in der sich angeblich die sterblichen Überreste von Francisco Pizarro befanden, man hatte darunter Knochen von Lamas und Vikunjas gefunden. Lalo Molfinos Geschichte war so kompliziert und geheimnisvoll, dass ihm vielleicht nichts anderes übrigblieb, als es genauso zu machen. Und die Bruchstücke aus Lalos Leben, die Pedro Caballero, Abanto und Maluenda ihm an die Hand gegeben hatten, mit den Knochen irgendeines Hochlandkamels zu vermengen.

XVIII

In der peruanischen Folklore gibt es etwas Unvergleichliches, zumindest glaube ich das: den Vals *Ódiame* (Hasse mich). In dem Lied bittet ein Liebhaber seine Geliebte, ihn zu verabscheuen, zu hassen, weil er denkt, dass »man nur hasst, was man auch liebt«. Die Musik komponierte vor vielen Jahren Rafael Otero, und wahrscheinlich hätte niemand erfahren, von wem der tiefgründige Text stammt, hätte nicht Eduardo Mazzini verraten, dass der Verfasser niemand Geringeres war als Federico Barreto (1862-1929), bekannt für seine erbitterten Artikel und Gedichte gegen die chilenische Besatzung seiner geliebten Heimatstadt Tacna, die nach dem Salpeterkrieg viele Jahre unter den fremden Truppen zu leiden hatte.

Über die Enthüllung hätte niemand glücklicher sein können als ich, denn der Gedichtband, aus dem die Verse stammen, gehörte zu den wenigen Erinnerungsstücken, die meine Familie mütterlicherseits aufbewahrte. Der Band war einer Freundin meiner Großmutter gewidmet, ebenfalls aus Tacna, die als junges Mädchen zusammen mit dem Buch einen Liebesbrief des Dichters erhalten hatte.

Wie die Forschung festgestellt hat, wurde das ursprüngliche Gedicht Federico Barretos gekürzt und geändert, sei es vom Komponisten Rafael Otero, sei es von den mutmaßlichen Verfassern des Liedtextes, damit er besser zur Musik passte, was allerdings ein echter Missgriff war, denn ohne die Schnitte, sagen die Fachleute, hätte sich der Text sehr viel stimmiger eingefügt. Aber erinnern wir uns zunächst an den Text, mit dem dieser berühmte Vals immer wieder gehört und gesungen wurde:

Ódiame por piedad, yo te lo pido,
ódiame sin medida ni clemencia,
odio quiero más que indiferencia
porque el rencor hiere menos que el olvido.

Hasse mich, erbarme dich, ich bitte dich,
Hasse mich, ohne Maß und ohne Milde,
Hass will ich, nicht Gleichgültigkeit,
denn Groll schmerzt weniger als das Vergessen.

Si tú me odias quedaré yo convencido
de que me amaste, mujer, con insistencia,
porque ten presente, de acuerdo a la experiencia,
que tan sólo se odia lo querido.

Wenn du mich hasst, weiß ich mit Sicherheit,
dass du mich fest geliebt hast, Frau,
denn bedenke, die Erfahrung sagt,
dass man nur hasst, was man auch liebt.

Que vale más, yo niño, tú orgullosa,
o vale más tu débil hermosura,
piensa que en el fondo de la fosa
llevaremos la misma vestidura.

Was gilt mehr, ich, der Junge, du, die Stolze,
oder ist es deine zage Schönheit,
denk daran, auf dem Grund der Grube
tragen wir alle das gleiche Gewand.

Federico Barreto nahm das Gedicht in seinen Band *Algo mío* (Etwas von mir) auf, und da das Buch nur eine geringe Verbreitung fand, wundert es nicht, dass die Kürzungen erst Jahre später auffielen. Es sind tatsächlich nur sehr wenige. In der ersten Strophe wurden der erste und der letzte Vers geändert, und in diesem letzten macht der Verfasser (oder wer immer für den Liedtext verantwortlich war) aus einem Elfsilbler einen »arrhythmischen Zwölfsilbler« (so nennen es wohl die Experten).

Aber was ich Ihnen erzählen möchte, ist, dass eine Freundin meiner Großmutter den Gedichtband von Federico Barreto erhalten hatte und dass der Dichter, den wir damals in der Schule lasen, offenbar in die Freundin meiner Großmutter verliebt war. Ein sehr hübsches Mädchen, das zeigen die Porträts aus der damaligen Zeit. Die Gemälde, genauer gesagt, denn die Fotografie steckte noch in den Kinderschuhen. Ich habe meine Großmutter nicht gekannt, sie starb in dem Jahr, als ich geboren wurde, aber sowohl sie als auch ihre Freundin waren echte Schönheiten, so viel steht fest. Was erklärt, dass Federico Barreto von ihnen betört war. Er war ein großartiger Dichter – auch wenn die heutigen Poeten versuchen, ihn zu verbannen und zu vergessen – und mutig noch dazu gegenüber den Chilenen, die ihn schließlich zwangen, seine Stadt Tacna zu verlassen, wo er als Journalist ebenso heldenhaft gekämpft hatte. Er ging nach Frankreich und starb 1929 in Marseille. Dort wird er begraben sein, ohne dass jemand an Allerseelen Blumen auf sein Grab legt.

Ich möchte noch auf ein anderes wesentliches Thema zu sprechen kommen, das mich nicht loslässt und das weniger mit der Textgestalt dieses innigen Vals zu tun hat als vielmehr mit seinem, sagen wir: philosophischen Gehalt. Es ist ein Liebesgedicht, keine Frage. Befremdlich ist jedoch, dass der Liebhaber die Frau, die er liebt, gleich zu Beginn auffordert, ihn zu hassen. In seiner verdrehten Denkweise ist Hass das, was von einer erschöpften Liebe bleibt, und daran klammert er sich, weil er in der bitteren Asche einen traurigen Trost findet. Einen »traurigen« – traurig sind wir Peruaner im Grunde alle –, und dennoch ist es ein Trost, »dass man nur hasst, was man auch liebt«. Daraus spricht ein Philosoph.

Es ist ein Beweis dafür – es gibt Dutzende weitere Belege, vielleicht Hunderte –, dass unser Vals eine philosophische Ader hat, genährt von bemerkenswerten Denkern, die den Menschen bis auf den tiefsten Grund studiert haben und deren Antworten, so wie hier, in den Text eines Vals eingeflossen sind. *Ódiame* widerlegt all jene, die glauben, das Kreolische bestehe nur aus Freude und Vergnügen. Es ist auch ein metaphysisches Substrat, eine Musik, in der es Traurigkeit und Schmerz gibt, Bitterkeit und Gedanken, die zum innersten Kern vordringen. Auch das zeigt, welch ein Wunder unser kreolischer Walzer ist.

Was das betrifft, gebührt einem anderen Vals vielleicht der Lorbeerkranz, einem Vals, der sich dem Tod stellt, sich ihm hingibt. Er spielt auf dem Friedhof und endet auf die denkbar dramatischste Weise. Ich meine *El guardián* (Der Wächter), und er geht so:

Ich bitt' dich, Wächter, wenn ich sterbe,
verwisch die Spuren meines schlichten Grabs;
dulde keine Inschrift, die entferne,
lass nicht zu, dass grünes Laubwerk rankt.

Wenn ich tot bin, sollt ihr mich vergessen,
denn mit meinem Leben ist's vorbei.
Darum höre meine Bitte, Wächter,
halt mein Grab von allen Dingen frei.

Jäte Tag für Tag das Unkraut,
die aufgehäufte Erde nimm vom Grab:
Und kommt die Liebste, um zu trauern,
führ sie aus dem Friedhof … und schließ ab!

Das Interessanteste an dem Gedicht ist die letzte Zeile, dieser Ausruf, der auch ein Befehl ist: »und schließ ab!« Darauf steuern alle Klagen des Textes zu, von der Liebe zum Tod als Höhepunkt eines Daseins. Das meine ich mit den innigen Betrachtungen über den Tod in manchen Valses. Eduardo Mazzini, der bereits erwähnte Historiker und Kritiker der peruanischen Musik, sagt uns auch, dass der Text – ein schönes Beispiel für den genannten Hang zu philosophischer Tiefe einiger Kompositionen – das Werk des kolumbianischen Dichters Julio Flórez (1867-1923) war. Eines Ausländers also, was hier so gut wie keine Rolle spielt, denn seinen Landsleuten wird das Gedicht kaum etwas sagen, während es in Peru aufgegriffen wurde und nach wie vor sehr populär ist. Der Text dieses Vals fügt sich nahtlos ein in ein Nationalgefühl, das sehr wohl etwas Masochistisches und mit Thanatos Verbundenes hat und in Lateinamerika spezifisch ist für Peru, ich werde später darauf zurückkommen.

XIX

In der Nacht konnte Toño kaum schlafen. Ein Gedanke ließ ihn nicht los, erst war es nur eine Ahnung, dann wurde es zur Gewissheit: Lalo Molfino musste gewusst haben, dass man ihn auf einer der Müllkippen von Puerto Eten abgelegt hatte. Und dieses Wissen musste wie ein Rabe an seiner Seele gefressen haben. Womit sich vieles erklärte. Dass er sich nicht fortpflanzen wollte. Dass er fürchterliche Angst vor Sex hatte, weil er es in Verbindung brachte mit der Schwangerschaft von Müttern, die, entsetzt über die heranwachsende Leibesfrucht in ihrem Bauch, das Neugeborene auf eine Müllhalde warfen, auf dass die Ratten es fraßen. Kaum vorstellbar, dass in einem so kleinen Städtchen wie Puerto Eten ein solches Geheimnis gewahrt werden konnte. Sicher hatte die Nachricht im Ort die Runde gemacht, als die Leute den Priester sahen, Pater Molfino, und auf einmal hatte der ein Kind im Arm. Sicher hatten böse Zungen behauptet, das Kind sei von ihm selbst. Aber dann hatten die Leute es sich zusammengereimt, und es hieß, er habe den Kleinen auf einer Müllhalde aufgesammelt, wo seine Eltern ihn ausgesetzt hätten, oder seine Mutter allein. Nicht unwahrscheinlich, dass auf seiner Schule, der Santa Margarita, die anderen Jungs es Lalo, grausam, wie Kinder nun mal sind, bei einem Fußballspiel unter die Nase gerieben hatten: »Man hat dich auf einer Müllkippe aufgesammelt, Lalito, damit du es endlich weißt.« Und so hatten sie Lalo Molfino einen Widerwillen gegen Schwangerschaften eingeimpft, was seinen Schwanz hemmte, sobald er ihn in eine Vagina stecken wollte. Die ganze Nacht schwirrte der Gedanke Toño Azpilcueta durch den Kopf, und erneut hatte er Albträume, in denen sich die stinkenden Ratten tummelten.

Am Morgen war er immer noch wie besessen davon. Unmöglich konnte Lalo es nicht gewusst haben, was auch manch anderes erklärte, seinen Drang etwa, unter den Menschen herauszuragen, um Erlösung zu finden von seiner tragischen Herkunft. Armer Junge. Toño hatte bereits mehrere Seiten geschrieben, aber die jüngsten Erkenntnisse ließen ihn zweifeln. Wann immer er sich in den folgenden Tagen zum Schreiben hinsetzte, lähmte ihn etwas. Er hatte noch nicht genügend Informationen, sagte er sich, er sollte weitere Nachforschungen anstellen, um das Leben, das Lalo Molfino im Geheimen geführt hatte, bis ins Kleinste zu beleuchten. Sicher hatte auch sein übler Charakter, dieses Bestehen auf exklusiven Auftritten mit nur ihm allein, womit er zumindest die drei Personen um den Verstand brachte, die ihn engagiert hatten, mit seiner absurden Geburt auf einer Müllhalde zu tun, mit seiner Rettung durch einen italienischen Priester. Zugleich dachte er an sein eigenes Leben, und er stellte sich vor, jemand würde sich, nachdem er, Toño, zu einem berühmten Autor geworden wäre, für sein Leben interessieren, würde in seiner Biografie stochern und auf ein Geheimnis stoßen, das nicht einmal er selbst kannte. Etwa dass dieser italienische Einwanderer mit dem baskischen Nachnamen nicht sein leiblicher Vater war, sondern ihn ebenfalls adoptiert oder, schlimmer noch, in irgendeinem Callejón von Lima oder auf einer der städtischen Müllkippen aufgesammelt hatte. Unter nervösem Lachen und mit einem Juckreiz, der seinen ganzen Körper erfasste, musste er das Schreiben einstellen und hinausgehen, um Luft zu schnappen.

Abends blieb er, da er ohnehin nicht würde schlafen können, lieber noch auf und unterhielt sich mit seinem Kumpel Collau. Der fragte ihn nie, wie er mit seinem Buch vorankomme, und hörte sich nur schweigend an, was Toño ihm als Erklärung vortrug, manchmal auch seiner Frau Matilde, wenn sie unter der Straßenlaterne beieinanderstanden. Als er den beiden einmal erzählte, dass Lalo Molfino es trotz Erektion nicht geschafft habe, mit einem Mädchen zu schlafen, stimmte Collau mit ihm überein, dass der Musiker wusste, dass man ihn auf einer Müllhalde ausgesetzt hatte.

»Meine Fresse, muss der eine Angst gehabt haben!«, sagte Collau. »Hätte er die kleine Dünne geschwängert, wäre alles wieder hochgekommen. Mensch, Junge, wer könnte das schon.«

»Bestimmt hat er deshalb so schön gespielt«, sagte Matilde. »Er hatte nur Augen und Ohren für die Gitarre.«

Der Chinese Collau musste schallend lachen.

»Die Finger am Instrument, das hat ihm genügt«, sagte er, und dabei lachte er weiter und schüttelte den Kopf.

Als Toño am nächsten Morgen aufwachte, war er angewidert von den obszönen Träumen, die er in der Nacht gehabt hatte. Und als Matilde ihm sagte, das Frühstück sei fertig, hatte Toño schon ein paar Stunden geschrieben. Er hatte nicht gemerkt, wie die Zeit verging, hatte nicht einen Moment gezögert, in einem fort war der Stift über die Seiten im Heft gesaust, viele Seiten. Während er seinen Morgentee trank – diesmal ohne die üblichen Magenschmerzen, die ihn vor allem beim Aufwachen plagten –, überprüfte er das Geschriebene, korrigierte ein paar Sachen und fand es ganz passabel. Er wusch sich rasch, ohne ein Wort, und als es so weit war, ging er, nachdem er seine Töchter zum Colegio del Pilar gebracht und ihnen einen Kuss gegeben hatte, in die Nationalbibliothek. Dort würde er den Vormittag über weiterschreiben, bis es Zeit wäre für das Sandwich, sein Mittagessen. Matilde machte es ihm jeden Tag, eingewickelt in eine Serviette, und die Kellner im Bransa gestatteten ihm, es an einem der Tische zu essen.

In der Bibliothek hatte man ihm schon die Liedersammlungen von vor einem halben Jahrhundert zurechtgelegt, doch an diesem Vormittag blätterte er die Seiten nur durch, ohne sie zu lesen, oder zumindest nicht richtig, zu sehr plagte ihn, was Maluenda ihm verraten hatte, dass nämlich Lalo Molfino trotz Berührungen und Küssen und Umarmungen nicht imstande war zu ejakulieren. Und so hatte er das Gefühl, dass all das, was er geschrieben hatte, einer falschen Spur gefolgt war. Ja, Matilde hatte recht: Lalos Talent war eine Entschädigung für das erlittene Leid. Die Geschichte musste also beginnen mit jener Nacht, als Pater Molfino zu einer sterbenden Frau fuhr, um ihr die Letzte Ölung zu spenden, und das Wimmern hörte, das ihm den Weg wies, sodass er Lalo, gerade geboren, noch rechtzeitig entdeckte, ehe die Viecher ihn auffraßen. So würde sein Buch beginnen, mit einem etwas gruseligen Kapitel. Und dann würde er in der Zeit zurückgehen, bis er zu dem anderen großen

Thema des Essays käme: der Huachafería. Aber wie ließ sich das eine mit dem anderen verbinden? Zunächst würde er das gar nicht. Wie die guten Schriftsteller würde er viele Seiten aufeinanderfolgen lassen, bevor er Lalo Molfino und die Huachafería in einer wunderbaren und unauflöslichen Umarmung miteinander verschmolz, und das wäre das Eigentliche seines Buches, für das er unbedingt noch einen Titel finden musste, und sei es einen vorläufigen, er konnte ihn ja immer noch ändern, sobald er sich den endgültigen ausgedacht hatte, was – vermutete er – erst geschehen würde, wenn er den letzten Punkt gesetzt hätte. Er sah die Kapitel schon vor seinen Augen defilieren.

In dieser Woche beendete er den Entwurf des ersten Teils, überschrieben mit »Die Lehrzeit«. In Puerto Eten hatte Lalo Molfino gelernt, auf seiner alten, nun aufgefrischten Gitarre zu spielen, hatte seinen ersten Vals gehört, ein Lied von Chabuca Granda natürlich, *José Antonio*, das damals in Mode kam. Später würde er überprüfen, ob die Zeiten übereinstimmten und sich keine Widersprüche eingeschlichen hatten.

Am Abend erzählte er Collau und Matilde, dass er ein ganzes Heft vollgeschrieben habe, mit Vorwort und mehreren Kapiteln. Er war froh und glücklich, und seine Freunde konnten es nur bestätigen, denn noch nie, sagten sie, hätten sie ihn so euphorisch gesehen. Die restliche Woche ging es so weiter, er schrieb von früh bis spät. Am Sonntag las er sich durch, was er in den vergangenen Tagen zu Papier gebracht hatte. Und zerriss die Hefte fein säuberlich, in immer kleinere Schnipsel, fühlte sich gut dabei, hochzufrieden jetzt. Er würde nun alles anders machen. Das Buch würde in der Schule beginnen, der Santa Margarita, ganz harmlos, mit Jungs, die Fußball spielen, einem Ball, der über den Rasen schießt und manchmal in die Höhe fliegt, nach einem Kopfstoß von einem der Spieler der beiden Mannschaften, Spieler, unter denen mit seiner Lebhaftigkeit und seinem sympathischen Wesen Lalo Molfino hervorsticht. Auf einmal verrät ihm einer der Jungs seine Herkunft. Die Geschichte springt zurück zu jener Nacht, in der Pater Molfino der Señora Domitila die Letzte Ölung spendet.

Er arbeitete ein paar Tage an der neuen Fassung, und dann verkündete er abends Collau und seiner Frau, dass sein Buch endlich in Schwung gekommen und auf dem richtigen Weg sei. Sie bemerkten, wie aufgedreht er war, zufrieden mit sich wie noch nie. Am nächsten Tag zerriss er alles wieder in kleine Stücke und warf das Geschriebene in den Müll. In der neuen Fassung würde der Text mit dem Gespräch beginnen, das er im Bransa an der Plaza de Armas mit Maluenda geführt hatte. Er würde zunächst erklären, dass Lalo Molfino unter einem sexuellen Trauma litt. Eine solche Enthüllung war eine gute Möglichkeit, die Neugier der Leserschaft zu wecken. Ausgehend davon würde sich alles entfalten, die Gitarre, die Zeit auf der Santa Margarita, und erst auf den letzten Seiten würde er in allen Einzelheiten die Geschichte mit der Müllhalde erzählen.

Abend für Abend sahen sich Collau und Matilde einem Toño Azpilcueta gegenüber, der fasziniert war von dem, was er schrieb. Respektvoll pflichteten sie allem bei, was er ihnen voller Überschwang schilderte, auch wenn sie vielleicht nicht verstanden, warum er so viele schon beschriebene Hefte zerriss und immer wieder von vorn anfing. Toño dagegen verstand es sehr gut. Es war eine Suche, um herauszufinden, wie sich dieses so wichtige Buch am besten beginnen ließ, das erste und das letzte, das er schreiben würde, und er war sich sicher, dass er, sobald es beendet war und nachdem er jahrelang daran gefeilt hatte, sterben würde, an Erschöpfung und an Magenkrebs, und dann würde er diese vollkommenen Seiten Matilde und Collau überlassen, damit sie sie veröffentlichten. Das Buch würde posthum erscheinen, wenn die Würmer schon an ihm fraßen, falls er sich nicht einäschern ließ – was das wohl kostete, er wollte Matilde ja nichts allzu Teures aufbürden –, und natürlich würde es ein Riesenerfolg. Ein Erfolg, der nicht über Nacht käme, der sich vielmehr aufbaute, unter den »Intellektuellen« vor allem, die Toño Azpilcuetas großes Talent mit der Zeit anerkennen würden, seine originellen Ideen, seine revolutionäre Theorie über den Ursprung des Peruanischen, die Bedeutung der Cholos in der Geschichte Perus, das Mestizische als solides Fundament. Und das alles erzählt im Rhythmus der Musik von Lalo Molfino, dem Rhapsoden, dem zufälligen, unfreiwilligen, außergewöhnlichen Gitarristen, der wie von ungefähr den Prozess anführte. Toño Azpilcueta war glücklich.

Als er eine Woche später noch einmal durchlas, was er geschrieben hatte, war er immer noch äußerst zufrieden, geradezu selig. Trotzdem zerriss er das Verfertigte wieder in kleine Schnipsel. Er hatte nun beschlossen, dass die ersten Kapitel seines Buches davon handeln sollten, was er über Peru, den Vals und die Huachafería dachte. Beginnen würde er mit einer Beschreibung von Lima, als es noch ein kleines Städtchen war, das im Salpeterkrieg fast von der Landkarte verschwunden wäre, mit den Gewalttaten der Besatzungstruppen, den Plünderungen und der Grausamkeit, mit der sie, Peitsche in der Hand, diese unwirtliche Stadt unterwarfen; würde beschreiben, wie die Bücher aus der Nationalbibliothek gestohlen wurden, die Ricardo Palma, der Sammler von Überlieferungen, später nach aufwendiger Korrespondenz aus der ganzen Welt zurückholte. Dann die Schlachten von General Cáceres in der Sierra mit seiner improvisierten Armee aus Andenbauern und Cholos gegen die Besatzer. Und wie, während das alles geschah, das wahre Peru entstand, das Peru des Vals und der Huachafería, in den ärmsten Vierteln Limas, im Chirimoyo, in den Callejones von Malambo, mit der Palizada, die durch diese Hinterhofkolonien zogen, den Promenaden aufs Land oder in die Pampa de Amancaes, mit den Jaranas, die über zwei oder drei Tage gingen und bei denen die eingefleischtesten Gitarristen, so wie Felipe Pinglo Alva, nach und nach ihr Leben ließen, zugrunde gegangen an Asthma, Erkältung, Vergiftung und Tuberkulose.

Er beschloss, Matilde und Collau am Abend ein paar Seiten aus der neuen Fassung vorzulesen, aber kaum hatte er im schwächelnden Schein der einsamen Straßenlaterne angehoben, bereute er es. Er hatte jetzt andere Ideen, und seine Frau und der arme Chinese Collau waren verwirrt, als er abbrach und ihnen sagte, alles würde erst noch beginnen in dem Buch, an dem er schreibe. Die Monate aber, die er daran gearbeitet habe, seien nicht umsonst gewesen, denn nun habe er die Gewissheit, dass das, was er tue, gut sei und alles Folgende noch besser. So sagte es Toño Azpilcueta, und er glaubte es auch.

Am nächsten Tag begann er wieder von vorn, mit sehr viel klareren Vorstellungen zum Aufbau der Geschichte über das flüchtige Leben des Lalo Molfino und zu seinem großen Essay über die Kultur und das Brauchtum Perus. Er arbeitete eine weitere Woche und verschwendete nicht einen Gedanken an das Geld. Mit dem Wenigen, was sie verdiente, musste Matilde wahre Wunder vollbringen, um ihm, Azucena und María Essen auf den Tisch zu stellen. Sie wusch und bügelte um ein Vielfaches mehr, zumal Toño, seit er an seinem Buch schrieb, die kleinen Artikel beiseitegelassen hatte, für die man ihm immerhin ein paar Sol zahlte. Und was er für den Unterricht an der Schule erhielt, war nicht der Rede wert.

»Mensch, Junge, warum zerreißt du die ganzen Hefte?«, fragte ihn Collau eines Abends. »Gefällt dir nicht, was du schreibst?«

»Natürlich gefällt es mir, du irrst dich«, antwortete er. »Ich schreibe jeden Tag besser, da bin ich mir sicher. Es fällt mir nur schwer, den Anfang zu finden und dann voranzukommen mit dem Buch.«

Matilde sagte nichts. Noch nie hatte sie Toño bei etwas so konzentriert gesehen. Und aus dem Mund der beiden Töchter kam auch nichts anderes. »Papa ist sehr zufrieden mit seiner Arbeit«, sagten sie zueinander und zu ihrer Mutter. »Er ist ein anderer Mensch, als wäre er neu geboren und hätte sich gehäutet wie die Schlangen. Er ist noch nie so glücklich gewesen.«

Er versuchte es weiter und immer wieder. Bis er eines Tages feststellte, dass er schon ein ganzes Jahr, Tag und Nacht, an seinem Werk über Lalo Molfino und die Huachafería in

Peru saß. Der eingeschlagene Weg stimmte. Endlich hatte sein Buch die richtige Richtung genommen. Was er las, war gut, schön, fesselnd, sogar grandios. Er war stolz auf sich, und so fasste er Mut, rief Cecilia Barraza an und lud sie ein, mit ihm im Bransa zu frühstücken. Um die Rechnung bezahlen zu können, musste er sich ein paar Sol von Matilde leihen. Sie gab ihm das Geld, ohne Fragen zu stellen.

XX

Wenn das kreolische Lied jemandem zu besonderem Dank verpflichtet ist, dann Óscar Avilés. »Ohne Óscar Avilés«, sagte Chabuca Granda einmal, »wäre das peruanische Lied längst tot.« Und das ist zweifellos richtig. Er ist ein großartiger Gitarrist und ein großartiger Sänger. Vor allem aber ist er ein Unermüdlicher, der die kreolische Musik liebt und seinen Freunden unter die Arme greift, immer bereit, den Text oder die Musik eines Vals für sie zu vervollkommnen oder sie zu begleiten und für einen Musiker einzuspringen, wenn der krank geworden oder verreist ist und die anderen nicht mehr ein noch aus wissen.

Chabuca Granda hat sich immer für ihn eingesetzt und ihn – wie alle Peruaner es tun sollten, die an die Musik glauben, für die er steht – schlichtweg vergöttert. Auch ich teile ihre Begeisterung und halte Óscar Avilés für einen der herausragendsten Vertreter der kreolischen Musik unserer Zeit. Er ist in Callao auf die Welt gekommen, im Viertel Zepita, und war der Liebling seines Vaters José Avilés Cáceres, eines namhaften Fotografen und Pioniers der Filmkunst im Land. Mit zwanzig beschloss Óscar, Profimusiker zu werden, und seither hat er nicht aufgehört, Gitarre zu spielen, wobei er einen eigenen Stil entwickelte, den er wie folgt erklärt: »Als ich anfing, begleitete man die Interpreten normalerweise mit tiefen Tönen. Ich habe mich getraut, die hohen zu spielen. Das ist genau der Stil, dem man meinen Namen gegeben habe.« Wer Ohren hat, der höre.

Von ihm heißt es, er sei »die erste Gitarre Perus«, und auch ich würde es so sagen, hätte ich nicht Lalo Molfino gehört. Jedenfalls glaube ich, dass Óscar Avilés sich mehr als irgendwer sonst darum bemüht hat, dass die kreolische Musik zu einem authentischen Ausdruck des peruanischen Volkes wurde, zu einer Kunst, die es porträtiert und artikuliert. Niemand hat mehr (oder Besseres) als er dafür getan, dass dies möglich wurde. Er ist mit den namhaftesten Ensembles Perus aufgetreten, ob Los Morochucos oder Fiesta Criolla, gegründet 1956, und auch mit den Brüdern Dávalos hat er gespielt, mit Rosita und Alejandro Ascoy, dem Zambo Cavero, und hier breche ich ab, denn das Leben ist kurz und die Liste wäre endlos.

Óscar Avilés' vielleicht größtes Verdienst ist es, dass er zum wichtigsten Ermutiger wurde, den die peruanische Musik je hatte. Niemand hat so wie er junge Menschen dafür begeistert, Gruppen, Chöre, Ensembles zu gründen, und niemand hat ihnen so geholfen und Mut gemacht, wenn sie deprimiert waren, weil das große Publikum sie mit Gleichgültigkeit oder Geringschätzung strafte. Selbst Chabuca Granda sagte einmal, ohne Óscar Avilés hätte sie niemals das Album *Dialogando* in Argentinien aufgenommen, auf dem sie ihre eigenen Lieder singt, ein Album, das wesentlich zu ihrem internationalen Ruhm beigetragen hat.

Ich weiß nicht, wie alt Óscar Avilés heute ist, aber wenn man sich sein Leben anschaut und die schöpferischen Großtaten, von denen es zeugt, dann muss er sehr alt sein. Was man nicht denken möchte, wenn man sieht, wie er auf der Bühne agiert oder sich auf seine Auftritte vorbereitet. Nicht eben schlank, ist er immer gut gekleidet, der kleine Schnurrbart auf den Millimeter im gleichen Abstand zu Nase und Oberlippe gestutzt, eine unverwechselbare Erscheinung. Alle wissen, dass Óscar Avilés stets als Erster zu den Proben erscheint und als Letzter geht; dass er der Musiker ist, der wie kein anderer den Jüngeren hilft, seinen Altersgenossen oder auch denen, die kurz vor dem Ruhestand stehen. Aber er ist nicht nur ein guter Gefährte, er war auch immer schon die Diskretion in Person, über seine Familie und sein Privatleben weiß man nicht mehr als das, was er von sich aus preisgibt. Zum Beispiel seine tiefe Bewunderung für Chabuca Granda: »Chabuca hat die Dinge besungen, die wir alle lieben. Beeindruckend ist nicht nur ihr Werk als Komponistin, sie war auch eine herausragende Interpretin.« Das zu sagen, wurde er nicht müde.

Aus diesen Gründen und anderen mehr, die ich nicht erwähnen muss, weil sie allbekannt sind, erkläre ich hiermit, dass wir, die Menschen, die mit der kreolischen Musik verbunden sind, Óscar Avilés noch zu seinen Lebzeiten in besonderer Weise ehren sollten. Eine solche Ehrung, seit Jahren immer wieder aufgeschoben, hat niemand so verdient wie er. Seien wir großzügig, seien wir gerecht und zollen wir ihm den Tribut, er würde es uns mit Tränen in den Augen danken, denn er hat eben auch – unnötig zu sagen – das Kreolische im Blut. Oder anders gesagt, er ist ein sentimentaler Peruaner.

XXI

Um Punkt zehn kam Cecilia Barraza mit einem strahlenden Lächeln ins Bransa an der Plaza de Armas, gab Toño Azpilcueta ein Küsschen und umarmte ihn, und der freute sich, seine Freundin, seine heimliche Liebe, so schön und elegant wie immer zu sehen. Sie trug ein helles Kleid, einen Regenmantel, der aussah wie neu, und hochhackige Schuhe, war bestens frisiert, sehr hübsch und parfümiert, frisch wie der junge Morgen, in ihren fröhlichen Äuglein lag alle Anmut der Welt.

»Wo hast du nur gesteckt, Toño«, sagte sie, immer noch lächelnd. »Ich habe alle Leute nach dir gefragt. Du sitzt an einem Buch, habe ich gehört. Ist es das Buch über Lalo Molfino, das du schreiben wolltest?«

»Ich bin schon recht weit«, sagte Toño Azpilcueta. »Fehlt noch der Titel. Ich habe schon einen im Sinn: *Ein Schlückchen Champagner, Kumpelchen?* Ich hatte gerade meinem Freund Collau erzählt, wie es mit dem Buch voranging, da haben wir die Nachricht gehört. Die Nachbarn sind auf die Straße gekommen und haben es uns gesagt, endlich hatte man Abimael Guzmán geschnappt. Mein Freund war so froh, dass er meinte, auf den Burschen, der diesen Drecksack verhaftet hat, sollten wir anstoßen. Er ist ins Haus gerannt und mit einer Flasche in der Hand zurückgekommen. ›Ein Schlückchen

Champagner, Kumpelchen?‹, sagte er, und dann hatte ich den Titel vor Augen. Vier Wörter, und das Thema meines Buches, sein Geist und alle Gefühle sind darin enthalten.«

»Ein Schlückchen Champagner, Kumpelchen …? Also, ich weiß nicht«, sagte Cecilia und wurde sehr ernst. »Das klingt wie ein Witz, oder?«

»Nein, im Gegenteil«, antwortete Toño, auch er sehr ernst. »Darin kommt das Brüderliche zum Ausdruck, die festliche Stimmung, die Verbundenheit, die Empfindsamkeit, eine Art, die Welt zu sehen. Und es erklingen die Valsecitos, die wir beide so schätzen.«

»Ich habe dich vermisst, Toño«, sagte Cecilia und umarmte ihn noch einmal, ihr Gesicht ein einziges Lächeln. »Bei allen gemeinsamen Freunden habe ich mich nach dir erkundigt. Du weißt, warum ich dich vermisst habe, ja? Ich glaube, du bist der einzige Freund, den ich habe. Der einzige echte Freund, meine ich, weil es bei uns nicht um Verführung oder Liebe geht.«

Toño Azpilcueta lächelte, aber das Herz erstarrte ihm in der Brust. Als hätte Cecilia Barraza ihm einen Dolch in den Leib gestoßen. Was sie eben gesagt hatte, diese Erklärung ihrer Freundschaft, machte das große Glücksgefühl zunichte, sich an ihrer Seite zu wissen, all seine heimlichen Träume, in denen Cecilia Barraza die Königin war.

»Du bist mir auch die liebste Freundin«, sagte Toño Azpilcueta. »Du hast mir das Wort aus dem Mund genommen. Beste Freunde und mehr nicht, das ist unser Geheimnis. Deshalb haben wir uns so gern und streiten uns nie.«

»So ist es, mein Lieber«, sagte Cecilia. »Aber jetzt erzähl mal von deinem Buch.«

Toño legte sofort los und erzählte ihr alles, was sie von Lalo Molfino noch nicht wusste. Er sprach von Maluenda und dass Lalo außerstande gewesen war, mit ihr zu schlafen, und dann kam er zu den Vermutungen, die er hierzu angestellt hatte, dem Trauma seiner Geburt, der Müllhalde, der Gitarre, und mit einem Riesensprung war er bei der Huachafería und der zentralen These seines Buches: dass Peru dank der Huachafería entstanden sei und eine Persönlichkeit erlangt habe. Cecilia Barraza brauchte eine Weile, ehe sie das Gehörte begriff.

»Das überzeugt mich kein bisschen«, sagte sie. »Wir Peruaner sind *huachafos*? Manche sicher, aber nicht alle. Ich denke, ich bin es nicht. Und meine Freunde und Verwandten auch nicht. So wenig wie du, Toño.«

»Natürlich bin ich das, und es ist mir eine Ehre. Mehr noch, in meinem Buch wird es heißen, dass Perus großer Beitrag zur Weltkultur, der einzige!, genau das gewesen ist, die Huachafería«, schwärmte Toño. »Wenn du mein Buch liest, wirst du sehen, dass ich recht habe.«

»Ich weiß nicht, Toño, ich denke, du irrst dich«, sagte Cecilia Barraza. »Jetzt mach nicht so ein Gesicht. Vielleicht überzeugst du mich ja mit deinem Buch.«

Sie wechselte sofort das Thema und erzählte von ihren Tourneen und Auftritten im Landesinneren und im Ausland. Sie sei erschöpft, sagte sie, nicht ein einziges Mal habe sie dieses Jahr eine Pause gemacht. Sie werde überhäuft mit Einladungen aus ganz Lateinamerika zu irgendwelchen Festivals, und meist nehme sie die auch an. Aber jetzt sei sie fix und fertig, sie werde ein Schiff nehmen, und den Zielhafen binde sie nicht aller Welt auf die Nase – »ich nehme an,

Toño, es macht dir nichts aus, dass ich es auch dir nicht verrate« –, denn sie wolle sich vor allem ausruhen.

Sie war mit ihren Kräften so sehr am Ende, dass sie nachts nicht schlafen konnte. Auch hatte sie ein paar Kilo abgenommen, was, da sie ohnehin schlank war, besonders auffiel.

»Das ist mir noch nie passiert«, sagte sie sehr ernst. »Ich habe immer gut geschlafen. Aber jetzt liege ich nachts nur wach, eben weil ich so erschöpft bin. Der Urlaub wird mir guttun. Doch, ganz bestimmt.«

War Cecilia *huachafa*? Vielleicht hatte sie ja recht, vielleicht war sie es nicht, auch wenn sie die peruanische Musik, die Valses, Polkas und Pregones, mit einer solchen Anmut und Eleganz sang. Sprach das jetzt gegen all das, was Toño in seinem Buch über Peru und die Peruaner aufzeigen wollte? Er musste es noch einmal überdenken. Und zwar von Anfang an.

Sie unterhielten sich noch eine halbe Stunde und vereinbarten, sich öfter zu sehen, mindestens einmal pro Woche, nicht dass wieder so viel Zeit verging. Sie bestand darauf, für beide zu bezahlen, mit dem Argument, Toño könne sie ja einladen, wenn sein Buch erschienen sei, es finde bestimmt viele Käufer und Leser.

Als Toño sie hinausgehen sah, duftig und fröhlich wie immer, war er zutiefst deprimiert. Dort ging sie dahin, die Liebe seines Lebens, jetzt, da Cecilia Barraza ein für alle Mal beschlossen hatte, dass nie etwas zwischen ihnen wäre, dass sie immer gute Freunde blieben.

Doch nach ein paar Minuten war er wieder versunken in seinem Buchprojekt. Wenn hier jemand falschlag, dann sie. Er war sehr wohl *huachafo*. Und sollte sie das nicht sehen, sollte sie etwas so Fundamentales nicht begreifen, waren sie auch nicht füreinander bestimmt. Der Gedanke beruhigte ihn. Vielleicht war es besser so. Dann würde er auch keine Zeit vertun mit Träumereien von einer unmöglichen Beziehung und konnte sie auf sein Buch verwenden.

Er ging in die Nationalbibliothek, und die nächsten Stunden arbeitete er ohne Pause. Als er nach Hause kam, war es schon spät, trotzdem wollte er unter der Straßenlaterne noch weiterschreiben und lieber eine schlaflose Nacht verbringen, ehe er mit seinem Unterricht im Colegio del Pilar begann, immer auf der Hut natürlich, um die Ratten zu verscheuchen, die in den Gräben und im Gebüsch auf ihn lauerten. Doch dann scharte er, so müde er auch war, seinen Freund Collau und Matilde und selbst Gertrudis um sich, damit sie im Schein der Laterne hörten, was er ihnen zu seinem Buch zu erzählen hatte. Ehrfürchtig lauschten sie seinen Worten über so entlegene Themen wie die Vizekönigreiche und wussten nicht, was sie sagen sollten. Toño erklärte ihnen, dass er in seinem Buch Widersprüche sehr wohl zulasse und dass er sich manchmal von Lalo Molfino und dem, wofür er stehe, entferne, um sich über Sachen auszubreiten wie die spanische Sprache und die katholische Religion. Sie nickten, etwas hilflos, weil sie kaum noch verstanden, was er sagte, und nahmen an, dass Toño, der in der Bibliothek so viel gelesen und studiert hatte, inzwischen sehr viel klüger war als sie.

Das Buch nahm Form an, vieles klaffte aber noch auseinander, es gab Lücken und große Sprünge. Lalo Molfino wurde immer mehr zu einem bloßen Vorwand, um sich über irgendetwas auszulassen, über alles, besser gesagt, alle nur erdenklichen Themen, die für einen Peruaner von Bedeutung waren. Eines Morgens kam Matilde, die wie immer schon auf den Beinen war, um Toño das Frühstück zu machen, völlig aufgelöst zu ihm.

»Tut mir leid, Toño, aber ich kann nicht mehr«, sagte sie. »Bisher habe ich dich in Ruhe gelassen und immer mehr Wäsche angenommen, zum Waschen und zum Bügeln, damit wir noch ein paar Sol in die Haushaltskasse bekommen. Aber ich kann nicht mehr. Ich bin kaputt. Am Ende werde ich noch krank. Ich mache mir Sorgen um unsere beiden Mädchen. Was würde aus ihnen, wenn mir etwas zustößt? Du musst wieder anfangen, diese Artikelchen zu schreiben, denn das bisschen Geld, das du verdient hast, egal wie wenig, das fehlt uns jetzt. Ja, ich weiß, die Leute haben dir kaum etwas gezahlt, manchmal gar nichts. Aber ich kann nicht länger allein für die Familie aufkommen. Es tut mir wirklich leid, Toño.«

Auf ihren Augen lag ein Glanz, als würde sie gleich ein paar Tränen vergießen, aber sie beherrschte sich und weinte nicht. Toño gab ihr sofort recht. Es war das erste Mal, dass er sich der Situation bewusst wurde. Selbstverständlich würde er wieder diese so schlecht bezahlten Artikel schreiben, wenngleich er die Zeit, die er auf das Buch verwandte, nicht einzuschränken gedachte. Er würde sich auch wieder als Experte fürs Kreolische ins Spiel bringen und seinem Schlaf und der Erholung Stunden abzwacken. Würde wieder Interviews machen und Reportagen schreiben über die wichtigsten Ereignisse im Musikleben, und alles Verdiente würde er Matilde geben. Es war ihm egal. Mehrere Dutzend Seiten hatte er, das Buch begann zu existieren.

XXII

Die Künstlerin, die den peruanischen Walzer über die Grenzen Perus hinausgetragen und weltweit bekannt gemacht hat, Chabuca Granda, starb in einem Krankenhaus in Florida, die nordamerikanischen Chirurgen konnten ihr Leben nicht mehr retten. Doch als ihr Leichnam nach Peru zurückkehrte, strömten die Massen herbei, und wir, ihre Landsleute, erwiesen ihr die gebührende Ehre und begleiteten ihre sterblichen Überreste, in Tränen aufgelöst und mit dem Respekt und der Bewunderung, die ihr immer zuteilwurden, weil sie, die meisterliche Komponistin und große Sängerin, uns allen, die wir unsere Musik so lieben wie sie, ein solches Glück beschert hat.

Tausende kamen zur Totenwache und später auf den Friedhof, wo sie nun ruht, sei es, um sie zu ehren, sei es, um sich dem Schmerz hinzugeben bei dem Gedanken an ein Dasein ohne ihre Präsenz. Eine Statue erinnert an diese außergewöhnliche Komponistin, Verfasserin von *El puente y la alameda*, *José Antonio*, *La flor de la canela* und Hunderter weiterer peruanischer Stücke, die man heute noch allenthalben hören kann, von Tokio bis Paris, von Buenos Aires bis New York.

Dabei möchte ich nicht unerwähnt lassen, dass Chabuca auch insofern eine außergewöhnliche Komponistin war, als sie im Gegensatz zu so vielen anderen, die sich dem Vals, der Polka, der Marinera und der ganzen reichhaltigen Palette von Liedern verschrieben, die unserer Musik zur Ehre gereichen, nicht den unteren Schichten entstammte, sondern der Elite, das heißt einer vornehmen Familie, die sich gleichwohl nicht schämte, die peruanische Musik wertzuschätzen. Aufgewachsen mit der Liebe zur Gitarre und zu den volkstümlichen Melodien, trat Chabuca schon als kleines Mädchen, ein echtes Nachwuchstalent, wie aus dem Nichts hervor und wurde zu einer überragenden Komponistin. Peru verdankt ihr, dass unsere Volksmusik auf allen Bühnen und Festen der Welt gespielt wird, denn auf den fünf Kontinenten unseres blauen Planeten hat ihre Stimme eine treue Anhängerschaft gewonnen. Niemand hat so viel für die Verbreitung unserer Folklore im Ausland getan wie Chabuca Granda. Und niemand ist so wie sie in die Familien gegangen, die in ärmsten Verhältnissen lebten, und hat sich mit ihnen angefreundet, um die Geheimnisse des Vals zu erfahren.

Chabuca, die als Limeña bekannt werden sollte, wurde zu Beginn der Zwanzigerjahre in der Sierra geboren, in Cotabambas, Apurímac. Es gibt Fotos von ihr, von 1922 oder 1923, die sie als kleines Kind mit ihren Eltern am Ufer eines Sees zeigen, des Cochasayhuas. Sie hatte drei Kinder, denen sie viele Lieder widmete: Eduardo, Teresa und Carlos, der Jüngste. Der Nachname der Kinder war Fuller Granda.

Hier muss ich einen Irrtum eingestehen, und ich bereue ihn jeden Tag. Ich war und bin ein Bewunderer von ihr, keine Frage, doch einmal – anlässlich der Verleihung eines Preises an sie begegneten wir uns bei Radio América – wagte ich es, sie zu fragen, woher sie all die Geschichten habe, die uns ihre Valses und Tonderos erzählten, Geschichten aus den Jahrhunderten der Kolonie, in denen hübsche Mädchen aus der feineren Gesellschaft, umgeben von jungen Herren aus den besten Familien, über den Paseo de Aguas spazierten, wo doch der Vals und überhaupt die peruanische Musik in allererster Linie typisch gewesen sei für die volkstümlichen Schichten, für die Cholos und die einfachen Menschen, während die Oberschicht dieser Musik eher ablehnend gegenübergestanden habe und sie mit ebenjener Verachtung strafte, die in ihren Augen alle kreolische Musik verdiente.

Meine Bemerkung gefiel Chabuca Granda gar nicht, und tatsächlich habe ich es sehr bedauert. Außerdem war es eine ziemlich dumme Bemerkung. Am schlimmsten aber war, dass ich meine Kritik in einem höchst entbehrlichen Artikel auch noch wiederholt habe. Als gehörte es zur Volksmusik, dass die Elite sie verschmäht! Chabuca hat sehr gut daran getan, die obersten Schichten der peruanischen Gesellschaft in ihre Valses und Marineras mit einzubeziehen und elegante Caballeros durch ihre Lieder reiten zu lassen, junge Männer, die mit ihren reich verzierten Sätteln und feinen Strohhüten den Mädchen im heiratsfähigen Alter den Hof machten, das alles in so wunderschönen Texten, dass sie auf dem alten Paseo de Aguas, jenseits des Rímac, die Bewunderung der jugendlichen Damenwelt fanden. Natürlich konnte Chabuca Granda in ihren Valses die dreihundertjährige Kolonialzeit idealisieren und mit ihren Bildern unseren Liedern einen besonderen Charme verleihen. An Musik muss man ohne alle Vorurteile herangehen. Diese Lektion hat Chabuca Granda mir erteilt, ihr haben wir zu verdanken, dass sich das peruanische Bürgertum die Folklore unseres Landes zu eigen gemacht hat. Liederbücher sind keine Geschichtsbücher, und die Verfasser der Lieder können hinzufügen oder weglassen, was immer sie wollen – das habe dann auch ich verstanden –, denn die Texte leben von dem Erzählten, ob es der Fantasie entspringt oder nicht.

Ich bedaure wirklich, dass ich derart dumme und obendrein geschmacklose Überlegungen angestellt habe, und das vor Chabuca Granda persönlich. Um es noch einmal deutlich zu sagen: Ich will nur meine Bewunderung zum Ausdruck bringen für die Leistungen einer Frau, der wir es zu verdanken haben, dass unser Vals endlich in der ganzen Welt erklingt. Ein langes Leben war ihr nicht vergönnt, wie so vielen großen Künstlern, aber solange es den peruanischen Walzer gibt, wird es auch Chabuca Granda geben. Deshalb rufe ich hier und jetzt, wie ganz Peru: Es lebe Chabuca Granda, die Grandiose!

XXIII

Toño Azpilcueta stand in aller Frühe auf, noch im Dunkeln, und mit den letzten Sternen und im ersten Morgenschein setzte er sich unter die einsame Glühbirne und begann mit der Durchsicht seines umfangreichen Manuskripts. Während er las, war er selbst überrascht. Dort stand alles, was er über Lalo Molfino und die Veränderung Perus durch die kreolische Musik sagen wollte. Er sah sich noch einmal genau an, was er über den begnadeten Gitarristen aus Puerto Eten erzählte, und konnte nur bestätigen, dass er nicht mehr über ihn zu sagen hatte, weil er nicht mehr wusste.

Der Teil über Peru nahm drei Viertel seines Buches ein und war – wie ihm schien – eine sehr schöne Zusammenfassung, vom Inkareich bis zu den politischen Dramen in der Gegenwart. Dargestellt waren die Perioden des Aufstiegs und der Blütezeit des Tahuantinsuyo, sein Niedergang und die Teilung aufgrund des Krieges zwischen den verfeindeten Brüdern Atahualpa und Huáscar, dann die alles verändernde Ankunft der spanischen Konquistadoren, die einen systematischen Aufstand der zu Zeiten der Inkas eroberten Völker provozierten und im Regierungssystem eine Schicht vorgeblich weißer und überlegener Menschen an die Spitze setzten. Und natürlich kam er auch auf das wunderbare Spanisch zu sprechen – die Sprache von Cervantes –, das den

Völkern Lateinamerikas peu à peu seinen Stempel aufgeprägt und dafür gesorgt hatte, dass sich alle verstanden, was nicht wenig war nach tausend Jahren der Kämpfe und Zusammenstöße aufgrund der vielen Sprachen, Mundarten und Varianten, die allenthalben auf dem Kontinent gesprochen wurden.

Dann die Bürgerkriege und die drei stumpfen, dumpfen Jahrhunderte der Kolonie: Da waren die heilige Rosa von Lima und der heilige Martin von Porres, all die anderen Heiligen und die endlosen Prozessionen, die Inquisition und die Gründung des Vizekönigreichs, der Universität San Marcos, der Klöster und der Priesterseminare, die Errichtung unzähliger Kirchen und die Kämpfe zwischen den Konquistadoren selbst. Die Kolonie endete, und es begann die Republik mit ihren Militärputschen und den Caudillos, die einer auf den anderen folgten, bis Peru zu dem Land wurde, das es nun war: herabgesunken und leidend an den ungeheuren Spaltungen aufgrund des Reichtums und der Entfernungen zwischen denjenigen, die hier Spanisch sprachen und dort Quechua oder eine andere regionale Sprache, zwischen denen, die arm waren, und denen, die wohlhabend waren oder gar reich, wenn nicht steinreich (tatsächlich nur wenige).

Dann kam die Alte Garde, wahre Übermenschen, Felipe Pinglo Alva auch, um das im Verfall begriffene Land zu revolutionieren und nach und nach in Ordnung zu bringen, und das dank ihrer Musik, die schließlich alle Peruaner ansprach; einer Musik, die, wer hätte das gedacht, die Gesellschaft veränderte, indem sie aufstrebende und schöpferische Menschen hervorbrachte, die in ihrer bunten Mischung dieses Peru im Niedergang Schritt für Schritt wieder aufrichteten, es in Schwung brachten, verwandelten und – endlich! – zu einem aktiven und modernen Land machten, in Lateinamerika ein Luxus.

Und Toño Azpilcueta stellte fest, dass das Buch fertig war. An diesem Tag und die ganze übrige Woche saß er in der Nationalbibliothek und las sich die mehr als zweihundert Seiten noch einmal durch, und auch wenn er hier und da etwas korrigierte, konnte er nichts Wesentliches finden, was zu verändern wäre. Ein ums andere Mal sagte er sich, dass er sein Buch endlich abgeschlossen hatte und dass darin alles, was hineingehörte oder was er hatte hineinlegen wollen, enthalten war. Leicht benommen, ein wenig schwindlig auch, musste er sich eingestehen: Das Buch über Lalo Molfino und Peru war beendet. Und er verspürte etwas Bittersüßes, ein Gefühl, das nicht Glück war, ganz und gar nicht, es war vielmehr eine große Müdigkeit, eine unendliche Erschöpfung. Tatsächlich war ihm in der Zeit, die er an dem Buch gearbeitet hatte, nie der Gedanke gekommen, dass er es einmal so durchsehen würde wie in den letzten Tagen.

Er hatte es mit der Hand geschrieben, und wenn er einen Verleger finden wollte, musste er es abtippen. Mit leiser Stimme, sich seiner selbst schämend, bat er Matilde, ihm Geld zu leihen, damit er das Manuskript zu einer Schreibkraft bringen konnte. Ein paar Wochen später hatte er zwei vollständige Exemplare, und mit beiden kehrte er zurück in die Bibliothek, um den Text erneut zu lesen. Zwar nahm er ein paar wenige Korrekturen mit der Hand vor, fand ihn aber noch besser als beim ersten Mal. Er hatte dem Buch den Titel *Lalo Molfino und die stille Revolution* gegeben, und auch wenn er ihn nicht sonderlich mochte – der alte Titel war ihm lieber –, schien er ihm doch, solange sich kein besserer ergab, recht passend, denn die zentralen Ideen, die ihn zu dem Buch bewogen hatten, fanden sich darin gebündelt.

Er sprach mit seinem Kumpel und Freund Collau und erzählte ihm, dass er sein Buch – endlich! – fertig habe. Collau freute sich sehr, und mit seinem praktischen Verstand sagte er: »Jetzt muss ein Verleger gefunden werden, Toño.«

Die Sache dauerte länger, als Collau und Toño Azpilcueta gedacht hatten. Zunächst schrieben sie an die beiden angesehensten Verlage, die es in Peru gab, Planeta und Alfaguara. Beide antworteten nach einer Woche und lobten das Buch in den höchsten Tönen, entschuldigten sich aber, dass der Essay nicht in ihre Programmplanung passe; angesichts seiner etwas sonderbaren Machart finde er wahrscheinlich nicht den Absatz, der eine Auflage rechtfertige. Und so rieten beide Häuser Toño Azpilcueta, sich einen anderen Verlag zu suchen.

Tatsächlich gab es in Lima kaum eine Handvoll Verlage, und die Enttäuschung, die Toño erlebte, war nur die erste. Nicht nur Planeta und Alfaguara, auch die anderen peruanischen Verlage hatten die Bedeutung seines Buches nicht verstanden, sagte er sich, sie würden, wäre der Erfolg erst eingetreten, ihre Ablehnung bedauern. Also sah er sich nach Verlagsbuchhandlungen um, und obwohl er mehrere kontaktierte, bekam er von allen, nachdem sie das Manuskript gelesen hatten, nur einen herzlichen Gruß und, gespickt mit großem Lob, die Erklärung, sein Buch weiche ganz und gar ab von dem, was unter der Leserschaft des Landes in Mode sei, weshalb es sich bestimmt nicht gut verkaufe; nur aus diesem Grund wollten sie es nicht veröffentlichen, zumindest nicht im Moment, darauf hoffend, dass sich eine Gelegenheit ergebe und der Geschmack des Publikums sich ändere.

Mit einer so einhelligen Ablehnung hatte Toño Azpilcueta nicht gerechnet. Ohne Matilde oder Collau etwas zu sagen, packte er die zwei Abschriften in seinen großen Koffer und beschloss, vorerst keine weiteren Schritte zu unternehmen. Er war müde, hatte die Nase voll, ärgerte sich, dass er so lange an einem Buch gearbeitet hatte, das niemand veröffentlichen wollte.

Da geschah das Wunder. Er erhielt einen kurzen Brief, adressiert an ihn und geschickt an die Nationalbibliothek – die Angestellten händigten ihm das Schreiben umgehend aus –, in dem ein gewisser Antenor Cabada ihm mitteilte, dass er von seinem »interessanten Buch« gehört habe und, da er den Wunsch hege, Verleger zu werden, nachdem er sein Leben lang als Buchhändler gearbeitet habe, bereit sei, es zu veröffentlichen, sofern die Lektüre ihn überzeuge. Er möge ihm doch bitte eine Kopie schicken. Toño war sprachlos, den wunderbaren Brief fest in der Hand. Er rief den Herrn sofort an, und Antenor Cabada grüßte ihn überschwänglich am Telefon und bestätigte alles, was er in dem Brief geschrieben hatte. Toño schickte ihm unverzüglich das Manuskript, und nachdem der ehemalige Buchhändler es gelesen hatte, wiederholte er noch einmal, was er am Telefon gesagt hatte: Er sei bereit, es zu veröffentlichen.

Sie besprachen viele Stunden das Cover, und Cabada war einverstanden, einen guten Grafiker aus Lima mit der Illustration des Umschlags zu beauftragen, und dann entschieden sie, welche Schrifttype die Druckerei nehmen solle. Noch vor Ablauf eines Monats erhielt er die ersten Exemplare. Als Toño Azpilcueta über die Bände mit dem etwas groben Papier strich, stellte er verwundert fest, dass ihn das Buch, auf das er so viel Mühe verwandt hatte, weder begeisterte noch erfreute, es war eher ein Gefühl der Resignation. Die gespannte Erwartung war verflogen, als hätte der Abschluss der einzigen echten Mission in seinem Leben ihn leer zurückgelassen. Statt froh zu sein, war er traurig. Stundenlang saß er da und betrachtete sein Werk; kaum zu glauben, dass er so lange daran gearbeitet hatte.

Antenor Cabada sagte ihm, das Buch werde über die Buchhandlungen vertrieben, die es, wenn auch in geringer Zahl, in Lima und im übrigen Land gebe. Er könne sich ja mal umschauen, dann sehe er es in den Auslagen. Toño machte sich auf den Weg, aber er fand es in keiner der Buchhandlungen, die die Neuheiten in den Schaufenstern ausstellten. Der Gedanke, das Nichtvorhandensein könnte daher rühren, dass es bereits verkauft wäre und gelesen würde, kam ihm erst gar nicht. Auch freute er sich nicht, als Antenor Cabada ihm mitteilte, er habe im Bildungsministerium gehört, dass der Veranstaltungssaal meist frei sei und die Buchvorstellung dort stattfinden könne, kostenlos. Toño sagte, er werde selbst sprechen, es sei nicht nötig, irgendeinen Intellektuellen aus der Elite hinzuzubitten. Doch Cabada verpflichtete schließlich Rigoberto Puértolas, einen etwas älteren, aber recht luziden Herrn, der vor Jahren Vorsitzender des Lehrerverbands der allgemeinbildenden Schulen Perus gewesen war und sich auch nach seiner Pensionierung noch ins Geschehen einmischte, immer nah an den Lehrergewerkschaften und den Kampagnen zur Durchsetzung ihrer Forderungen. Toño beharrte darauf, sein Buch selbst vorzustellen, sodass Rigoberto Puértolas nur ihn vorstellen musste.

In den zwei Wochen des Wartens erhielt Toño keinerlei Echo, weder von Lesern noch von Kritikern, die, so Antenor Cabada, das Buch läsen und seine Anregungen und Thesen zu Peru diskutierten. Am Abend der Buchvorstellung jedenfalls – der Beginn war für acht Uhr angesetzt – erschien er um Viertel vor acht in Anzug und Krawatte, beides frisch gebügelt, im großen Saal des Bildungsministeriums, nachdem er sich vorher noch rasiert und geduscht hatte. In dem riesigen, trostlosen Auditorium waren nicht mehr als vierzehn oder fünfzehn Personen, viele von ihnen alte Leutchen, die dort offenbar Zuflucht gesucht hatten vor der Kälte, die um diese Tageszeit, zumal mitten im Winter, durch Lima strich. In der ersten Reihe nahmen Collau und Gertrudis Platz sowie Matilde, die sich zu dem Anlass ein neues Kleid gegönnt hatte. Gespannt sahen sie zu, wie er auf die Bühne trat und sich an den Tisch setzte, flankiert von dem Verleger des Buches und Don Rigoberto Puértolas. Der war noch älter, als es zunächst geheißen hatte, und offenbar hatte er auch noch keine Ahnung, was er sagen würde.

Toño Azpilcueta war zwar enttäuscht, dass nur so wenige Menschen zur Vorstellung von *Lalo Molfino und die stille Revolution* gekommen waren, aber er hatte einen schönen Text vorbereitet und wollte ihn mit Begeisterung vorlesen, und sei es für dieses kleine Publikum. Der Herr Puértolas, der ihm zerstreut die Hand gegeben hatte und nicht zu wissen schien, wo er sich befand und wen er vor sich hatte, las mit Mühe von einem Zettel ab, den er sich nah ans Gesicht hielt, als vertraute er seinen Augen nicht. Mit leiser

Stimme sprach er den Namen Toño Azpilcueta aus und sagte, er sei ein großer Förderer des kreolischen Liedes, zweifellos kennten ihn die peruanischen Leser aus den vielen Artikeln, die er in den Zeitschriften schreibe, welche sich der peruanischen Folklore widmeten. Nun habe er ein Buch veröffentlicht, und dann stammelte er etwas, ehe er den Titel vorlas, *Lalo Molfino und die stille Revolution*, ein Buch, das in Lima und im übrigen Peru zu heftigen Diskussionen Anlass gebe aufgrund der kühnen Thesen, die er über unser Land vertrete, und worin er von der Existenz eines begnadeten peruanischen Gitarristen berichte, Lalo Molfino, der leider bereits in sehr jungen Jahren verstorben sei, den Musikern kreolischer Zugehörigkeit aber etwas Kostbares hinterlassen habe. Als er zu Ende gesprochen hatte, gab es keinen Applaus, und zur großen Verwunderung von Toño und Cabada verließ Puértolas den Saal, langsamen Schrittes mit seinem Stock, was ein seltsames Geräusch durch die Reihen des fast leeren Auditoriums zog.

Toño Azpilcueta wartete, bis der Moderator den Saal verlassen hatte, und dann nahm er die Kärtchen, die er vorbereitet hatte, und schickte sich an, zu der Handvoll Anwesenden zu sprechen. Er sah keinen der Herausgeber oder auch nur Redakteure der Zeitschriften, für die er schrieb. Aber er ließ sich nicht entmutigen, auch wenn er sich die Buchvorstellung hätte sparen können, denn was er sagen wollte, hätte er genauso gut unten in Villa El Salvador sagen können, an einem der warmen Abende, wenn er sich mit den drei Personen unterhielt, die nun einsam in der ersten Reihe saßen und darauf warten, dass er zu sprechen anhob: Gertrudis, Collau und Matilde.

Toño hatte noch nie vor einem so großen und so leeren Saal gesprochen, aber er tat es, als wären all die Sitzplätze, nun verwaist, besetzt mit Menschen, die darauf brannten, ihn zu hören. Er sprach von seinem Lehrer Hermógenes A. Morones, diesem großartigen Professor aus Puno, und erzählte lächelnd, wie er herausgefunden habe, dass das große A mit dem Pünktchen dahinter nichts anderes bedeute als Artajerjes, ein zweiter Name, den ihm seine Eltern womöglich zu Ehren eines entfernten Verwandten angehängt hätten und den er vielleicht nicht gemocht habe. Professor Morones habe an der San Marcos den Lehrstuhl für peruanische Folklore innegehabt, den es heute leider nicht mehr gebe, und er erinnerte daran, wie viel der Professor, sein Lehrer, wusste, erinnerte an die Sammlungen, die er mit eigenen Mitteln und ohne jede Unterstützung landauf, landab in ganz Peru zusammengetragen habe, an die zahlreichen Artikel und mehreren Bücher über die peruanische Folklore, die er geschrieben habe und die all jenen, die sie gelesen hätten, von einer überaus reichen und mannigfaltigen Volkskunst erzählten, welche die große Vielseitigkeit und Vitalität der peruanischen Musik aufs Schönste belege.

Er erzählte, wie er sich in jungen Jahren, fast noch ein Kind, denn damals sei er noch zur Schule gegangen, für die Musik interessiert und auf eigene Faust, ohne jemanden an seiner Seite, begonnen habe, über all die Künstler und Komponisten zu lesen und zu schreiben, denen es zwar nicht vergönnt gewesen sei, in die besseren Kreise der Gesellschaft vorzudringen, die aber ein breites Publikum sowohl in Lima als auch in den Provinzen begeisterten; eine Musik, der Lalo Molfino, das könne er bezeugen, auch wenn er nur bei einem einzigen Auftritt zugegen gewesen sei, seinen erhabensten Ausdruck verliehen habe. Und ebenfalls erzählte er, welch außerordentlichen Eindruck es auf ihn gemacht habe, als er an jenem Abend in Bajo el Puente, eingeladen von José Durand Flores, hörte, wie der junge Mann aus Chiclayo, geboren in Puerto Eten, die Saiten seiner Gitarre anschlug, an den Füßen Lackschuhe, an die er sich noch gut erinnere, fast so gut wie an das wundervolle Instrument.

Dann ging er, nicht ohne eine gewisse Vorsicht, dazu über, vor den lichten Reihen die große Revolution zu erklären, von der er hoffe, sie möge ohne viel Aufhebens ausgelöst werden von der peruanischen Musik, insbesondere vom Vals und von den Komponisten und Instrumentalisten, die es in reicher Schar gebe, seit diese außergewöhnliche Gruppe von Sängern, Gitarristen und Nachtschwärmern der Alten Garde, einschließlich dem unvergleichlichen Felipe Pinglo Alva, in Peru erschienen sei, um ihre Klänge anzustimmen. Sie hätten das Land von den Wurzeln her verändert und der Gesellschaft erneut eine Bedeutung verliehen wie zu Zeiten des Inkareichs, nur diesmal nicht wegen seiner imposanten Tempel und Paläste und seiner Eroberungen, sondern wegen der Art und Weise, wie sich die Peruaner vermischten, ohne Komplexe noch Vorurteile, wodurch nach und nach jene integrierte Gesellschaft entstehe, in der alle ein Recht darauf hätten, als Menschen betrachtet und behandelt zu werden, nicht als Tiere, auf dass sie sich in gegenseitigem Respekt fortentwickelten, für das übrige Lateinamerika wäre es ein Musterland. Die Huachafería erwähnte er nicht, sehr wohl aber sagte er, dass es jetzt, nach der Verhaftung von Abimael Guzmán und dem Rückgang der Gewalt, die Musik zu fördern gelte, um jene gemeinschaftsstiftenden Gefühle zu stärken, die der peruanischen Nation, ein weiteres Mal und für immer, die Einheit schenkten.

Toño Azpilcueta sah, wie drei Personen – seine Frau und seine Freunde aus Villa El Salvador – begeistert klatschten und die alten Leutchen, die sich dort mit schaukelnden Köpfen vor der Kälte schützten, es ihnen nachtaten, auch sie klatschten, wenngleich nicht ganz so eifrig wie die Freunde. Er bedankte sich für den Applaus und stand auf, gleichzeitig mit Antenor Cabada, der ihm mit einer Umarmung gratulierte. Voller Stolz bemerkte Toño ein kleines Leuchten in den Augen des ehemaligen Buchhändlers.

Als sie dann zurück nach Villa El Salvador fuhren, in einem Taxi, das der gute Collau aus eigener Tasche bezahlte, war Matilde die Einzige, die aussprach, was alle dachten: Schade, dass nicht mehr Publikum in dem großen Saal gewesen sei, denn Toños Präsentation seines Buches sei wirklich ausgezeichnet gewesen. In dem Lob stimmten alle überein.

Am nächsten Tag fand sich in den Zeitungen keine einzige Zeile über die Buchvorstellung. Und auch in den Tagen darauf gab es nicht einmal in den Zeitschriften, für die er gelegentlich schrieb, irgendeine Rezension, abgesehen von *Folklore Nacional*, die einen begeisterten, aber recht wirren kleinen Artikel von jemandem brachte, der nur das erste Kapitel gelesen hatte. Für Toño Azpilcueta war es kein Trost, dass das, was mit seinem Buch passierte, den meisten peruanischen Publikationen widerfuhr, wie ihm sein Verleger sagte. Die unvermeidliche Enttäuschung lockte die schrecklichen Viecher herbei, die ihn nun nachts wieder verfolgten, mit Albträumen, aus denen er entsetzt hochschreckte, und dann versuchte er wieder einzuschlafen, ohne die tapfere Matilde zu stören.

XXIV

Welche Musik spielten die Inkas? Zu ihrer Zeit wird es kein allzu musikalisches Volk gewesen sein, denn das Inkareich konzentrierte sich darauf, seine Grenzen auszuweiten und neue Gruppen und Gemeinschaften in das Tahuantinsuyo einzugliedern. Es währte nur etwa hundert Jahre, bevor es sich nach einem Bürgerkrieg aufgrund des dummen Streits zwischen Huáscar (Ecuador) und Atahualpa (Cusco) auflöste.

Diese Ahnen agierten äußerst behutsam, Überzeugung ging vor Überfall, und bis zur Ankunft der spanischen Konquistadoren schafften sie es, die Grenzen des Inkareichs immer weiter auszudehnen. Doch die Teilung des Reichs zwischen Cusco und Quito, ein Bruch, der die Anden mit Blut und Leichen überzog, begünstigte in hohem Maße die Conquista.

Kaum hatten sie die Ankunft der Spanier bemerkt, verweigerten die Völker, von denen die Inkas dachten, sie hätten sie eingegliedert, den Gehorsam und begannen den Spaniern zu helfen, darunter die Chancas und die Huancas, unterworfene Nachbarn. Sie verbündeten sich mit den neuen Invasoren, was für die Inkas fatale Folgen hatte, denn jetzt war es nicht allein der Streit zwischen Huáscar und Atahualpa, der ihnen zu schaffen machte, sondern auch der

Widerstand jener Völker und Kulturen, die sie, wenn auch nie ganz, allenfalls an der Oberfläche, bezwungen hatten.

Hatte das Inkareich eine Musik? Hatte es Gesänge und Tänze in diesen Zeiten der Eroberung und der Assimilation von Völkern in das Tahuantinsuyo? Ganz bestimmt. Es wird eine militärische Musik gewesen sein, militärische Tänze, damit das Volk zu gehorchen lernte; martialische und kollektive Ausdrucksformen, keine ästhetischen; Kunstformen, wie sie ein kriegerisches und auf Eroberung ausgerichtetes Volk hervorbringt. Etwas, mit anderen Worten, was nichts zu tun hat mit dem heutigen Inti Raymi, zu dem sich jedes Jahr Tausende von Menschen in Cusco versammeln, um zu tanzen, zu singen und sich zu betrinken.

In den immerhin drei Jahrhunderten, die die Kolonie Bestand hatte, war die peruanische Gesellschaft mit all ihren Heiligen, Messen, Prozessionen und religiösen Feierlichkeiten gleichwohl weit davon entfernt, sich zu stabilisieren und integrierend zu wirken, sie war vielmehr zutiefst gespalten. So tief und unerbittlich, dass das Bürgertum und der Adel praktisch nichts wussten von der großen indigenen Bevölkerung, welche die koloniale Macht mit aller Härte zu spüren bekam, ausgeübt durch die Armee und die kleinen lokalen Truppen, die man einsetzte, um die Einheimischen zu beugen, zu bestrafen, in Angst und Schrecken zu halten und systematisch zu unterdrücken. Und auch wenn die Heilige Inquisition nicht viele Menschen zum Scheiterhaufen verurteilte – einem chilenischen Historiker zufolge nur sieben in drei Jahrhunderten –, erinnerte ihre Präsenz die Peruaner doch daran, dass sie den Flammentod sterben konnten, wenn sie zu weit gingen.

Zugleich trichterten ihnen die Priester und Pfarrer die »wahre Religion« ein, während die Zerstörer des Götzendienstes Tausende und Abertausende von kleinen Statuen und Objekten zerschlugen oder verschwinden ließen, die die Inkas ihren Göttern geweiht hatten, unzähligen Göttern, da sie alle Gottheiten jener Völker, die sich ihrem Reich angeschlossen hatten, in ihren Pantheon aufnahmen.

Unmöglich konnte es in den drei Jahrhunderten nicht auch zu Rebellionen der indigenen Bevölkerung kommen. Die bedeutendste war zweifellos der Aufstand des Kaziken Túpac Amaru, dem es gelang, die Indios im gesamten Süden einschließlich der Bauern in Bolivien in die Revolte zu treiben. Der Aufstand richtete sich jedoch nicht gegen den spanischen König, sondern gegen die Encomenderos und die Brutalität, mit der sie auf ihren Haziendas vorgingen. Die Indios nahmen an, dass der spanische König nichts von den Übergriffen wusste und ihre Sache unterstützte. Die Encomenderos waren ihrerseits gegen die Könige, weil sie die »neuen Gesetze« – humaner als die bestehenden – nicht akzeptierten, und so begehrten sie dagegen auf, was blutige Schlachten zur Folge hatte. Tatsächlich schafften sie es, dass die Gesetze am Ende nicht angewandt wurden und alles beim Alten blieb. Letztlich waren sie genau das, was die Eroberung Amerikas weniger gewalttätig gemacht hätte, gar zu einem hochherzigen Unternehmen. Aber welche Eroberung war das schon. In Nordamerika hatte man die indigene Bevölkerung einfach ausgerottet.

Es muss zahlreiche lokale oder eher kleine Revolten gegeben haben, die nicht durchdrangen und die Städte erst gar nicht erreichten. Sie wurden aufs Grausamste niedergeschlagen, gerade in den Dörfern, wo es große Latifundien gab und die Indios zweifellos zu Hunderten und Tausenden den Tod fanden. Es floss sehr viel einheimisches Blut im Zuge der Repressionen.

Die Musik in diesen Jahren spiegelte keineswegs eine integrierte Gesellschaft wider. Im Gegenteil, das Bürgertum und die winzige peruanische Aristokratie hörten spanische Musik und tanzten zu ihr, während die indigene Bevölkerung an ihrer eigenen festhielt, einer traurigen Musik mit Instrumenten, die dem Charango ähnelten, sicherlich auch dem Zink und vielleicht der Gitarre, einer Musik, die klar getrennt war zwischen jener der Sierra und jener der Küste, wozu auch die Marinera gehörte, es waren parallele Musiken, die einander ignorierten, bis sie, das 19. Jahrhundert war schon nicht mehr jung, mit dem Austausch von Klängen und Instrumenten begannen.

All das änderte sich gegen Ende des 19. und zu Beginn des 20. Jahrhunderts dank unserer musikalischen Helden, deren Andenken ich auf diesen Seiten hochgehalten habe.

XXV

Wenn Toño Azpilcueta in der Nationalbibliothek war, ging er mittags ins Bransa an der Plaza de Armas, wo er, da die Kellner und Betreiber des Cafés ihn gut kannten, nicht nur einen Espresso mit einem Schuss Milch trank, sondern auch das Sandwich auspackte, das Matilde für ihn gemacht hatte. So aß er dort jeden Tag zu Mittag, schrieb manchmal einen Artikel über kreolische Musik oder sah seine Notizen vom Vormittag durch. An diesem Tag aber ging er, gepackt von einer wehmütigen Erinnerung an seine Studentenzeit, über die Avenida Abancay zum Parque Universitario. Die Universität San Marcos, an deren Geisteswissenschaftlicher Fakultät er studiert hatte, bot dort damals mehrere Fächer an, Jura, Philologie und Pädagogik, wenn nicht noch mehr. Jetzt befanden sich sämtliche Fakultäten an der Ecke Avenida Universitaria oder an der Avenida Venezuela, wo Toño noch nie einen Fuß hingesetzt hatte. Als er zum Parque Universitario kam, warf er einen Blick auf seine alte Universität, die ihre Räumlichkeiten nur noch illustren Gästen zur Verfügung stellte oder für Feierlichkeiten und Disputationen von Doktoranden, und wie geführt von einer unsichtbaren Hand, ging er schließlich über die Colmena zu einem der ältesten Cafés an der Avenida, dem Palermo, wo er als Student oft gewesen war und wo sich, wie er gehört hatte, die Dichter der

Generation der 50er trafen, Dichter wie Paco Bendezú, Pablo Guevara und Wáshington Delgado.

Kaum hatte er an einem kleinen Tisch Platz genommen und einen Milchkaffee bestellt, hörte er am Nebentisch seinen Namen. Er drehte sich um, aber angesprochen hatte ihn niemand; zwei Gäste saßen dort und unterhielten sich, sie waren so nah, dass er sie hören konnte.

»Ja, genau, ein gewisser Toño Azpilcueta«, sagte ein Herr mit tiefliegenden Augen, ziemlich gut gekleidet, mit Weste und mehreren Ringen an den Fingern, sicherlich ein Anwalt, zu seinem Begleiter, der jünger war als er, ohne Krawatte und bestimmt ein Angestellter seiner Kanzlei. »Hast du es nicht gelesen?«

»Noch nicht«, räumte der Jüngere ein. »Ist es interessant?«

Toño konnte es nicht glauben. Da hatte er so gelitten unter dem Schweigen und der Gleichgültigkeit gegenüber seinem Buch, und jetzt begegnete er zufällig zwei Menschen, die darüber sprachen.

»Das ist es, sehr interessant. Obwohl, na ja, ein bisschen plemplem ist der Autor schon, denke ich. Stell dir vor, er vertritt die These, die kreolische Musik würde in unserem Land die Integration befördern, würde die Menschen verschiedener Herkunft, Hautfarbe und Sprache einander näherbringen! Der Vals, die Marinera, die Huainitos … Der kreolischen Musik käme diese entscheidende Rolle zu: die Peruaner zu vereinen. Eine ziemlich verrückte These, meinst du nicht?«

»Dann lese ich es«, sagte der junge Mann. »Ich mag so verrücktes Zeug, echt. Die kreolische Musik und die Peruaner vereinen? Klingt nicht schlecht. Toño Azpilcueta heißt er, ja? Muss aus Europa stammen, wegen des Nachnamens. Wenn es nicht ein Spitzname ist.«

»Du bist jung, deshalb überzeugt dich so ein Quatsch. Mich amüsiert es eher. Die kreolische Musik würde alle Peruaner einander näherbringen, die Cholos, die aus der Sierra und die Weißen … ich bitte dich. Würdest du eins von diesen Indiomädchen heiraten? Die sich nie duschen und deren Möse nach Kotze stinkt?«

»Nie im Leben.« Der Jüngere lachte. »Obwohl, die Cholitas, die sind nicht zu verachten. Tolle Körper, das kann ich dir sagen. Aber egal, ich werde es lesen.«

»Die kommende Revolution wird nicht von den Produktionskräften bestimmt, wie Marx und Mariátegui glaubten«, sagte der Ältere, »sondern von den Komponisten und Sängern der Valses und Marineras. Nicht zu fassen. Ich kann dir das Buch geben. *Lalo Molfino und die stille Revolution*, so heißt es.«

»Scheint dich trotzdem schwer beeindruckt zu haben, mein Lieber«, bemerkte der Jüngere. »So leidenschaftlich, wie du von diesem Toño Azpilcueta sprichst. Weißt du, wer er ist?«

»Offenbar hat er es mit der Literatur. Oder mit dem Journalismus, besser gesagt.«

»Toño Azpilcueta«, sagte der Jüngere und grinste. »Könnte ein Pseudonym sein, ja. Aber dann hat er sich einen Namen ausgedacht, der wie eine Karikatur klingt.«

»Ganz schön plemplem, wenn du mich fragst. Von der Musik kommt er auf die Ratten. Eine krankhafte Obsession hat er für diese Nageviecher.«

»Jetzt werde ich erst recht neugierig.«

»Wie auch immer, die Arbeit ruft«, sagte der Ältere, winkte den Kellner herbei und bat um die Rechnung. »Das Leben besteht nicht nur aus Vergnügen. Ich habe das Buch im Büro, ich gebe es dir.«

Es kam zu einem kleinen Geplänkel zwischen den Gästen um die Rechnung. Beide bestanden darauf, zu bezahlen, und am Ende teilten sie sich die Summe.

Toño Azpilcueta ging das Gehörte noch durch den Kopf, während er dem eleganten älteren Herrn hinterhersah, mit jedem Schritt kamen ihm seine Züge vertrauter vor, beängstigender auch. Und dann spürte er es jucken und wie es seine Waden hochkroch, spürte die widerlichen Beinchen, und um wieder zur Ruhe zu kommen, bestellte er einen weiteren Milchkaffee und trank ihn, so heiß, wie er war, in kleinen Schlucken. Schließlich wich sein Ärger über diesen Herrn und die Behauptung, die Hypothese seines Buches sei Unsinn und der Verfasser müsse verrückt sein, und ihn überkam so etwas wie Befriedigung, ein unerwartetes Gefühl von Euphorie. Natürlich war ein derart strenges und beleidigendes Urteil das Letzte, was er hatte hören wollen, aber das Gespräch der beiden war auch ein Beweis dafür, dass sein Buch niemanden gleichgültig ließ. Jetzt wusste er zumindest, dass jemand es gelesen hatte und darüber sprach. Wie es sich wohl verkauft hatte? Wahrscheinlich schlecht. Um das zu erfahren, müsste er Antenor Cabada anrufen. Was er noch am Nachmittag tun würde. Und dann würde er rasch bei Toni Lagarde und Lala vorbeigehen, würde ihnen davon erzählen und ein Exemplar seines Buches schenken. Plemplem, sagte man das überhaupt noch? War das nicht eher ein Ausdruck aus den Fünfzigern? Egal, besser plemplem als ein Niemand. Als er das Palermo verließ, juckte ihn nichts mehr, und er dachte auch nicht mehr an Nagetiere. Er freute sich, sein Name war allmählich in aller Munde. Dass es zwei Idioten gewesen waren, sollte ihn nicht bekümmern, das Buch fand seinen Weg unter die Leute, es käme schon in die Hände von maßgeblicheren Lesern.

XXVI

Huachafería ist ein Peruanismus, den die Wörterbücher mit einer Geschichte in Verbindung bringen, an der wahrscheinlich nichts dran ist. Aber da sie uns allenthalben begegnet, soll sie hier erzählt werden. In ihrem Buch *Peruanismos* erklärt die renommierte Philologin Martha Hildebrandt zunächst, unter Berufung auf Mitarbeiter der Zeitschrift *Actualidades* sowie Enrique Carrillo und Clemente Palma, dass das peruanische *huachafita* von dem kolumbianischen *guachafita* abstamme – im Sinne von Radau, Krach, Gezänk –, und eingeführt habe das Wort Jorge Miota, allerdings mit einer etwas anderen Bedeutung. Miota, geboren im 19. Jahrhundert, war Journalist und schrieb Kurzgeschichten; Bücher veröffentlichte er nicht, arbeitete aber für zahlreiche Zeitschriften, darunter die erwähnte *Actualidades*, in der er, wie manche sagen, Anfang des 20. Jahrhunderts zum ersten Mal das Wort *huachafo* verwendete. Er lebte eine Weile außerhalb von Peru, in Buenos Aires und Paris, und bereiste einige andere Orte. Da Miota auch in Venezuela war, wo es den Begriff *guachafita* in Bezug auf ein ausgelassenes und fröhliches Fest gab, ist nicht auszuschließen, dass er ihn von dort importierte und zu einem Wort machte, das ein eher lausiges Fest und aufgeplusterte, affektierte Mädchen bezeichnete.

Eine Anekdote würde jedoch für die These sprechen, dass

das Wort tatsächlich kolumbianischen Ursprungs ist. Professor Estuardo Núñez erzählte sie Martha Hildebrandt, und die nahm die kleine Geschichte in ihr Buch über Peruanismen auf. Demnach kam um 1890 ein kolumbianisches Paar aus eher bescheidenen Verhältnissen nach Lima und ließ sich in einer Straße nahe der Festung Santa Catalina nieder. Die Töchter des Paares, fröhliche junge Frauen, veranstalteten trubelige Feste, und zu denen kamen die Anwohner und vor allem Offiziere aus der Festung, einer Kaserne. Die kolumbianische Familie nannte solche Feste *guachafas*, und da den Leuten aus der Nachbarschaft die Namen der Gastgeberinnen nicht leicht von der Zunge gingen, gaben sie ihnen den Spitznamen *huachafas*. Es waren recht eitle und angeberische junge Frauen aus der unteren Mittelschicht, die den Anschein zu erwecken versuchten, sie wären etwas Besseres, und so erhielt das Wort bald einen Beiklang von schlechtem Geschmack und Kitsch.

Ob es eine wahre Anekdote ist? Gegenüber Martha Hildebrandt führt Estuardo Núñez zwei Quellen aus der eigenen Familie an: seine Großmutter, die unter dem Lärm der Feste litt, und seinen Vater, der Offizier war und wie so viele andere Offiziere aus der Kaserne Santa Catalina die Jaranas der Kolumbianerinnen hin und wieder besuchte. Festzustehen scheint jedenfalls, dass Miota als Erster das Wort mit *h* statt mit *g* benutzte und somit als Erfinder des Wortes gelten kann, das für die peruanische Variante des Kitsches steht.

Nur ist die Sache subtiler und komplexer, es geht hier um einen der Beiträge Perus zur universellen Erfahrung; wer ihn geringschätzt oder missversteht, verkennt, was dieses Land ausmacht, die Psychologie und die Kultur eines großen, wenn nicht des überwiegenden Teils der Peruaner. Denn die *huachafería* ist sowohl eine Weltsicht wie auch eine Ästhetik, eine Art, zu denken, zu fühlen, zu genießen, sich auszudrücken und andere zu beurteilen.

Kitsch ist eine geschmackliche Verirrung. Jemand ist kitschig, wenn er etwas imitiert – Eleganz, Raffinement –, was ihm aber nicht gelingt, und dabei verdünnt er das ästhetische Modell und karikiert es. Die *huachafería* pervertiert kein Vorbild, denn sie ist selber eines; sie verfälscht keine ästhetischen Muster, sie etabliert sie vielmehr, und so ist es keine lächerliche Replik von Eleganz und Raffinement, sondern eine eigene, andere, peruanische Art, verfeinert und elegant zu sein.

Statt sich an einer Definition der *huachafería* zu versuchen – ein begriffliches Kettenhemd, durch dessen Ritzen zahllose Bestandteile dieses verstreuten und protoplasmatischen Wesens zwangsläufig entweichen –, lohnt es sich, anhand einiger Beispiele aufzuzeigen, wie weitgespannt und schwer fassbar sie ist, in wie vielen Bereichen sie zum Ausdruck kommt und wie sehr sie sie prägt.

Es gibt eine aristokratische *huachafería* und eine proletarische, aber wahrscheinlich ist es die Mittelschicht, wo sie in voller Blüte erstrahlt. Solange man die Stadt nicht verlässt, ist sie an allen Ecken präsent. Auf dem Land dagegen ist sie inexistent. Ein Bauer ist niemals *huachafo*, es sei denn, er hat längere Zeit in der Stadt verbracht. Zum Urbanen hinzu kommt das sentimentale und antirationale Moment. Die Verständigung zwischen Mensch und Welt ergibt sich hier über die Sinne und die Emotionen mehr denn über die Vernunft; Gedanken und Ideen sind dekorative Elemente und entbehrlich, ein Hindernis für jede spontane Gefühlsäußerung. In der Musik kommt die *huachafería* im kreolischen Walzer in ihrer reinsten Form zum Ausdruck, man könnte es sogar als Regel ohne Ausnahme formulieren: Um gut zu sein, muss ein Vals *huachafo* sein. Alle unsere Komponisten (von Felipe Pinglo Alva bis Chabuca Granda) haben es intuitiv erfasst, und in den Texten ihrer Lieder, aus intellektueller Sicht oftmals dunkel, rätselhaft, entfalten sie Bilder von glühenden Farben, flirrender Sentimentalität, erotischer Malice und anderen großartigen rhetorischen Exzessen, die fast immer mit einer gewissen gedanklichen Armut einhergehen.

Die *huachafería* kann genial sein, nur selten aber ist sie intelligent; sie ist intuitiv, wortreich, zeremoniös, melodisch und vor allem gefühlig.

Ein Mindestmaß an *huachafería* ist unabdingbar, um einen kreolischen Walzer zu verstehen und zu genießen; was nicht für den Huaino gilt – Musik aus den Anden –, der ist nur selten *huachafo*, und wenn doch, ist es meist kein guter.

Es wäre jedoch ein Irrtum, daraus zu schließen, dass nur die Menschen in den Städten und an der Küste die *huachafería* kennten und man im Hochland dagegen immun wäre. Der Indigenismus, der sentimentale, literarische, politische und historische Rückgriff auf ein prähispanisches und romantisches Peru, ist die andinische Version der *huachafería* an der Küste, und sie kam vor allem in Puno und Cusco auf, verbreitete sich allerdings in der ganzen Sierra. Der Hispanismus dagegen ist der sentimentale, literarische, politische und historische Rückgriff auf ein klischeehaftes und romantisches hispanisches Peru. Fahnenträger der beiden Bewegungen sind zwei Historiker: Luis E. Valcárcel für den Indigenismus und José de la Riva Agüero für den Hispanismus. Ein ganz eigener Kopf ist José Uriel García, Autor von *El nuevo indio* (Der neue Indio). Er vertritt die These, dass die Berge, die Anden, ein Lebewesen seien und die Spanier mit etwas konfrontiert hätten, was sie veränderte, sodass sich das Spanische und das Indianische unauflöslich vermischten, bis das Spanische ein wenig peruanisch geworden sei und das Indianische ein wenig spanisch.

Das Fest des Inti Raymi, das jedes Jahr in Cusco mit Tausenden von Komparsen zu neuem Leben erwacht, ist eine einzige Zeremonie der *huachafería* und steht der Prozession des Herrn der Wunder in nichts nach, die im Oktober Lima violettiert (man beachte, dass ich das Verb im Sinne der *huachafería* verwende).

Aufgrund ihrer Natur steht die *huachafería* manchen Beschäftigungen und Tätigkeiten näher als anderen, letztlich gibt es aber nichts, kein Verhalten und kein Geschäft, das sie grundsätzlich ausschließt. Die Rhetorik dringt zu den Leuten im Land nur durch, wenn sie *huachafa* ist. Ein Politiker, der nicht wild gestikuliert, der lieber die Gerade nimmt als die Kurve, der sich nicht in Metaphern verliert und nicht brüllt oder singt, statt zu sprechen, wird den Menschen kaum je ans Herz rühren. Ein »großer Redner«, das heißt in Peru – wie im Falle von Haya de la Torre, dem Begründer des Aprismus – so viel wie jemand, der sich blumig gibt, schwelgerisch, theatralisch, musikalisch. Er ist, kurzum, so etwas wie ein Schlangenbeschwörer.

Die exakten Wissenschaften haben allenfalls ein sehr angespanntes Verhältnis zur *huachafería*. Die Religion dagegen steht mit ihr auf Du und Du, und es gibt Wissenschaften, die überaus anfällig für sie sind wie die sogenannten – als wäre schon der Begriff ein Ausweis von *huachafería* – Sozialwissenschaften. Kann man »Sozialwissenschaft« oder »Politikwissenschaft« betreiben, ohne in irgendeine Form der *huachafería* zu verfallen? Mag sein, aber dann kommen wir uns veralbert vor, wie bei einem Torero, der es nicht schafft, den Stier mit einer Drehung zu täuschen.

Am besten ausmachen lassen sich die unendlichen Varianten der *huachafería* wohl in der Literatur, denn sie begegnet uns nun mal vor allem im Sprechen und im Schreiben. Es gibt Dichter, die manchmal *huachafo* sind, wie César Vallejo, und andere, die es immer sind, wie José Santos Chocano, dazu solche, die es nicht sind, wenn sie in Versen schreiben, wie Martín Adán, in seinen Essays dagegen ist er es über die Maßen. Ungewöhnlich ist der Fall des Julio Ramón Ribeyro, der nie *huachafo* ist, was für einen peruanischen Schriftsteller schon extravagant anmutet. Häufiger sind es Autoren wie Bryce Echenique und Salazar Bondy, in deren Werken die *huachafería* trotz aller Vorbehalte und Scheu immer irgendwann durchbricht, als wäre es ein unheilbares heimliches Laster. Ein bemerkenswertes Beispiel ist Manuel Scorza, bei dem die *huachafería* selbst noch die Kommas und die Akzente zu erfassen scheint.

Hier ein paar Beispiele für die *huachafería* der gehobenen Schichten: Herausforderung zum Duell, Besuch von Stierkämpfen, Besitz eines Hauses in Miami, Verwendung der Partikel *de* (»von«) oder der Konjunktion *y* (»und«) im Nachnamen, Anglizismen, sich für Weiße halten. Mittelschicht: Telenovelas schauen und sie im wirklichen Leben nachahmen, sonntags in großen Töpfen Nudeln mit an den Strand nehmen und sie zwischen Welle und Welle essen; falsche Präpositionen benutzen, alles und jedes mit Diminutiven verkleinern (»Wie wärs's mit einem Schlückchen Champagner, Kumpelchen«) und Menschen mit »Cholo« anreden (ob abwertend gemeint oder nicht). Und die proletarische Variante: Pomade verwenden, Kaugummi kauen, Marihuana rauchen, Rock 'n' Roll tanzen, rassistisch sein.

Die Surrealisten sagten, der prototypische surrealistische Akt sei es, auf die Straße zu gehen und den erstbesten Passanten zu erschießen. Emblematisch für die *huachafería* ist der Boxer, der, das Gesicht noch geschwollen von den einkassierten Schlägen, seine liebe Mama grüßt, die vor der Mattscheibe des Fernsehers für seinen Sieg betet, oder der gescheiterte Selbstmörder, der, kaum hat er die Augen aufgeschlagen, darum bittet, ihm die Beichte abzunehmen.

Es gibt eine zärtliche *huachafería* (die junge Frau, die sich einen roten Slip mit Spitzenbesatz kauft, um dem Freund den Kopf zu verdrehen) und Konvergenzen, die, da unerwartet, an sie erinnern: marxistische Priester zum Beispiel. Die *huachafería* bietet eine Perspektive, aus der sich die Welt und die Kultur betrachten und einordnen lässt. Argentinien und Indien stehen ihr (den Filmen nach zu urteilen) offenbar näher als Finnland. Die alten Griechen waren *huachafos*, nur die Spartaner nicht; und unter den Religionen hat sich die katholische die Goldmedaille verdient. Von den großen Malern ist keiner so *huachafo* wie Rubens; unter den Jahrhunderten ist es das achtzehnte, und unter den Monumenten gibt es nichts, was so *huachafo* wäre wie die Pariser Sacré-Cœur und das Tal der Gefallenen in Spanien. Es gibt historische Epochen, für die sie das Fundament zu sein scheint: das Byzantinische Reich, Ludwig II. von Bayern, die Restauration. Dazu die ganzen falsch benutzten oder hochgestochenen Wörter und Wendungen von unfreiwilliger Komik.

Was der *huachafería* in der Welt am nächsten kommt, ist nicht der Kitsch, sondern was man in Venezuela *la pava* nennt (Beispiele hierfür habe ich einmal bei Salvador Garmendia gelesen: eine nackte Frau, die Billard spielt, ein Vorhang aus Tränen, Wachsblumen, Aquarien im Wohnzimmer). Aber in der *pava* schwingt etwas Unheilkündendes mit, und das kennt die peruanische *huachafería* zum Glück nicht.

Ich möchte klarstellen, dass ich die vorangegangenen Zeilen ohne intellektuellen Hochmut geschrieben habe, in aller Aufrichtigkeit und voller Herzenswärme, im Gedanken an dieses wunderbare Werk Gottes, meinen Artgenossen: den Menschen!

XXVII

»Dann hast du dein Buch also veröffentlicht, Junge. Und Lala und ich haben es nicht mal erfahren«, beschwerte sich Toni Lagarde.

»Ich habe euch nichts von der Buchvorstellung gesagt, weil ich euch den Weg zum Bildungsministerium ersparen wollte«, sagte Toño Azpilcueta. »Ich wollte lieber persönlich vorbeikommen und euch ein Exemplar schenken. Bin gespannt, wie es euch gefällt.«

Sie spazierten über die Avenida Arica, sehr langsam, weil Toni beim Gehen einen Stock benutzte, hin zum Denkmal für Bolognesi und zur Avenida Brasil mit ihren nicht enden wollenden Autos und Sammeltaxis. Es war schon weniger kalt, und die Avenida war voller Passanten, viele spazierten so wie sie.

»Das wird Streit geben mit Lala, wer das Buch zuerst liest«, sagte Toni.

Auf den Bürgersteigen drängten sich die Menschen, und manchmal mussten sie zur Seite gehen und die Menge an sich vorbeilassen. Toni Lagarde tastete mit seinem Stock über den Boden und ging ohne Eile, aber mit langen Schritten, so lang, wie es seine Beine hergaben. Er war recht schlicht gekleidet, trug eine Hose, die sehr leicht aussah, und ein tausendmal gewaschenes kurzärmliges Hemd. Während sie an den einfachen Häusern mit ihren großen Fenstern entlangliefen, versuchte er den Löchern auszuweichen, von denen es auf diesem Abschnitt der Avenida Arica wimmelte, und achtete darauf, nicht mit Leuten aus der Gegenrichtung zusammenzustoßen. Toño erzählte ihm von der Szene im Palermo, von den beiden Männern, die sich über sein Buch unterhielten, und wie einer von ihnen gesagt hatte, der Autor von *Lalo Molfino und die stille Revolution* sei offenbar ein bisschen plemplem. Er sah die Menschen über die Avenida Arica ziehen und dachte, dass sie alle sich, so unterschiedlich sie sein mochten, als Teil ein und derselben Familie fühlen konnten. Genau das, betonte er gegenüber Toni, wäre ihr Beitrag zur Geschichte Perus. In seinem Buch zeige er außerdem auf, dass die kreolische Musik mit Vorurteilen breche und die Köpfe und die Herzen erreiche. Wenn die Musik ihn und Lala zusammengebracht hätte, warum dann nicht auch die übrigen Landsleute? Es mute vielleicht wie eine versponnene Idee an, aber eine Schnapsidee sei es bestimmt nicht. Sein ganzes Leben habe er darüber nachgedacht, und sobald die Menschen sein Buch erst läsen, da sei er sich sicher, würde es Forderungen nach einem schulischen Musikunterricht hageln, und der würde die Kleinen, kaum dass sie ihre ersten Schritte täten, mit den tiefen Adern des Peruanischen vertraut machen. Man würde ihnen beibringen, Instrumente zu spielen und das Repertoire mit den klassischen Themen zu singen; es würde Tanzkurse geben, für Marineras, Valses, Polkas, und die würden, was auseinanderstrebte, wieder versöhnen, würden die gesellschaftlichen Gräben überwinden und dafür sorgen, dass sich mehr reiche Weiße wie Toni glücklich mit schwarzen Habenichtsen wie

Lala vereinten, oder umgekehrt, dass reiche weiße Frauen schwarzen Männern in die Arme sänken, Cholos, Indios, Menschen, die so arm seien wie er, Toño, selbst.

Toni hörte schweigend zu, und wann immer sein Freund eine seiner im Buch ausgearbeiteten Hypothesen erwähnte, nahm er das Exemplar, das er unterm Arm trug, und blätterte darin. Er hatte nichts sagen wollen, aber Toño fragte ihn ein ums andere Mal, ob er nicht recht habe, ob es nicht auf der Hand liege, dass die Lösung der Probleme des Landes, zumal jetzt, da es so aussehe, als ende der Krieg gegen den Leuchtenden Pfad, darin bestehe, diese Liebe zum gemeinsamen Heimatland zu wecken, wie sie der Vals und überhaupt die kreolische Musik zum Ausdruck brächten.

»Ich weiß nicht, Toño, das mit Lala und mir war sehr außergewöhnlich«, sagte Toni schließlich. »So ist die Liebe, immer geheimnisvoll. Ich weiß nicht, ob wir für irgendetwas ein Beispiel sind. Wir haben das Leben so gelebt, wie wir es wollten, ich nehme an, das tun die anderen Leute auch.«

»Die anderen sind Sklaven ihrer Vorurteile«, widersprach Toño Azpilcueta. »Die einzigen wirklich freien Menschen seid ihr gewesen. Die Musik hat euch die Augen geöffnet, hat es euch bewusst gemacht.«

»Ich sage ja nicht, dass du dich irrst«, versuchte Toni seinen Freund zu beschwichtigen. »Das ist eine Theorie, und davon gibt es viele. Denk nur an die Ideologie der APRA. Demnach wäre es die Mittelschicht, die Peru vereinigte. Und Südamerika. Bolívars Traum. Nur dass für Haya de la Torre das Konzept wegen der Militärs nie aufgegangen ist.«

Toño fasste sich plötzlich an den Rücken, als hätte ein unsichtbarer Arm einen Hebel angesetzt, und kratzte sich wie toll. Mit einem Mal schien ihm die Avenida Arica ein feindlicher Ort zu sein, voller Verstecke, wo Tausende von Ratten und Mäusen ihre Jungen aufzogen. Er fragte Toni, ob sie nicht besser zurück zu ihm nach Hause gingen, dann könnten sie ein paar Chancays mit Lalas Quittenmarmelade essen.

»Kaum haben wir gehört, dass du kommst, hat Lala sich nach Quitten umgesehen«, sagte Toni Lagarde und lächelte. »Um diese Jahreszeit findet man sie nicht leicht. Zum Glück hat sie welche aufgetrieben. Eigentlich macht sie die Marmelade nur, wenn du kommst.«

»Ihr seid ein außergewöhnliches Paar«, betonte Toño Azpilcueta noch einmal. »In meinem Essay seid ihr die Helden. Ihr kommt dauernd vor, fast auf jeder Seite. Ihr seid ein Beispiel dafür, wie wir anderen Peruaner sein sollten.«

Sie machten sich auf den Rückweg, gingen schneller jetzt, in der Hoffnung, anzukommen, bevor die Sonne unterging.

»Denkst du auch, ich bin ein bisschen plemplem? Wie dieser elegante Herr im Palermo, der sich über mich lustig gemacht hat?«, wollte Toño wissen und kratzte sich an den Beinen.

»Wie kommst du denn darauf, Toño? Gar nicht plemplem, du bist ein Idealist, was soll daran schlecht sein.«

In dem kleinen Wohnzimmer, das auch als Esszimmer diente, stand der Tee schon bereit. Lala stellte gerade die Tassen hin – Toño Azpilcueta trank den Tee immer mit ein paar Tropfen Milch –, und da waren sie auch schon, die Chancays, noch warm und mit Quittenmarmelade.

»Toño hat uns sein Buch geschenkt«, sagte Toni zu Lala. »Du kannst dir nicht vorstellen, was für eine schöne Widmung er hineingeschrieben hat. Seiner Meinung nach sind wir ein Beispiel, dem die anderen Peruaner nacheifern sollten.«

»Da siehst du, Toni, ganz meine Rede«, sagte Lala in spöttischem Ton und überging die Blicke, die ihr Mann ihr zuwarf. »Wir sind ein Vorbild, nur dass du mir nicht glaubst.«

»Das seid ihr«, versicherte Toño feierlich. »Und was ich sage, meine ich sehr ernst. Weil ihr das Leben so gelebt habt. Glücklich, ohne nach dem Glück zu suchen. Ich denke, ihr seid ein Vorbild, jawohl. Hier und überall. Auch wenn es vielleicht ein bisschen albern klingt. Aber ganz ehrlich, ein Paar, wie ihr es seid, habe ich sonst nirgends gesehen. Für mich seid ihr die modellhafte Familie, der alle Peruaner nacheifern sollten. Und das nicht nur, weil ihr den gesellschaftlichen Hierarchien im Land und unser aller Vorurteilen getrotzt und geheiratet habt, sondern auch, weil ihr es geschafft habt, durchzuhalten. Glücklich zu sein mit dem, was ihr habt, ohne nach mehr zu trachten. Ein Beispiel für alle Peruaner, doch, genau das.«

»Von wegen, mit dem da halte ich es nicht länger aus«, scherzte Lala. »Du und Matilde, ihr seid ein viel besseres Paar.«

»Nein, das stimmt nicht«, sagte Toño Azpilcueta, senkte den Blick und lehnte sich in seinem Stuhl zurück.

Es stimmte nicht, weil sich zwischen ihm und Matilde diese Kluft aufgetan hatte, die Paare voneinander trennte, welche die schönen Dinge des Lebens, die Musik etwa, nicht gemeinsam genießen konnten und alle Zeit darauf verwandten, ums Überleben zu kämpfen. Und nutzte es Toño nicht aus, dass Matilde sich abrackerte und wusch und stopfte, während er von Cecilia Barraza fantasierte? Statt ihn und seine Frau zusammenzubringen, hatte die kreolische Musik ja vielleicht das Gegenteil bewirkt. Je länger Toño an seinem Buch arbeitete, je mehr Stunden er in der Nationalbibliothek verbrachte, desto mehr Stunden musste Matilde aufwenden, um herbeizuschaffen, womit sich das Haus unterhalten ließ und er und die beiden Töchter zu essen hatten. Sie schuftete sich krumm, und er? Jagte einer schönen Vorstellung nach: dass sein Buch ihn auf eine Stufe mit Cecilia Barraza stellte, dass sein Ansehen alle Widerstände bräche, die sie davon abhielten, in ihm ein echtes peruanisches Mannsbild zu sehen, begehrenswert für die fleischliche Vereinigung und genau der Richtige, um sie auf ihrem Lebensweg zu begleiten.

Eine Wolke verdüsterte Toños Gesicht, die Chancays mit Quittenmarmelade schienen ihm nicht mehr zu schmecken.

»Das Beste daran ist«, sagte er, in einem so feierlichen wie wehmütigen Ton, »dass ihr gar nicht merkt, wie glücklich ihr seid.«

Er hätte gern noch hinzugefügt, dass sie, anders als er und Matilde, ihre Liebe genutzt hatten, um sich auf alles, womit sie konfrontiert waren, einzustellen, auf die Vorurteile der Menschen, die Armut, das einfache Leben, das ihnen beschieden war. Und dass sie alles hingenommen hatten dank ihrer Liebe, ihrer ewigen Liebe. Vielleicht war das ja das Geheimnis. Wie sonst hätten sie allen Widrigkeiten trotzen können.

Bestätigt fand er es im Laufe des Nachmittags, als das Gespräch auf Dinge kam, die in Peru passierten. Und während sie über die terroristischen Anschläge sprachen, die Armut im Hochland oder irgendeine andere Nachricht, stellte Toño

Azpilcueta fest, dass Toni und Lala zwar beunruhigt waren, aber auch gewappnet gegen alles Unvorhergesehene oder Aufwühlende, geschützt durch diese tiefe und solidarische Verbundenheit, die ihnen die Liebe schenkte. Per Gesetz ließ sich so etwas kaum regeln. Man konnte von niemandem verlangen, sich wie die beiden für immer zu verlieben. Für die meisten Menschen war die Liebe etwas Vergängliches, sie lernten andere kennen, in die sie sich verliebten, wechselten den Partner. Das war nur natürlich. Außergewöhnlich waren Toni und Lala. Toño hätte sich gewünscht, dass die Dinge stabiler wären, beständiger, einschließlich seiner Beziehung zu Matilde. Vielleicht sollte er den Ansatz, den er in seinem Buch verfolgte, nicht ganz so forsch vertreten, sollte sich weniger optimistisch zeigen, weniger überzeugt. Er verabschiedete sich ein wenig bedrückt von Toni und Lala, und als er nach Hause kam, hörte er, dass der Herr Cabada, sein Verleger, unbedingt mit ihm sprechen wollte.

Von der Pulpería seines Kumpels Collau aus rief er zurück. Am anderen Ende der Leitung antwortete Cabada mit aufgeregter Stimme. Seit Tagen schon habe er nach ihm gesucht, habe sogar Nachrichten bei seinem Freund zu Hause hinterlassen, aber offenbar hätten die Mädchen vergessen, es ihm auszurichten.

»Worum geht's denn, Herr Cabada? Läuft alles mit dem Buch?«, fragte er angespannt.

»Die zweitausend Exemplare, die wir aufgelegt haben, sind vergriffen. Sieht zumindest so aus. Wir müssen eine zweite Auflage drucken. Ich habe viele Briefe von Buchhändlern bekommen, die nach weiteren Exemplaren fragen.

Aber es gibt keine. Wir haben nur die zweitausend gedruckt, Sie erinnern sich, ja? Alles weg.«

Der ehemalige Buchhändler sprach voller Begeisterung. Toño hörte zu, und es war Musik in seinen Ohren. Er konnte es nicht glauben, wusste nicht, was er sagen sollte.

»Dann kann ich bei der Gelegenheit ein paar Sachen korrigieren, Herr Cabada. Ich glaube, in der ersten Ausgabe gibt es nicht wenige Druckfehler, und vielleicht sollte ich den ein oder anderen Gedanken auch überarbeiten.«

»Kommt nicht infrage«, sagte der Ex-Buchhändler, seine Stimme überschlug sich fast. »Korrigieren Sie, wenn Sie möchten. Aber für künftige Ausgaben. Die zweite Auflage müssen wir sofort rausbringen. Das Buch läuft fantastisch. Buchhändler aus der Provinz haben mir geschrieben, ich kann Ihnen sagen. Können wir uns treffen? So bald wie möglich. Ich habe einen neuen Vertrag aufgesetzt, Sie müssen nur unterschreiben. Außerdem verdienen Sie dann ein paar Sol. Sagen wir Montagvormittag, gegen zehn im Bransa an der Plaza de Armas? Perfekt. Bis dahin. Ach ja, und überhaupt, Glückwunsch. Ihr Buch verkauft sich gut, sehr viel besser, als es zunächst aussah.«

Er legte auf, und Toño Azpilcueta spürte, wie ihm wieder diese Tierchen über den ganzen Körper krabbelten. Da waren sie also. Eine erfreuliche Nachricht, eine erschreckende Nachricht. Das hieß, sein Buch hatte sich gut verkauft? Die zweitausend Exemplare, die Cabada aufgelegt hatte, waren praktisch vergriffen? So hatte es der Verleger am Telefon gesagt. Er wollte es Cecilia Barraza erzählen, aber mit ihr zu sprechen würde bedeuten, ihr ein paar Zeilen nach Hause zu schreiben und sie ins Bransa einzuladen, in ein oder zwei

Tagen erst, und er brauchte jetzt jemanden, dem er sich anvertrauen konnte, und sei es sein Kumpel Collau, sei es seine Frau Matilde. Ja, er würde mit ihnen reden, würde ihnen davon erzählen, und bestimmt würde der Freund wieder eine Flasche hervorholen und ihm liebevolle Worte schenken. Aber den Brief an Cecilia Barraza würde er trotzdem schreiben und sie für Donnerstag einladen. Oder besser für Freitag, denn freitags hatte sie weniger Verpflichtungen.

XXVIII

In Lateinamerika gab es etwa 1500 Sprachen, Mundarten und regionale Varianten, auch wenn manche Philologen die Zahl sehr viel höher einschätzen, auf bis zu 5000, andere geben sie mit etwa 2000 an oder etwas mehr. Klar ist jedenfalls, dass die Amerikaner sich untereinander nicht verstanden und sich deshalb in lokalen oder weit ausgedehnten Kriegen gegenseitig umbrachten. Das war das Lateinamerika, das die ersten spanischen Eroberer vorfanden: eine Blutorgie aufgrund der Tausenden von Schlachten, unter denen der Kontinent litt.

Über diese Fülle an Sprachen, Mundarten und regionalen Varianten auf verschiedenen Stufen der Entwicklung legte sich das Spanische wie ein alles integrierender frischer Tau, und fortan brachten sich die Amerikaner nicht länger gegenseitig um und begannen ein mehr oder weniger friedliches Zusammenleben – die militärischen Umstürze und Diktaturen des 19. Jahrhunderts einmal beiseitegelassen, die waren immer gewalttätig und katastrophal für die Zukunft der Länder, unserer Länder also.

Die Vereinheitlichung der Sprache dank des Spanischen war das Beste, was Lateinamerika passieren konnte. Das Spanische macht es den Lateinamerikanern heute möglich, einander von Mexiko bis Argentinien zu verstehen, mit Ausnahme von Brasilien, wo allerdings jeden Tag mehr Menschen Spanisch sprechen. Es ist eine Sprache, die weltweit zunimmt, ohne dass irgendeine Regierung eines der Länder, in denen Spanisch gesprochen wird, etwas dafür getan hätte. Es war die Sprache selbst, mit ihrem einfachen Aufbau, der Klarheit ihrer Strukturen und dem unkomplizierten mündlichen Ausdruck, die sich dank der Einwanderer ihren Weg gebahnt und über die Welt ausgebreitet hat, und so sind es heute Hunderte von Millionen Menschen, die Spanisch sprechen.

Nach Mexiko kämen hier die USA an zweiter Stelle, mit mehr als sechzig Millionen Menschen, die Spanisch sprechen oder zumindest radebrechen. Auch wenn darüber gestritten wird. Manche führen an, die in den USA lebenden Spanischsprachigen würden ihre Sprache nach und nach verlieren und durch das Englische ersetzen. Aber das ist längst nicht bewiesen. Ich weiß von Familien, in denen das Spanische so tief verwurzelt ist und mit solcher Hingabe gepflegt wird, dass nicht anzunehmen ist, es könnte in den folgenden Generationen verloren gehen.

Anders gesagt, die Conquista und die Herrschaft Spaniens über Lateinamerika hatte zumindest ein Gutes: die spanische Sprache. Sie hat das Kunststück vollbracht, den Kontinent zu integrieren, zumindest in der Art, wie gesprochen und gedacht wird. In welchem anderen Erdteil kann man von einem Ende zum anderen reisen und sowohl verstehen, was die Menschen in all den Ländern sagen, als auch sich verständlich machen? In Afrika, in Asien? In Europa muss man, sobald man das eigene Land verlässt, Sprachen lernen, wenn man nicht stumm dastehen will.

Andere sagen, nicht die Sprache, sondern das Christentum sei die eigentliche Rechtfertigung für die Eroberung gewesen. Und Spanien sei das einzige Land, das, an der Universität von Salamanca und dank Pater Bartolomé de las Casas und anderer seines Schlags, einen Disput darüber zugelassen habe, ob die Indianer eine Seele hätten oder eben keine und deshalb wie die Tiere im Wald lebten. Diese Versammlung, zurückzuführen in nicht geringem Maße auf den bemerkenswerten Las Casas, klärte die Frage. Die Kirchenmänner entschieden einstimmig, dass die Indianer sehr wohl eine Seele hätten und demzufolge geschützt und in der wahren Religion unterwiesen werden sollten.

Die Leser werden sich fragen, ob der Verfasser dieser Zeilen katholisch ist, und als Antwort muss ich etwas gestehen. Auch wenn mir an manchen Tagen, an denen ich an den Tod denke und an die Ratten, die dereinst an meinem Leichnam fressen werden, der Schreck in die Glieder fährt und ich bete und an die Religion glaube, in der mich die Patres an der La-Salle-Schule erzogen haben, sage ich mir oft, dass all die biblischen Geschichten erdacht wurden für ungebildete Menschen und dass belesenere sie nicht blindlings glauben können. Woran ich glaube? Mal glaube ich, mal wieder nicht an Christus und an die Jungfrau Maria, an die Passion und an den Tod Christi, obwohl ich da inzwischen meine Zweifel habe. Mich überzeugt nicht im Geringsten, auf welche Weise die katholische Kirche immer größer geworden ist und sich über den Erdball ausgebreitet hat, mit tausend und einem Verbot. Schrieb nicht Don Gonzalo Toledo in seinem Buch *Déjame que te cuente* (Lass mich dir erzählen), die katholische Kirche sei kurz davor gewesen, den peruanischen Walzer zu ächten, weil der Mann beim Tanzen den Rücken seiner Partnerin mit der Hand berühre?

Wie auch immer, Tatsache ist, dass die Menschen mit der Religion besser leben als ohne. Das Christentum sortiert das wild Zerstreute und schafft einen gemeinsamen Nenner, auf den sich in Lateinamerika alle berufen können, so verschieden die Leute auch sind. Ist es also besser, dass es das Christentum gibt? Ohne Zweifel, vorausgesetzt, es mischt sich nicht in die kreolische Musik ein, eine Lebensweise voller Freiheiten, bei der Anmut und Übermut ebenso erlaubt sind wie eine Hand am Rücken. Manchmal packen mich wieder die Glaubensvorstellungen aus meiner Kindheit und Jugend an der La Salle, aber im Grunde bin ich wohl eher Atheist. Ich bin mir keineswegs sicher, dass es das Fegefeuer und die Hölle gibt, und vor allem glaube ich nicht, dass Gott manche Menschen bis in alle Ewigkeit dazu verdammt, zu brennen und von den Teufeln gefoltert zu werden, und das für eine zuweilen lächerliche kleine Tat, etwa weil sie eine Messe ausgelassen haben. Das sind mittelalterliche Vorstellungen, die in unseren modernen Zeiten keinen Bestand haben.

Andererseits kann ich mich nicht damit abfinden, dass für die Menschen – ob sie eine Seele haben oder nicht – mit diesem Leben alles endet und sie nach dem Tod verschwinden, bis nur noch ein Häuflein Knochen übrig ist. Dabei kann ich mich mit dem Gedanken an eine Seele, die den Leichnam überlebt, auch nur schwer anfreunden. Anders gesagt, an manchen Tagen glaube ich an das, was mir mein Vater, der als guter Italiener sehr gläubig war, und die Patres am Colegio La Salle an der Avenida Arica im Zentrum von

Lima beigebracht haben, an anderen Tagen glaube ich es nicht.

Soll das nun heißen, das Spanische und die katholische Religion rechtfertigten die Conquista? Nein, meine lieben Freunde, so einfach lässt sich das nicht entscheiden. Hätten die Engländer das südliche Amerika erobert, hätten sie es unter gewaltigen Gemetzeln entvölkert, genau wie in den USA. Und die Indios wären, wie die Apachen, wie die »Rothäute«, ein bloßer überlebender Rest. Tatsache ist, dass Spanien Kirchen gebaut hat, Universitäten gegründet, Druckereien, Gerichte; womit den eroberten Gebieten in Lateinamerika von Beginn der Conquista an die Bedeutung einer Duplikation Spaniens zukam. Es wurden Vizekönigreiche und Generalkapitanate geschaffen und natürlich auch die unselige Inquisition mit ihren fanatischen Folterern, genau wie in Spanien.

Die Encomenderos waren eine schreckliche und ausbeuterisches Kaste, gewiss, aber die spanischen Könige und ihre Berater versuchten, die Übergriffe und Exzesse gegen die indigene Bevölkerung abzumildern, was allerdings zur Folge hatte, dass die Encomenderos den Aufstand probten und die spanischen Könige herausforderten, gar erbitterte Kriege anzettelten. War das in Peru etwa nicht so geschehen? In der Folge wurden die Gesetze, die die Politik gegenüber den Indios bestimmten, ausgeweitet und verschärft, und die Menschen starben wie die Fliegen, wenn auch die Bevölkerung nicht ausstarb. Jetzt ist es die zweite unterprivilegierte Schicht, die es zu erheben und an die Macht zu bringen gilt.

XXIX

Im Bransa an der Plaza de Armas schlüpfte Toño Azpilcueta zwischen den Stühlen hindurch zu dem Tisch, an dem er meist saß, wenn er aus der Nationalbibliothek kam. Er hatte sich denselben Anzug und dieselbe Krawatte angezogen, die er bei der Buchvorstellung im Bildungsministerium getragen hatte. Dass er Cecilia Barraza nicht zu der Veranstaltung eingeladen hatte, bedauerte er, so klar und enthusiastisch hatte er dort erläutert, worauf es ihm in seinem Buch ankam. Wäre es ihr vergönnt gewesen, ihn an dem Abend zu hören, ob sie dann wohl, und sei es in einem Eckchen ihres Hinterkopfes, die Möglichkeit zugelassen hätte, in ihm mehr als nur einen Freund zu sehen? Cecilia Barraza kannte ihn als Verfasser dieser flüchtigen Artikelchen, die er in Zeitschriften veröffentlichte, welche jenseits der Welt der kreolischen Musik kaum von Bedeutung waren und nur einen geringen oder gar keinen Einfluss auf die öffentliche Meinung hatten. Jetzt aber war Toño Azpilcueta der Autor eines Buches, von dem sich bereits eine Auflage verkauft hatte und das die Leute in den Cafés von Lima diskutierten. Änderte das nicht alles? Cecilia Barraza würde sich nun nicht mehr mit diesem Niemand treffen, der insgeheim den Wunsch hegte, der intellektuellen Elite anzugehören, sondern mit dem Schriftsteller, der die peruanische Mentalität veränderte. Denn dazu würde es kommen, ganz sicher. Irgendwann wären seine Ideen Gegenstand von Debatten an der Universität, in der Presse, in den Cafés und selbst in den Gesellschaftsclubs, und schon bald würde sein Name so hell erstrahlen wie die Namen der bedeutendsten Musiker des Landes.

Als er Cecilia Barraza ins Bransa hereinkommen sah, stand er auf, strich sich die Anzugjacke glatt und winkte ihr charmant zu.

»Warum hast du mich hergebeten, und das von heute auf morgen, Toño?«, fragte Cecilia, gab ihm ein Küsschen auf die Wange und setzte sich.

»Welch himmlischer Anblick, Cecilita, unberührt von der Menschen Hässlichkeit«, sagte er und lächelte.

»Ich hatte vergessen, dass du das magst, so *huachafo*«, sagte Cecilia Barraza und lachte. »Du musst sehr gute Nachrichten haben, wenn du mich derart launig und elegant empfängst.«

»Die erste Auflage meines Buches ist ausverkauft, und der Verleger bringt eine zweite heraus«, sagte Toño Azpilcueta. »Ich wollte es dir persönlich erzählen.«

Cecilia Barraza bemerkte den funkelnden Glanz in Toños Augen und dass seine Stimme einen seltsamen Klang angenommen hatte, auf seinen Lippen zeichnete sich ein ebenso seltsames kleines Lächeln ab.

»Dir ist das Glück anzusehen, das freut mich«, sagte sie. »Ich will nur hoffen, dass dir der Ruhm nicht zu Kopf steigt.«

»Ich bin und bleibe derselbe wie immer«, sagte Toño Azpilcueta und griff nach ihrer Hand, eine leichte Berührung nur. »Wenn du nicht möchtest, dass ich mich ändere, werde ich mich auch nicht ändern.«

»Aber offenbar hast du dich sehr verändert«, sagte Cecilia Barraza, zog ihre Hand zurück und steckte sie unter den Tisch. »Wir beide sind nur Freunde, Toño, vergiss das nicht.«

»Machen wir uns nichts vor. Das war früher. Jetzt, wo ich ein echter Intellektueller bin, kann ich nach Höherem streben.«

Mit einer raschen Bewegung stand Toño Azpilcueta von seinem Stuhl auf und versuchte Cecilia Barraza auf die Lippen zu küssen. Sie riss die Augen auf, zog den Kopf zurück. Und fast augenblicklich kam ihre Hand unter dem Tisch hervor und landete auf Toños Wange. Es war keine feste oder gar schallende Ohrfeige, ihre Hand streifte ihn kaum, nur die Gäste am Nebentisch bemerkten es. Toño drehte sich zu ihnen um und spürte, wie er errötete. Die Hitze kroch ihm den Hals hinunter, bis es zu einem Jucken wurde. Ein Gefühl, das weiter in die Arme wanderte, durch den Oberkörper bis hinein in die Beine. Dann sah er sie überall, fett, schielend, mit hervorstehenden Zähnen. Unter dem Nachbartisch, in den Gängen zwischen den Tischen des Bransa und wie sie von Cecilia Barrazas Kopf auf die leeren Stühle sprangen. Er konnte dem Drang nicht widerstehen und kratzte sich energisch. Er schob die Anzugärmel zurück, knöpfte das Hemd auf und fuhr sich mit den Fingernägeln über die Haut, um die widerlichen Tiere loszuwerden, die jetzt um ihn herumwuselten und an seinen Beinen hochkrabbelten.

Cecilia Barraza sah Toños Treiben verdutzt zu. Sie verstand nicht, was mit ihm los war, so wenig wie die anderen Gäste im Bransa, die schon besorgt schauten angesichts dieses Mannes, der sich wie wild kratzte und in die Luft trat, als wäre er Héctor Chumpitaz beim Klären eines Balls im Strafraum.

»Toño!«, sagte Cecilia Barraza. »Was ist mit dir? Beruhige dich bitte.«

»Du siehst sie nicht, oder?«, sagte Toño Azpilcueta. »Sie sind überall. Ich weiß, dass du sie nicht siehst, niemand sieht sie, aber sie sind da.«

Cecilia Barraza begriff nun, dass etwas nicht stimmte mit ihrem Freund und dass sie schnell reagieren musste, ehe das ganze Café in Aufruhr geriet und die Sache in einem Riesenskandal endete. Flugs packte sie Toño am Arm und zog ihn aus dem Bransa, unter den großen kolonialen Holzbalkons her und auf die Plaza de Armas. Dort setzte sie ihn auf eine der Bänke bei den Palmen und bat ihn, ihr zu erklären, was um alles in der Welt mit ihm los war.

Toño kratzte sich immer noch, verzog das Gesicht, schloss die Augen, wenn auch nicht mehr ganz so verzweifelt.

»Das ist mir schon als Kind passiert«, sagte er. »Jedes Mal, wenn ich aufgeregt bin. Als wären da Ratten, die an meinem Rücken knabbern. Und dann möchte ich das Hemd ausziehen, die Hose. Und mich kratzen, bis ich tot umfalle. Ich habe niemandem davon erzählt. Du bist die erste Person, der ich es sage. Ich weiß nicht mehr, was ich tun soll, Cecilia. Es macht mir Angst. Weil es die Ratten nicht gibt, ich bilde sie mir nur ein. All die Jahre geht das so, von klein auf, immer bilde ich mir diese Viecher ein. Und ich verzweifle, weil es so juckt. Ich kann nicht mehr.«

Cecilia Barraza sagte ihm, er solle sich keine Sorgen machen, sie könne ihm helfen. Und dann winkte sie ein Taxi herbei und sagte dem Fahrer, er möge sie nach San Isidro bringen. Toño kratzte sich weiter die Beine und den Rücken. Der Rücken war schwieriger, weil er mit den Händen nicht rankam, aber er konnte ihn am Sitzpolster reiben, und das tat gut, oder zumindest linderte es den Juckreiz. Als das Taxi nach einer Ewigkeit hielt, zahlte Cecilia, packte Toño wieder am Arm und zog ihn zu einem Gebäude, das aussah, als wäre es gerade erst erbaut.

Die Praxis von Dr. Quispe lag im dritten Stock mit Blick über eine Parkanlage, die um diese Uhrzeit menschenleer war. In der Mitte stand ein Springbrunnen, das Wasser schoss aus unsichtbaren Rohren. Eine Sprechstundenhilfe führte sie in ein Wartezimmer, dort blieb sie bei Toño, während Cecilia ins Behandlungszimmer trat, um mit dem Arzt zu sprechen. Der Psychiater trug einen weißen Kittel, der frisch gebügelt aussah, gab Cecilia mit einer Vertrautheit, die eine lange gemeinsame Geschichte verriet, einen Kuss auf die Wange und schloss die Tür. Minuten später rief er Toño Azpilcueta herein und forderte ihn auf, in einem breiten und bequemen Sessel Platz zu nehmen. Dann beugte er sich zu ihm und sagte, sehr ernst:

»Also, mein Freund, erzählen Sie mir von dem Jucken, das Sie so quält. Und von dem Rattenvölkchen, das Sie sich von Kindheit an einbilden.«

Und stockend, mit einem zunehmenden Gefühl der Lächerlichkeit und der Verzweiflung, sprach Toño. Cecilia hielt sich in einiger Entfernung und sah mit besorgter Miene zu den beiden hin. Als Toño schwieg, ging Dr. Quispe zur Tür, redete mit der Sprechstundenhilfe, und mit einem Nicken war sie gleich wieder fort. Sekunden später kam sie mit Tabletten und einem Glas kristallklarem Wasser zurück.

»Nehmen Sie die, das wird den lästigen Juckreiz vertreiben. Kommen Sie, hier entlang.«

Der Doktor führte ihn und Cecilia in ein kleines Zimmer nebenan und bedeutete ihnen, sich zu setzen. Auch er nahm Platz, ihnen gegenüber, es war eine nagelneue Sitzgruppe aus glänzendem Holz, die grünlichen Kissen gemustert mit ägyptischen Figuren.

»Ihr Leiden beruht auf einer Zwangsvorstellung. Als Kind haben Sie die Ratten bestimmt mit einem negativen Gefühl verbunden. Vielleicht war es Angst vor dem Versagen, vor dem Verlassenwerden, vor fremden Menschen. Vor was auch immer. Zurückweisung vielleicht. Wir bekommen es schon noch heraus. Daher das Jucken, das sie so beunruhigt, so ängstigt, zweifellos in Momenten, die für Sie besonders schwierig sind.« Dr. Quispe verzog abschätzig den Mund. »Glauben Sie mir, Ihr Fall ist keineswegs außergewöhnlich. Ich möchte sogar behaupten, dass er in diesem Lima, in dem wir leben, recht weit verbreitet ist. Fühlen Sie sich schon besser? Die Tabletten sollten Sie einfach nur beruhigen.«

Toño hörte zu und traute sich nicht, ihm in die Augen zu sehen. Er nickte wie ein Kind, mit dem man geschimpft hat, und bereute, was er sich gegenüber Cecilia herausgenommen hatte.

»Kein Grund zur Sorge, in der Stadt gibt es viele Menschen, die an Ihrer Krankheit leiden«, fuhr der Psychiater fort. »Überall auf der Welt, nicht nur in Lima. Männer, Frauen, alte Menschen, Kinder. Mit ein wenig Geduld, das kann ich Ihnen versichern, werden Sie in wenigen Sitzungen geheilt sein. Sie können beruhigt sein. Es ist nichts Ernstes.«

»Die Rechnung zahle ich. Toño Azpilcueta und ich sind gute Freunde«, sagte Cecilia und trat vor. »Außerdem habe ich ihn hergebracht in deine Praxis.«

»Die bringst du mir immer, Cecilia, neue Patienten, damit ich nicht verhungere«, scherzte Dr. Quispe. Er war ein sanfter Mann, sehr elegant, mit silbergrauem Haar und perfekten Zähnen. Die ganze Zeit lächelte er freundlich. Aber in seinem Blick lag etwas Durchdringendes, was Toño nicht behagte.

Ihm war, als würde er vor Scham im Boden versinken. Was für ein Schauspiel hatte er veranstaltet, sich derart zu kratzen! Jetzt, wo es nicht mehr juckte, fühlte er sich ein wenig schwindlig, und er war todmüde. Er konnte ein langes, sehr langes Gähnen nicht unterdrücken.

»Wenn Sie möchten, können Sie sich ein paar Minuten im Wartezimmer ausruhen, ich unterhalte mich derweil mit Cecilia. Vielleicht haben die Tabletten Sie schläfrig gemacht, das ist normal.«

Toño ging mit hängendem Kopf hinaus, ohne ein Wort, und rechnete schon damit, dass dieser elegante Doktor vor seiner Nase mit Cecilia flirtete. Die Schuldgefühle, die ihm sein unwürdiges Schauspiel verursachte, legten sich immer schwerer auf sein Gemüt. Er setzte sich in den Sessel, schloss die Augen und lehnte sich zurück, und als er sie wieder aufschlug – vielleicht war er für ein paar Minuten eingenickt –, standen sie an der Tür, Cecilia und Dr. Quispe, als würden sie sich voneinander verabschieden. Toño war sofort auf den Beinen.

»Fühlen Sie sich besser?«, fragte der Psychiater und schaute auf die Uhr.

»Ja, viel besser, Doktor. Sie ahnen nicht, wie leid es mir tut, dass ich Ihnen solche Umstände mache.«

»Nicht der Rede wert«, sagte Dr. Quispe. »Cecilia und ich haben schon etwas vereinbart. Können Sie donnerstags am frühen Abend, so gegen sieben? Um mit den Ratten fertigzuwerden, die es nicht gibt und die Sie sich einbilden.«

Toño Azpilcueta wusste nicht, wohin mit sich. Wie peinlich, dachte er, dass Cecilia auch noch die Rechnung bezahlt hatte! Wie peinlich, mein Gott! Und vor allem, dass er sie nicht hätte bezahlen können, weil er nicht mehr dabeihatte als das, was er für die Rechnung im Bransa einkalkuliert hatte. Und dieser elegante Arzt kassierte für die Konsultation bestimmt einen Haufen Geld.

»Also, ich bin Ihnen wirklich sehr dankbar, Doktor. Donnerstag, sagten Sie? Ja, sicher, ich werde da sein.«

»Perfekt«, sagte Dr. Quispe und gab ihm die Hand. Er drückte Cecilia noch einmal einen Kuss auf die Wange, öffnete ihnen die Tür und verabschiedete sich.

»Ich schäme mich in Grund und Boden, Cecilia«, sagte Toño, während sie auf den Aufzug warteten. »Du hast das Taxi bezahlt, hast auch den Psychiater bezahlt. Willst du mir nicht sagen, wie viel ich dir schulde?«

»Gar nichts schuldest du mir, Toño. Wozu gibt es Freunde? Mach dir keinen Kopf.«

»Freunde, ja«, sagte er, und dann stand er schweigend da und folgte den aufleuchtenden Zahlen am Aufzug. »Was ich dir vorhin im Bransa gesagt habe …«

»Schon gut. Wenn du einen auf *huachafo* machst, wirst

du gefühlsduselig«, sagte Cecilia und lachte. »Das ist doch nicht schlimm. Also, alles geklärt.«

Sie traten aus dem Gebäude, und Cecilia, die es nun eilig hatte, schenkte ihm ein reizendes Lächeln, wie es typisch für sie war, winkte zum Abschied und stieg in das erstbeste Taxi. Toño blieb noch auf dem Bürgersteig stehen und versuchte sich die Adresse der Praxis von Dr. Quispe zu merken. Nächste Woche würde er dorthin zurückkehren, nicht weil er es wollte, sondern weil er sich von seiner Rattenobsession kurieren musste. Und bei der Gelegenheit auch von seiner Obsession für Cecilia Barraza.

XXX

Hier nun, meine geduldigen Leser, ein weiteres Geständnis: Ich hege keine große Sympathie für das Tahuantinsuyo, das Reich der Inkas. Zwar bin ich stolz auf seine Existenz und auf die Herrschaft, die es in seinem kurzen Leben, nur etwa hundert Jahre, über Ecuador und Bolivien und teilweise über Chile und Kolumbien ausgeübt hat, es reichte sogar bis nach Argentinien und Brasilien, aber etwas an dieser Vergangenheit stört mich: das System, das sich die Herrscher von Cusco ausdachten, um mit der widerspenstigen Bevölkerung umzugehen, mit jenen Menschen, die über die Institutionen des Reiches murrten und von denen man annahm, sie könnten zu Anhängern der abtrünnigen Führer werden. Es war das System der sogenannten *mitimaes*, ein Begriff aus dem Quechua, der sich wohl am ehesten übersetzen ließe mit Umgesiedelte oder Entwurzelte. Es bestand darin, dass man die Unzufriedenen aus Cusco herausholte und in weit entfernte Regionen oder Dörfer verbannte, wo sie sich logischerweise fremd fühlten und wo sie, vielleicht ohne auch nur das lokale Idiom zu verstehen, unter Menschen arbeiten mussten, die sie verachteten, noch dazu im Wissen darum, dass es für immer wäre und sie dort, umgeben von lauter Unbekannten, einmal ihr Grab fänden. Historiker und Anthropologen stießen noch Jahrhunderte später auf die Nachfahren solcher *mitimaes*, als ihnen auffiel, dass in Áncash oder Ayacucho, viele Kilometer entfernt von Cusco, die Sprache einiger Bewohner das Zentral-Quechua oder Cusco-Quechua war, das sich stark vom örtlichen Quechua unterschied, woraus sie folgerten, dass das Tahuantinsuyo seine Dissidenten ins Exil schickte und in abgelegenen Gegenden isolierte, praktisch ohne Möglichkeit, sich zu verständigen oder ihrem Beruf nachzugehen, und das bis an ihr Lebensende.

Ich fühle mich auf eigenartige Weise solidarisch mit diesen Hunderten oder Tausenden von Männern und Frauen, die aus ihrer natürlichen Umgebung herausgerissen und von den Machthabern dazu verdammt wurden, Arbeiten zu leisten, die mit dem, was sie gewohnt waren, nichts zu tun hatten. Mich berührt, wie traurig und wehmütig die Menschen gewesen sein müssen, oft zu Unrecht als Abtrünnige betrachtet und dazu verurteilt, Jahr um Jahr in weiter Ferne von der Heimat zu leben, in anderen und oft feindlichen Welten. Was konnte jemand aus Cusco, den man nach Áncash, Tumbes oder Cajamarca verbannt hatte, schon tun? Eine solche Einsamkeit, eine solche erzwungene Emigration dürfte sich kaum unterscheiden von den existenziellen Bedingungen eines Lalo Molfino, den seine Eltern auf eine Müllhalde in Puerto Eten warfen, auf dass die Tiere ihn fraßen. Die peruanische Traurigkeit, ein Merkmal, das fast allen Peruanern eigen ist, geht vielleicht zurück auf diese Menschen, die das Regime ins Exil schickte und denen allein die Erinnerung blieb.

Das Lesen hatten die Inkas ihren Vasallen nicht beigebracht, sie fürchteten, Geschriebenes enthielte den Keim der Rebellion, schließlich sind Bücher und Briefe subversiv und den Mächtigen ein Dorn im Auge, das galt schon in jenen fernen Zeiten. Statt einer Schreibschrift setzten sie die Quipus durch, ein administratives System aus Fäden und Knoten, um Mengen festzuhalten, nicht Wörter, man fand sie zuhauf in den Palästen, Verwaltungen und anderen Räumlichkeiten der Inkas in Cusco und in den wichtigsten Provinzen des Reiches. Es waren keine Alphabete, sosehr auch Dutzende von Spezialisten, ob in Peru oder im Ausland, ihr Leben lang versucht haben, die Schrift der Quipus zu entschlüsseln; denn es gab eine solche Schrift schlicht nicht, das System der Fäden und Knoten war lediglich ein mnemotechnisches Hilfsmittel, um große Mengen an Zahlen im Gedächtnis zu behalten, benutzt von all den vielen Verwaltern dieses großen bürokratischen Reiches, wie das Inkareich eines war.

Das alles hatte zu tun mit den vertikalen Strukturen, die es aufrechtzuerhalten galt, damit die Diktatur der Inkas die Zeiten überdauerte. Aber vergeblich, denn zwischen Cusco und Quito brachen Rivalitäten aus, und als die Konquistadoren kamen, war das Tahuantinsuyo bereits zweigeteilt zwischen den verfeindeten Brüdern Atahualpa und Huáscar, die sich mit ihren Armeen in erbitterten Schlachten das Reich streitig machten. Als die ersten Spanier in Cusco eintrafen, sahen sie die langen Reihen gekreuzigter Leichen, die die Truppen aus Quito nach der Verwüstung der Hauptstadt des Reiches dort zurückgelassen hatten.

Wie Pizarro sich gegenüber Atahualpa verhielt, war schändlich. Nachdem er ihn gefangen genommen und entführt hatte, versprach er, ihn freizulassen, wenn seine Leute den Raum, in dem er sich in Cajamarca aufhielt, mit Gold füllten, und als das geschehen war, brach Pizarro sein Versprechen und ermordete ihn. Zur Wahrheit gehört, dass die Anführer der Konquistadoren ebenfalls fast alle eines gewaltsamen Todes starben, auch Pizarro selbst, erstochen von seinen Gefährten, so fanatisch waren sie hinter dem edlen Metall her – selbst Kolumbus wurde vorgeworfen, ihm nachzujagen –, einem Gold, das den Inkas nur dazu diente, ihren Göttern zu huldigen. Sicherlich verstanden sie auch nicht die verzweifelte Gier dieser bärtigen Männer, die alle Tage aneinander Verrat übten, um sich die unfassbaren Reichtümer unter den Nagel zu reißen.

Noch ein letztes Geständnis: Auch die drei Jahrhunderte der Kolonie wecken in mir keinerlei Sympathie. Mit all seinen Kirchen und Klöstern, Prozessionen und Messen verdient dieses Vizekönigreich, in dem die Spanier alles daransetzten, die katholische Religion zu verbreiten und die Massen und sich selbst zu fanatisieren, keine sonderliche Bewunderung. Die Gläubigen, und das waren alle Peruaner, waren dem Tod verbundener als dem Leben. Zwar gab es unter ihnen einige bemerkenswerte Persönlichkeiten, und aus der verstümmelten und deformierten Kultur der kolonialen Jahrhunderte sind einige wahrlich gebildete Köpfe hervorgegangen wie etwa Don Pedro Peralta y Barnuevo, aber diese Kultur, geschmiedet aus Gelehrsamkeit und Fanatismus, erreichte nur eine kleine Minderheit, während die Massen in Unwissenheit und Verwirrung lebten, aus der sie, wenn auch erst spät, der kreolische Walzer und die vielen lokalen Melodien retten sollten, eine Musik, die das Zeug hat, Peru zu dem empfindsamen und gemischten Land zu machen, nach dem wir uns alle sehnen.

Ob das auch Lalo Molfinos Traum war? Sicher war Lalo bei allem, was über die Musik hinausging, viel zu unbelesen und zu unwissend, als dass er an so etwas gedacht hätte. Aber intuitiv, mit einem sechsten Sinn, wie er nur den großen Schöpfern eigen ist, den Demiurgen, die geschichtliche Perioden, Zeitalter, Epochen erfinden, trug er, daran zweifle ich nicht im Geringsten, dasselbe Ideal in sich, dieselbe Vision von dem, wozu sein Land einmal werden sollte.

Konnte die kreolische Musik der Historie diesen Weg weisen? Konnte sie Peru erneut, wie schon einmal in der Vergangenheit, zu einem bedeutenden Land machen, das Reichtum und Ideen hervorbrachte, Musik und Geschichten, Dinge, die den übrigen Kontinent erreichten, über die Meere setzten und von Männern und Frauen in aller Welt gelesen, gesungen und getanzt würden? Warum nicht? Der Tango hatte es geschafft, mit Gardel und all den heute berühmten Musikern. Gäbe Peru seine aufs pure Überleben ausgerichtete Mentalität auf und würde das Land dank seiner Musik zu einer blühenden Nation, könnte es sich vielleicht auch auf der internationalen Bühne anders begreifen und einen Platz einnehmen in dieser kleinen Gruppe von Ländern, wo über alles entschieden wird, über Krieg und Frieden, über die großen Katastrophen und auch die Freuden, die den Menschen von Zeit zu Zeit das Glück bescheren. Ich werde es nicht mehr erleben, so viel ist gewiss, aber das Leben und das Werk von Lalo Molfino, verbunden mit den hier niedergelegten Gedanken, werden dazu beitragen, dass es so kommt. Wie Mariáteguis *Sieben Versuche, die peruanische Wirklichkeit zu verstehen*, wie César Vallejos Gedichte oder Ricardo Palmas Überlieferungen wird dieses

Buch, das du, lieber Leser, in Händen hältst, den Händen eines peruanischen Freundes, der Ausgangspunkt sein für eine echte Revolution, die unsere Heimat aus Armut und Traurigkeit herausführt und sie wieder zu einem aufstrebenden, kreativen und wahrlich egalitären Land macht, ohne die gewaltigen Unterschiede, die ihm heute so zu schaffen machen und es zerstören. Hoffen wir es.

XXXI

Am nächsten Montag wachte Toño Azpilcueta mit dem ersten Morgenlicht auf. Er wusch sich, zog sich an, und als er zum Bransa an der Plaza de Armas kam, hielt er, kaum dass er durch die Tür trat, Ausschau nach Antenor Cabada, aber der war noch nicht da. Er setzte sich an seinen Tisch und bestellte einen Kamillentee, und als der Verleger schließlich erschien, nippte er in aller Ruhe an seiner Tasse. Zumindest der Magen plagte ihn nicht mehr. Die Beine und der Rücken auch nicht. Die Tabletten von Dr. Quispe hatten ihm wirklich gutgetan. Er hätte ihn nach einem Rezept fragen sollen.

»Hier, ich habe dir den Vertrag mitgebracht, du musst nur unterschreiben. Und ein paar Sol, die kannst du sicher gut gebrauchen, Toño«, sagte Antenor Cabada, nachdem er ihm die Hand gegeben hatte. Zum ersten Mal duzte er ihn. »Wir sind schwer im Verzug mit der zweiten Auflage.«

»Ich brauche noch ein paar Tage für die Korrekturen, Antenor, behalt das Geld so lange«, antwortete er und duzte ihn ebenfalls zum ersten Mal.

Er wollte ein paar Absätze noch einmal durchsehen und mit Argumenten den Kommentaren begegnen, die er an jenem Nachmittag im Café Palermo gehört hatte, auch um möglicher Kritik zuvorzukommen und seine Ideen mit noch größerer Bestimmtheit zu unterstreichen.

»Wir müssen die Gunst der Stunde nutzen, Toño«, sagte Antenor Cabada.

Er war ein älterer Herr, schlicht gekleidet mit einem leichten Sommerhemd, das ihn bestimmt nicht vor der Kälte schützte. Soweit Toño wusste, hatte er weder Frau noch Kinder. Offenbar ein Einzelgänger. Er war glatt rasiert und schaute ein wenig nervös durch seine Brille.

»Ist das so schlimm, wenn es noch ein paar Tage dauert?«, fragte Toño und sah ihn fest an, nicht eben geneigt, auf seine Forderungen einzugehen.

»Das kommt nicht allzu oft vor, Toño«, insistierte Cabada, seine Lippen und seine Nase zuckten. »Das Buch ist vergriffen, und bis in den Provinzen der Vertrieb anläuft, kann es Wochen dauern. Wir müssen die zweite Auflage drucken. Ist dir das nicht klar? Die Bücher, die sich jetzt nicht verkaufen, werden sich niemals verkaufen. Du hast großes Glück. Wir haben keine Werbung gemacht, und trotzdem geht dein Buch seinen Weg. Wir müssen unbedingt die zweite Auflage herausbringen, Toño, so bald wie möglich. Du kannst das Manuskript ja weiter korrigieren, und was du änderst, nehmen wir in die dritte auf.«

Der ehemalige Buchhändler begleitete seine Rede mit aufgeregten Händen.

»Denn eine dritte Auflage wird es geben, ganz bestimmt. Wenn du willst, gebe ich es dir schriftlich, Toño. Aber zuerst müssen wir die zweite Auflage herausbringen, so bald wie möglich, glaub mir!«

»Ich will ja nicht reich werden«, sagte Toño ohne jede Ironie oder Bescheidenheit. »Ich möchte nur, dass mein Buch richtig gelesen wird, wegen der Ideen darin. Ich bitte dich um ein paar Tage, eine Woche, besser gesagt. Nächsten Montag, das verspreche ich, hast du die korrigierte Fassung. Dann kannst du eine makellose zweite Auflage herauszubringen, ohne den kleinsten Riss, durch den die Zweifel der anspruchsvollsten Leser einsickern könnten.«

Antenor Cabadas Miene war anzusehen, dass er nicht gerade erfreut war. Sein Kaffee war kalt geworden. Schließlich gab er es auf, Toño weiter überzeugen zu wollen. Das Bransa war inzwischen recht voll. Toño erkannte viele der Gäste; einsame Menschen, vermutete er, die zum Frühstücken herkamen, ehe sie ins Büro gingen. Alle aus der Mittelschicht, keine Indios, auch nicht irgendwelche Weißen; alle eher dunkelhäutig, die Haare abstehend oder plattgedrückt mit Pomade.

»Na schön, dann gebe ich dir eine Woche, Toño. Keinen Tag mehr«, sagte sein Verleger mit verkniffenem Gesicht. »Aber vergiss nicht, sobald der Druckauftrag erteilt ist, dauert es noch zehn Tage bis zwei Wochen, manchmal auch drei, bis die neue Auflage draußen ist. So lange brauchen die. Und wenn die Druckerei zu tun hat, noch viel länger. Die Bücher müssen verpackt, in die Provinzen geschickt oder hier in Lima ausgeliefert werden. Ich weiß nicht, ob dir das klar ist, Toño. Das ist Wahnsinn, so viel Zeit zu verlieren. Aber bitte, wie du willst. Eine Woche, keinen Tag länger.«

Er bestellte noch einen starken Kaffee, heiß und ohne Milch, dazu ein Chancay, frisch aus dem Ofen und mit Butter. Toño tat es leid, dass er ihn derart in Bedrängnis brachte. Aber er war fest entschlossen, seinen Essay zu korrigieren, wollte dem ein oder anderen Gedanken den letzten Schliff geben und weitere Beispiele hinzufügen, vielleicht auch noch etwas anderes, was für die peruanische Frage entscheidend war. Mehr Musiker, mehr Lieder, die Religion auch, das war wichtig. Er musste den Glauben der Peruaner ansprechen, die Liebe zum Stierkampf, vielleicht auch den Sport, ja, den peruanischen Fußball, Chumpitaz und seine früheren Heldentaten. Eine Woche würde reichen, er würde nachts arbeiten, die Themen ergänzen und abrunden, damit alles hineinpasste.

»Sie wollten immer schon Verleger sein, nicht wahr?«, fragte er Antenor Cabada.

Der nickte.

»Ja, schon immer. Mit der Buchhandlung ist es mir nicht schlecht ergangen, aber für mich war sie nur eine Etappe, weiter nichts. Von zehn Uhr morgens bis zehn Uhr abends zwischen den Ladentischen. Meine Güte! Tatsächlich habe ich lange gebraucht, um unabhängig zu werden. In Peru ist der Beruf des Buchhändlers wahrlich kein einfacher. Die Unkosten sind immens, wie immer. Und der Fiskus hat es auf uns abgesehen und will immer mehr Geld, egal unter welchem Vorwand. Also, schwör mir, dass du den Text in einer Woche fertig hast. Keinen Tag länger, Toño. Ich bitte dich.«

»Aber jetzt sind Sie doch Verleger«, sagte Toño. »Und gut gelaufen ist es mit Ihrem ersten verlegten Buch auch.«

»Als hätte das nichts mit Ihnen zu tun«, sagte Antenor Cabada. »Haben Sie vergessen, dass es Ihr Buch ist? Ja, wer hätte gedacht, dass es sich so gut verkauft, dabei hat es in den Zeitungen fast keine Besprechung gegeben.«

»Ohne das ›fast‹«, verbesserte ihn Toño Azpilcueta. »Soweit ich weiß, ist nicht eine einzige erschienen. Keiner dieser Intellektuellen, Sie wissen schon, welche, hat sich dazu herabgelassen, auf seine Qualitäten hinzuweisen. Ein Wunder, dass sich mein Buch außerhalb von Lima verkauft hat. Was heißt, dass die Käufer intelligente Menschen sind.«

»Mehr als gut verkauft sogar. Ich zeige dir mal ein paar Briefe von Buchhändlern aus den Provinzen, es wird deiner Eitelkeit schmeicheln«, sagte Cabada und duzte ihn wieder. »In Trujillo, in Cusco, in Arequipa hat es sich offenbar noch besser verkauft als in Lima. Die Idee, die du propagierst, über die Folkloremusik als integrativen Faktor in Peru, die ist auf großes Interesse gestoßen. Als könnten die Valses, die Marineras und die Huainitos ein Land schaffen, in dem es keine Ungleichheit und keine Vorurteile mehr gäbe und Weiße sich mit Cholos verheiraten und so weiter. Glaubst du das wirklich?«

»Unbedingt!«

»Ich dachte, Sie hätten das geschrieben, um zu provozieren, um zu sehen, ob die Idee verfängt«, sagte der Ex-Buchhändler und wechselte wieder zum Sie. »Ich hätte nie gedacht, dass Sie wirklich daran glauben. Dass die kreolische Musik ein Faktor für die Einheit wäre, in einem Land, in dem es so viele soziale und ökonomische Unterschiede gibt. Um nicht zu sagen rassistische Ressentiments.«

»Da sehen Sie, warum ich das ein oder andere korrigieren muss! Mit der zweiten Auflage werde ich Skeptikern wie Ihnen alle Zweifel nehmen«, erwiderte Toño, und dabei beugte er sich über den Tisch. »Ich weiß, dass noch Elemente fehlen. Aber keine Sorge, in einer Woche haben Sie ein Buch, das sämtliche Fragen klärt.«

»Jaja, einverstanden«, sagte Antenor Cabada und sackte

auf seinem Stuhl zusammen. »Wenn Sie noch ein paar Seiten hinzufügen wollen, nur zu. Wer hätte ein größeres Interesse daran, dass Ihr Buch besser wird. Ich bitte Sie nur, nichts zu ändern an dem, was den eigentlichen Reiz Ihres Essays ausmacht. Vergessen Sie nicht, am meisten interessiert die Leser genau das: die kreolische Musik als Faktor der gesellschaftlichen Integration. Kommen Sie nicht auf die Idee, das zu ändern, ich bitte Sie.«

Toño stand auf und sagte, er dürfe jetzt keine Zeit verlieren, er gehe direkt zur Nationalbibliothek an der Avenida Abancay, von Stund an bis zum nächsten Montag werde sie zu seinem Zuhause, seiner Höhle, seinem Wachturm. Zum Abschied gaben sie sich die Hand, und mit perplexer Miene sah Antenor Cabada, wie er geschwind davonlief, immer wieder in die Luft tretend, als wollte er beiseiteräumen, was ihm in den Weg kam.

XXXII

In den zwei Wochen, die er brauchte, um seinen Essay über Lalo Molfino und die kreolische Musik zu korrigieren und an weiteren Themen zu arbeiten, die ihm für die zweite Auflage unerlässlich erschienen, ging Toño Azpilcueta nicht zu Dr. Quispe, er erinnerte sich nicht einmal, dass er dort einen Termin hatte. Hätte Antenor Cabada sich nach Ablauf der vereinbarten Frist nicht gemeldet und den korrigierten Text eingefordert, hätte er auch daran nicht mehr gedacht. Doch der Druck, den ihm sein Verleger machte, strapazierte seine Nerven und verursachte wieder ein heftiges Jucken, das ihm die Beine hochkroch, seinen Rücken erfasste und ihn zwang, sich auf der Toilette der Nationalbibliothek einzuschließen, sich auszuziehen und zu kratzen, bis es blutete. Da erinnerte er sich an die Wunderpillen, die der Psychiater ihm gegeben hatte, und beschloss, den nächsten Donnerstagstermin wahrzunehmen.

Die Sprechstundenhilfe begrüßte ihn mit mahnenden Worten, weil er zu den beiden vorangegangenen Sitzungen nicht erschienen sei, und führte ihn in das Wartezimmer, wo er beim ersten Mal eingenickt war. Toño hatte noch nicht Platz genommen, als dieselbe Stimme ihm sagte, er könne zu Dr. Quispe durchgehen. Der stand nicht auf und grüßte ihn auch nicht. Er bedeutete ihm lediglich mit einem

Wink, sich auf den für seine Patienten bestimmten Stuhl zu setzen.

»Ich bitte aufrichtigst um Entschuldigung, dass ich nicht früher gekommen bin, Herr Doktor. Aber mir geht es schon viel besser. Die Tabletten, die Sie mir das letzte Mal gegeben haben, sind genau das, was mein Geist braucht«, sagte Toño und hielt sich den Zeigefinger an die rechte Schläfe. »Wenn Sie mir das Rezept geben, werde ich Sie nie wieder behelligen.«

Dr. Quispe hob den Kopf, schaute hinauf an die Decke, die Hände verschränkt auf dem Schreibtisch, und so saß er eine Weile schweigend da.

»Wenn Sie heute hergekommen sind«, sagte er schließlich, jedes Wort abwägend, »muss etwas passiert sein. Haben Sie wieder irgendwo Ratten gesehen? Juckt es vielleicht wieder?«

»Mir geht es ausgezeichnet, Herr Doktor«, sagte Toño und rang sich ein Lächeln ab. »Ich hätte nur gern ein paar von den Tabletten, die Sie mir gegeben haben. Falls es so weit kommt, dass ich sie benötige.«

Dr. Quispe schien ihn nicht gehört zu haben, oder er maß der Erklärung seines Patienten keine Bedeutung bei.

»Klar scheint jedenfalls, dass es Momente großer Anspannung sind, die das Jucken und diese seltsamen plötzlichen Halluzinationen auslösen, Toño, Angst, Stress«, befand er und senkte den Blick. »Enttäuschung auch, Ohnmacht, wer weiß.«

»Nein, Doktor, Sie verstehen mich falsch«, sagte Toño Azpilcueta und richtete sich auf seinem Stuhl auf. »Deshalb bin ich nicht hier. Ich danke Ihnen für Ihr Interesse, aber das Letzte, was ich jetzt brauchen kann, ist ein Arzt, der meiner Psyche auf den Grund geht. Die Tabletten reichen mir vollkommen.«

»Und was brauchen Sie wirklich, Toño?«, fragte Dr. Quispe.

»Das habe ich Ihnen doch gesagt, ein Rezept für die Tabletten, das ist alles.«

»Azpilcueta ...«, murmelte Dr. Quispe. »Ein baskischer Nachname, nicht wahr?«

»Italienischer«, antwortete Toño. »Na ja, stimmt schon, der Name ist baskisch, aber mein Vater war Italiener.«

»Baskisch, aber Italiener«, wiederholte Dr. Quispe. »Erklären Sie mir das. Ein Experte für kreolische Musik und Peruanisches, und dann der Sohn eines Ausländers.«

»Er war kein Ausländer«, protestierte Toño Azpilcueta. »Er hat sich peruanisiert, wie alle anderen auch. Von klein auf hat er in Peru gelebt.«

Schon lange hatte Toño nicht mehr an seinen Vater gedacht, doch durch die unerwartete Frage von Dr. Quispe stürmte sein Bild auf ihn ein. Aus welchem Dorf in den Bergen Italiens stammte dieser Einwanderer? Wie war er nach Peru gekommen? Er erinnerte sich an seine Worte, wenn er, was selten vorkam, etwas von sich erzählte. Seine Eltern hatten ihn, als er noch sehr jung war, mit nach Peru genommen, aber das italienische Dorf seiner Kindheit war ihm in Erinnerung geblieben. Ein Dorf auf Sizilien? Toño wusste es nicht, oder er hatte es vergessen. Sein Vater war ein strenger Mensch gewesen, Tag und Nacht hatte er bei der Eisenbahn im Hochland gearbeitet. In Chumbivilcas hatte er seine Mutter geheiratet, eine Cholita, die ihm jeden Wunsch von den Augen ablas. Seinen Vater sah Toño kaum, und wenn sie mal zusammen waren, fragte der ihn bloß, wie es in der La-Salle-Schule lief. Er kannte die Ordensgemeinschaft gut. In der Nähe seines Dorfes in Italien hatten die Brüder auch eine Schule gegründet.

»Sie sprechen von ihm in der Vergangenheit, ich darf also annehmen, dass er bereits verstorben ist«, sagte Dr. Quispe. »Wie war denn Ihre Beziehung zu ihm?«

Toño sah sich am Sarg seines Vaters und wie er seine Mutter vermisste, die fünfzehn oder sechzehn Jahre vorher gestorben war, und er fühlte sich einsamer denn je in seinem Leben. Er bedauerte, dass er sich nicht besser mit ihm verstanden hatte. Er hätte ihm all die Fragen gestellt, auf die er jetzt keine Antwort wusste. Etwa wie er seine Mutter kennengelernt hatte, eine Frau, die ihm nie eine Eifersuchtsszene gemacht hatte, auch hatte sie ihn offenbar nur geheiratet, weil er Italiener war und gut aussah. Der Erfolg seines Buches, das wusste er, hätte seinem Vater wenig bedeutet. So etwas beeindruckte ihn nicht, es sei denn, es schlug sich in Geld nieder. Toño erinnerte sich, dass ein Eisenbahninspektor, Kollege seines Vaters, aufgrund seiner Kontakte von heute auf morgen in den Innendienst befördert worden war, mit einem hohen Gehalt, wochenlang sprach er voller Neid und Bewunderung von ihm. Und als Toño beschloss, an der San Marcos zu studieren und den unseligsten aller Berufe zu wählen – peruanische Kultur –, woraufhin er die Peñas und Tertulias besuchte, um all die Sänger und Musiker, die sonst im Radio auftraten, kennenzulernen und über sie zu schreiben, da bekam sein Vater einen Wutanfall. Einmal folgte er ihm abends zu einer Peña in Bajo el Puente und dachte, er würde ihn stockbetrunken antreffen, Gitarre spielend oder, noch schlimmer, auf ein Cajón schlagend oder einen Eselskiefer. Doch zu seiner Überraschung sah er, wie Toño sich sehr aufmerksam Notizen machte, was ihn nicht davon abhielt, ihm den Kopf zu waschen, weil er seine Zeit und seine Energie in einem Beruf für Bohemiens und Hungerleider verschwende, einem Beruf, der obendrein von einer unerträglichen Huachafería sei.

»Eine gute Beziehung, eine sehr gute«, sagte Toño Azpilcueta, als wäre er aus einer Trance erwacht, und stand auf. »Aber nicht deshalb bin ich hergekommen. Das Rezept, Doktor, geben Sie mir das Rezept, und ich stehle Ihnen nicht weiter Ihre Zeit.«

»Haben Sie das mit Ihrem Vater auch so gemacht?«, fragte Dr. Quispe, nahm das übergeschlagene Bein herunter und beugte sich über den Schreibtisch, sah ihn fest an. »Sind Sie ihm ausgewichen? Weggelaufen, um ihm nicht gegenüberzutreten?«

»Ich laufe nicht weg und weiche auch nicht aus.« Toño, der jetzt anfing, auf und ab zu gehen, war sauer. »Sie wollen einfach nicht hören, was ich sage.«

»Setzen Sie sich, Toño, ich bitte Sie. Ich weiß, dass Sie Ihre Tabletten haben möchten, und ich werde sie Ihnen geben. Aber zunächst erzählen Sie mir, ob Ihre Mutter es auch vermieden hat, Ihrem Vater gegenüberzutreten. War das so?«

»Was hat meine arme Mutter damit zu tun?« Toño verzweifelte schon.

Er setzte sich wieder, und sofort kam ihm, ob er wollte oder nicht, das Bild seiner Mutter in den Sinn. Sie war gestorben, als Toño noch ein kleiner Junge war, trotzdem erinnerte er sich in aller Klarheit, wie sie in ihm die Liebe zur kreolischen Musik geweckt hatte. Manchmal hörten sie zusammen im Radio die Sendungen, die berühmte Künstler präsentierten. Toño konnte sich noch an die Namen all der Musiker erinnern. Er hatte sich in die Arme seiner Mutter gekuschelt und gehört, wie sie leise den ein oder anderen Vals mitsang, auch Huainitos und Marineras. In solchen Momenten verschmolz er mit ihr, fühlte sich als Teil von etwas Größerem, was ihn vor der kalten Wut seines Vaters schützte.

»Ich frage mich, ob diese Zwangsvorstellung, diese Rattenphobie nicht vielleicht etwas mit der Angst zu tun hat, die Sie als Kind vor irgendetwas verspürt haben«, erklärte Dr. Quispe. Er schlug nun einen sanften Ton an, achtete wieder auf jedes Wort.

»Mit Verlaub, Doktor, die guten Manieren verbieten es, ich weiß, aber Sie lassen mir keine Wahl: Was Sie sagen, ist eine bodenlose Dummheit«, sagte Toño Azpilcueta, das Gesicht hochrot, so sehr war er in Rage.

»Nehmen Sie es nicht persönlich, Toño, ich tu nur meine Arbeit.«

»Ich bin nicht gekommen, damit Sie mir in den Kopf kriechen oder mit meinen Erinnerungen spielen«, Toño wurde nun lauter. »Ich habe es Ihnen nicht gestattet. Ich brauche es nicht und ich mag es nicht.«

»Was Sie gerade zeigen, ist normal, man nennt es Negation«, erklärte Dr. Quispe.

»Das ist mir egal, wie man es nennt. Ich möchte nicht, dass Sie an etwas hier drin rühren«, sagte Toño und deutete wieder auf seine rechte Schläfe. »Ich werde nicht zulassen, dass Sie die Obsessionen abtöten, die mein Leben erhellt und mir geholfen haben, mein Buch zu schreiben. Durch die ganze Stadt bin ich gefahren, nur für ein paar Tabletten, aber da Sie mir die, wie ich sehe, nicht geben, gehe ich. Was soll's. Ich kann nicht sagen, dass es mir ein Vergnügen war. Sie sind arrogant und nehmen sich zu viel heraus. Und bei Cecilia Barraza haben Sie keine Chance!«

Toño Azpilcueta verließ türeschlagend die Praxis und wartete erst gar nicht auf den Aufzug. Er sprang die Treppe hinunter, und auf der Straße hielt er auch nicht an, um auf einen Mikrobus oder ein Sammeltaxi zu warten, das ihn zurück nach Villa El Salvador brachte. Ihm war danach, zu Fuß zu gehen, so lange, bis er vor Erschöpfung nicht mehr könnte. Erst dann würde er sich fragen, wo er wohl war und wie er am besten nach Hause käme.

XXXIII

Die zweite Auflage von *Lalo Molfino und die stille Revolution* war für Toño Azpilcueta ein großer Erfolg. Antenor Cabada ließ viertausend Exemplare drucken, und in den Zeitungen und Zeitschriften von Lima erschienen mindestens sieben Rezensionen, durchweg positiv. Erstaunlich war, dass sowohl die Linke als auch die Rechte das Buch lobte. Die Idee, dass die kreolische Musik das Zeug habe, die Peruaner zu vereinen, kam bei allen gut an.

Aber der Erfolg spiegelte sich nicht nur in den Rezensionen. Der Rektor der San Marcos hatte Toño zu einem Gespräch gebeten, und der alte Knochen, der auch noch die ganze Zeit rauchte, hatte ihm gesagt, dass die Professorenschaft erwäge, den Lehrstuhl für Peruanische Belange wieder ins Leben zu rufen. Worauf er unvermittelt die Frage stellte, die Toño nun seit Tagen den Schlaf raubte:

»Könnten Sie den Lehrstuhl übernehmen? Sie werden erst einmal promovieren müssen, mit dieser Arbeit, die Sie seit Jahren vor sich herschieben, über *Die Pregones von Lima*, die haben Sie, glaube ich, noch gar nicht eingereicht. Das war doch das Thema Ihrer Dissertation, oder?«

Er nickte und schwebte schon in den Wolken. Natürlich musste er die Arbeit noch einmal durchsehen, sie fertigstellen, ein paar befreundeten Professoren zeigen, damit sie sie guthießen, vielleicht mit dem Versprechen einer Veröffentlichung, denn das waren die Doktorarbeiten, die am besten ankamen. Er sah sich schon an der San Marcos lehren. War das nicht wunderbar, was ihm da widerfuhr? Er war in Peru jetzt in Mode. Nicht er sagte das, sondern die Zeitungen. Man machte Interviews mit ihm, holte ihn ins Radio, in eine Fernsehsendung am frühen Morgen. Er beantwortete Fragen über den Gleichklang der Gefühle unter den Peruanern, tat wichtig, fasste sich ans Kinn, als würde er lange überlegen, ehe er etwas sagte, dabei hatte er die Antworten schon parat. Die Journalisten verhehlten ihre Sympathie nicht und sagten, trotz seines großen Talents sei er ein zugänglicher Gesprächspartner.

»Talent, Matilde, das sagen sie. Manchmal denke ich, ich wache auf, und alles war nur ein Traum.«

»Nein, Toño, was du erlebst, ist die Wirklichkeit. Ob gut oder schlecht, das weiß ich nicht, aber es ist die Wirklichkeit.«

El Comercio beauftragte ihn, vier Artikel zu schreiben und sein Buch darin zusammenzufassen, wofür sie ihm knapp tausend Sol zahlten. Im Scherz sagte er zu Matilde, wenn das so weitergehe, würden sie den Wohnort wechseln – was hielt sie von der Idee seines Kumpels Collau, nach San Miguel zu ziehen? Matilde empfing die Journalisten, die nach Villa El Salvador kamen, ein wenig misstrauisch. Toño konnte kaum glauben, dass er das alles seinem Essay zu verdanken hatte, Antenor Cabada auch nicht. Fast viertausend Exemplare von *Lalo Molfino und die stille Revolution* seien bereits verkauft, sagte der Verleger, und es sei nicht auszuschließen, dass es eine dritte, vierte oder gar fünfte Auflage geben werde.

Toño machte sich daran, alles durchzusehen, was er über *Die Pregones von Lima* geschrieben hatte, und stellte fest, dass der Entwurf seiner Doktorarbeit gar nicht so unstrukturiert war, wie er befürchtet hatte. Ein paar Karteikarten waren verloren gegangen, aber den Inhalt konnte er mit ein wenig Geduld wieder zusammenbekommen. Jetzt hatte seine Arbeit in der Nationalbibliothek, in die er weiterhin ging, mit seiner Dissertation zu tun. Nach wenigen Monaten waren die Korrekturen vorgenommen, und er reichte die Arbeit an der San Marcos ein. Zum Glück hatte er sie nicht in Schnipsel gerissen, so sehr hatte es ihm die Laune verdorben, als Dr. Morones ihm mitteilte, dass die San Marcos den Lehrstuhl mangels Studenten abschaffen würde. Er sprach mit ein paar Freunden an der Universität, und tatsächlich berief der Dekan der Geisteswissenschaftlichen Fakultät eine Prüfungskommission, die ihn kannte und gelesen hatte, sodass man seine Dissertation »mit Auszeichnung« bewertete und zur Veröffentlichung empfahl. Wenn schon der Lehrstuhl wieder eingerichtet werden sollte, war niemand so gut wie Toño Azpilcueta darauf vorbereitet, ihn zu übernehmen. So sagte es ihm dieser Rektor der San Marcos, der eine Weste trug, ständig rauchte und dessen Finger an der rechten Hand nikotingelb waren. Er hatte an der Disputation teilgenommen, die die Prüfungskommission ebenfalls mit der Bestnote auszeichnete.

Ende des Jahres richtete der Universitätsrat die Professur für Peruanische Belange wieder ein, und natürlich bot man sie Toño Azpilcueta an. Der sagte sofort zu und war überrascht über das gute – oder jedenfalls recht ordentliche – Gehalt, das man ihm für die Leitung des Lehrstuhls bewilligte.

Außerdem hatte er Anspruch auf eine Hilfskraft. Wann immer Toño Azpilcueta eine Zahlung in Empfang nahm, gab er das Geld bis auf den letzten Centavo Matilde.

Finanziell ging es nun aufwärts, und die Nonnen vom Colegio del Pilar sagten eines Tages zu ihm: »Sie werden ja richtig berühmt, Herr Azpilcueta. Merken Sie das nicht?« Doch, das merkte er. Denn er erhielt einen Brief von einer Universität in Chile, der Adolfo Ibáñez, die ihm für einen Vortrag tausend Dollar bot, einschließlich Übernahme aller Kosten für Reise und Hotel. Er fragte, ob er seine Frau Matilde mitbringen dürfe, und man antwortete ihm, aber selbstverständlich, seine Gattin sei herzlich willkommen. Die Einladung erschreckte ihn aber auch. Er war noch nie aus dem Land herausgekommen, hätte nie gedacht, dass er jemals chilenischen Boden betreten würde, und dann bekam er auf einmal die Gelegenheit, weil dort ein paar Professoren wissen wollten, ob seine Theorie für ganz Lateinamerika von Bedeutung sei. Doch allein die Vorstellung, vor einem chilenischen Publikum zu stehen, erschien ihm so unwahrscheinlich, so absurd, dass es ihn wieder packte. Seine Waden begannen zu brennen, das Jucken kroch ihm die Beine hoch, und für einen Moment befürchtete er, ein weiteres Mal die Nerven zu verlieren und überall Ratten zu sehen. Er atmete tief durch, schloss die Augen, um jeder Halluzination vorzubeugen, und legte sich eine Weile hin. Als klar war, dass er die Situation im Griff hatte, trat er aus seinem Haus in Villa El Salvador und fuhr nach San Isidro, fest entschlossen, sich diesmal, egal wie, von Dr. Quispe das Rezept für die Tabletten geben zu lassen, die ihm so gutgetan hatten. Wenn er sich dafür entschuldigen müsste, dass er ihn dumm genannt hatte, würde er es eben tun. Das war das Geringste. Um nach Chile zu reisen, brauchte er das Rezept auf jeden Fall, er konnte es nicht darauf ankommen lassen, dass seine Nerven ihm, und das auf feindlichem Gebiet, einen üblen Streich spielten.

Als er nach zwei Stunden in verschiedenen Sammeltaxis in San Isidro ankam, war es bereits dunkel, und er fürchtete, Dr. Quispe wäre nicht mehr in seiner Praxis. Er rannte los, um nichts zu riskieren, und als er nur noch einen halben Block von dem eleganten Gebäude entfernt war, hielt er an, um wieder zu Atem zu kommen und sich zu vergewissern, dass sein Anzug nicht zerknittert war. Er betrat das Gebäude zusammen mit einem Paar, dem er am Eingang begegnete, so musste er sich nicht über die Sprechanlage ankündigen. Er nahm die Treppe hinauf zur Praxis und klingelte, was die Sprechstundenhilfe offenbar überraschte, denn sie öffnete ihm mit verblüffter Miene. Sie trug keinen Kittel mehr und war schon im Begriff, ihre Tasche zu nehmen und das Licht zu löschen. Als sie Toño erkannte, ließ sie ihn herein, wies aber darauf hin, dass Dr. Quispe soeben gegangen sei, auch erinnere sie sich nicht, dass er für heute einen Termin vereinbart habe. Toño sagte, das mache nichts, es sei sogar besser, wenn der Doktor bereits gegangen sei. Er wolle nur eins, ein Rezept für die Tabletten, die er ihm damals gegeben habe – erinnerte sie sich, so blaue, ganz kleine? –, die hätten ihm so gutgetan. Vielleicht reiche ja auch der Name des Medikaments. Die Sprechstundenhilfe sagte, sie wisse nicht, von welchem Medikament er spreche, und machte klar, dass sie kein Rezept ausstellen dürfe. Toño dachte einen Moment nach.

»Ich glaube, ich würde das Döschen wiedererkennen, aus dem er die Tabletten genommen hat«, sagte er. »Lassen Sie mich ins Zimmer des Doktors, dann finde ich es schon heraus.«

Ohne auf die Erlaubnis der Frau zu warten, trat Toño ins Sprechzimmer von Dr. Quispe. Sie sagte ihm, er dürfe dort nicht hinein, und versuchte noch, ihn zurückzuhalten, aber Toño wich ihr aus und schloss sich im Zimmer des Psychiaters ein.

»Keine Sorge, sobald ich das Döschen gefunden habe, gehe ich«, versicherte er und trat an den Schreibtisch von Dr. Quispe. Er schaute sich um, die Beruhigungsmittel für Patienten, die verstört zu ihm in die Sprechstunde kamen, waren bestimmt in einer der Schubladen.

»Kommen Sie sofort heraus! Sie dürfen dort nicht hinein«, rief die Sprechstundenhilfe und schlug mit der Hand gegen die Tür.

»Komme gleich, kein Grund zur Aufregung, Señorita«, sagte Toño Azpilcueta und öffnete die erste Schublade.

Das Gesuchte fand er nicht, dafür etwas anderes, und die Tabletten, die er sich so sehnlich gewünscht hatte, waren auf einen Schlag vergessen. In der Schublade lag ein Exemplar von *Lalo Molfino und die stille Revolution*, den Spuren nach zu urteilen von vorn bis hinten gelesen. Toño schlug es an einer zufälligen Stelle auf. Und verblüfft sah er die Anmerkungen, die sich wie Heerscharen von Ameisen über die Ränder neben dem Text zogen. Nicht nur auf den beiden aufgeschlagenen Seiten. Das ganze Buch war voller Unterstreichungen und Kommentare, und die leeren Seiten am Ende waren über und über beschrieben mit einer kritischen

Einschätzung oder allgemeinen Analyse des Werks. Ohne weiter nachzudenken, steckte Toño sich das Buch unter die Anzugjacke und verließ den Raum. Die Sprechstundenhilfe erschrak, als die Tür aufging. Sie trat zwei Schritte zurück und ließ Toño vorbei.

»Bitte entschuldigen Sie, Señorita, es tut mir leid, dass ich Sie erschreckt habe«, sagte er mit einer kleinen Verbeugung. »Ich gehe ja schon, das mit den Tabletten ist nicht so wichtig. Sie haben recht, ich komme wieder, wenn der Doktor da ist, dann bitte ich ihn darum und mache nicht so ein Theater. Noch einmal, meine aufrichtigste Entschuldigung.«

»Dr. Quispe wird davon erfahren, kommen Sie besser nicht wieder«, sagte die Sprechstundenhilfe, ihr war die Angst anzusehen.

Toño ging zum Ausgang der Praxis, und mit einer weiteren Verbeugung schloss er die Tür hinter sich und sprang die Treppe hinunter, er sah schon, wie die Frau zum Telefon griff und dem Pförtner etwas sagte. Draußen ging er zur ersten Straßenlaterne, lehnte sich dagegen und las die Notizen und Kommentare, die Dr. Quispe angebracht hatte. Es fiel ihm schwer, die winzige, eilig hingeworfene Handschrift zu entziffern, die sich, begleitet von Unterstreichungen, Frage- und Ausrufezeichen, über die Ränder der billigen Ausgabe zog, eine edlere hatte der Herr Cabada nicht finanzieren können. Er musste seine Augen anstrengen, bis aus dem Gekritzel lesbare Zeichen wurden. Zehn Minuten später klappte er das Buch zu und warf es auf die Straße, als wäre es ein Sprengkörper oder etwas anderes Gefährliches. Die kommentierenden Anmerkungen zu seinem Essay hatten ihn wütend gemacht, und wieder brannten seine Beine, seine Brust, die

Arme. Er hörte Geräusche und wusste, dass es nicht lange dauern würde, bis aus den Gullys, den Mülltonnen, den Ritzen im Asphalt Horden von Ratten kämen, Tausende, Hunderttausende. Er rannte los und blieb nicht eher stehen, als bis er den ersten der zwei oder drei Mikrobusse anhalten konnte, die er nehmen musste, um nach Villa El Salvador zu kommen.

Was hatte Dr. Quispe an die Ränder seines Buches geschrieben? Er wollte sich nicht daran erinnern, wollte es für immer vergessen, aber ein ums andere Mal sprangen die Sätze ihn an. »Wieder so eine Mär, die man den Peruanern erzählt. Glaubt der Autor wirklich, dank der kreolischen Musik hätten wir uns lieber? Glaubt er so etwas wirklich?« Eine Mär, sagte sich Toño und schüttelte den Kopf. Nein, das war es nicht. An anderer Stelle, versehen mit Ausrufezeichen, hieß es, sein zentraler Ansatz sei Humbug, er spiegele nicht die Bedürfnisse Perus wider, sondern die eines armen, gepeinigten Menschen, der keinen Konflikt und keinen Widerspruch ertrage. Am meisten aber ärgerte ihn, dass er die angesprochenen Dinge, sämtlich von allergrößter Dringlichkeit und Bedeutung, als »unnötig und inkohärent« bezeichnete, »ein Sammelsurium unausgereifter Themen«. Nur war die Geschichte und das Werden dessen, was die Nation ausmachte, nichts Unnötiges oder Inkohärentes. Mochte Dr. Quispe ihn verachten, aber nicht spotten über den Rohstoff der Peruanität, über die historischen, soziologischen und kulturellen Elemente, die, gefügt von einer magischen Kraft, die Seele der Nation hervorgebracht hatten. Wenn Dr. Quispe meinte, sein Buch sei halbgare Kost, mit zusammengewürfelten und kaum verarbeiteten Zutaten, dann würde er schon sehen. Toño Azpilcueta hatte kein Problem damit, das Ganze noch einmal zu korrigieren, Themen zu erweitern, wo eine Idee der ausführlicheren Darlegung harrte, und weitere Thesen und Argumente hinzuzufügen, weitere Beispiele und Merkmale der Peruanität, bis er ein umfängliches und vollkommenes Buch geschrieben hätte, ohne eine einzige Lücke, die ein Einfallstor wäre für die Zweifel oder eine abfällige Bemerkung irgendeines Dr. Quispe oder sonstigen Intellektuellen aus der Elite.

Die Einladung nach Chile war für Toño Azpilcueta eine gute Gelegenheit, über die vorzunehmenden Korrekturen nachzudenken. Er arbeitete Tag und Nacht, und am Abend vor der Abreise las er, während Matilde den Koffer packte, ein letztes Mal die fünfzig Seiten, die er geschrieben hatte. Beim Verfassen des Vortrags hatten ihn heftige Skrupel geplagt, nicht nur wegen all der übernommenen Kosten und weil er die Chilenen gehörig beeindrucken wollte, sondern weil *Lalo Molfino und die stille Revolution* noch an Umfang zunehmen würde, sobald Antenor Cabada ihm sagte, dass eine dritte Auflage anstehe. Am Flughafen von Santiago empfingen ihn ein paar Professoren der Adolfo Ibáñez und brachten ihn und Matilde in ein überaus elegantes Hotel. Zum Abendessen lud man sie in ein Restaurant ein, morgen früh, hieß es, würden sie abgeholt, so gegen zehn. Sie schliefen in einem prunkvollen Bett. Das Badezimmer, in dem sie duschten und sich zurechtmachten, sah aus, als hätte man es für Millionäre eingerichtet.

Der Vortrag war ein voller Erfolg, denn Toño erhielt anhaltenden Beifall. Die These, dass die Volksmusik die Gesellschaft näher zusammenbringe und dazu beitrage, durch

Vorurteile und Rassismus entstandene soziale Konflikte aufzulösen, war für sie neu. Beim anschließenden Podiumsgespräch fragte ihn ein Professor, ob das, was sich in Peru abzeichne, auch in Chile und dem übrigen Lateinamerika geschehen könne. Toño antwortete äußerst behutsam. Ja, das sei nicht ausgeschlossen, vor allem in Gesellschaften, in denen die volkstümliche Musik alle sozialen Schichten erfasst habe und eine Brücke schlage zwischen Arm und Reich, mit anderen Worten, zwischen den vermögenden Klassen und denen mit mittlerem Einkommen und dem Proletariat. Aber das hänge sehr von der Musik ab, von ihrer Attraktivität und ihrer Durchdringung der gesellschaftlichen Gruppen, von den Wurzeln, die sie in den verschiedenen Bereichen geschlagen habe. Am Abend dieses unvergesslichen Tages, nach einem Interview in einer der größten Zeitungen des Landes – *La Tercera* –, luden die Professoren Toño Azpilcueta und seine Frau Matilde zum Essen ein, und sie hatten ein großartiges Gespräch, auf einem so hohen Niveau und mit so vielen kulturellen Bezügen, dass Toño der Kopf schwirrte, er konnte nur noch an die Frage denken, die man ihm am Nachmittag gestellt hatte. Genau das fehlte seinem Buch, er musste ihm eine amerikanische Dimension geben, hervorheben, dass alle Konflikte auf dem Kontinent – die Rivalität mit den Chilenen zum Beispiel – gelöst werden könnten dank der volkstümlichen lateinamerikanischen Musik. Und was für Lateinamerika galt, galt das nicht für die ganze Welt, für die gesamte Menschheit?

Wieder zurück in Lima, arbeitete Toño so ehrgeizig wie noch nie. Sein Kumpel Collau sah ihn frühmorgens aufbrechen, zusammen mit seinen beiden Töchtern, und erst spätabends nach Hause kommen, allein und den Koffer schleppend, in dem er seine Unterlagen aufbewahrte, seine Hefte, Notizen und Bücher. Sie trafen sich nicht mehr unter der Straßenlaterne, um sich zu erzählen, was am Tag gewesen war. Die Erklärung, die Toño allen gab, lautete, dass sein Verleger, der Herr Cabada, ihm gesagt habe, dass er eine dritte Auflage herausbringen werde und dass er diesmal all seine Ersparnisse einsetze, um auf einen Schlag fünfzehntausend Exemplare zu drucken. Deshalb arbeite er, Toño, nun sechzehn Stunden am Tag, nicht eingerechnet die Zeit, die er für die Seminare einschließlich Vorbereitung an der San Marcos aufwende sowie für die Artikel in *El Comercio*. Das Einzige, was er Collau, der vor Neugier platzte, über seine Reise nach Chile erzählte, war, dass dieses wunderbare Land ihm den Schlüssel an die Hand gegeben habe, um seinem Essay über Lalo Molfino eine vollkommene Form zu geben. Als Collau sah, wie selbstsicher er war und wie überzeugt von seinem Vorhaben, freute er sich für ihn und das ganze Viertel, denn nun hatte es einen großen Intellektuellen, auf den es stolz sein konnte.

Toño unterbrach sein zehrendes Tagesgeschäft erst, als ein Brief von Cecilia Barraza eintraf, den ihm die Angestellten der Nationalbibliothek prompt weiterreichten. Sie schrieb ihm, dass sie sich schon länger nicht gesehen hätten und dass sie ihn zum Frühstück ins Bransa an der Plaza de Armas einlade, nächste Woche Freitag oder Samstag zum Beispiel. Toño legte sich noch einmal ins Zeug, um die Korrekturen zu beenden.

XXXIV

Während Toño seinen Essay ein weiteres Mal korrigierte, hatte er ein seltsames Gefühl. Die kritischen Stimmen hatten recht, sagte er sich. Das Buch war in Form gebracht, so viel stand fest, aber es gab noch lose Fäden, auch große Sprünge und Lücken. Es begann mit dem Leben von Lalo Molfino, das alles war gut erzählt, in einer dem menschlichen Drama dieses Wunders der Rhythmen angemessenen Prosa, auf natürliche Weise dahinfließend, ohne unnötige Theatralik. In knappen Worten schilderte er die Nacht, in der Pater Molfino Lalo gerettet hatte, auf dem großen offenen Gelände mit den Müllbergen, wo seine Mutter oder seine Eltern ihn ausgesetzt hatten, auf dass die Ratten ihn fraßen, und wie der Pater ihn adoptiert und später an der kleinen Schule in Puerto Eten angemeldet hatte. Besonders gefiel ihm die Passage über die Kinder, wenn sie nach der Schule Fußball spielten, das Bild mit dem Ball in der Luft und wie die Jungs darauf warteten, dass er wieder herunterkam, diese Seiten las er sich mehrmals durch.

Dann die Begegnung mit seiner Gitarre auf einer anderen Müllhalde, vielleicht auch auf ebenjener, wo Pater Molfino ihn aufgelesen hatte, das langsame und einsame Vertrautwerden mit dem Instrument, seine Jugend und seine Abenteuer fern von Puerto Eten. Ja, die Prosa floss dahin, ohne

Unterbrechungen, in einem schönen Rhythmus, mit vielen Details auch, eindringend in die Ecken und Winkel von Chiclayo, so bunt, so duftend. Er erzählte von dem abendlichen Auftritt in Bajo el Puente, von den unvergesslichen Lackschuhen, die Lalo Molfinos Füße zierten. Das alles war wirklich gut, sehr gut.

Nicht ohne Anspannung wartete er darauf, dass er zum zentralen Punkt kam, zum Kern des Buches, wonach die kreolische Musik einen gesellschaftlichen Wandel in Peru herbeiführe. Der Gedanke erschien ihm nicht allzu verwegen. Er erzählte es wie etwas Natürliches und Notwendiges, etwas, worauf alle Peruaner warteten, selbst die reichsten, selbst die ärmsten. Angefangen mit der Palizada und dem Unfug, den diese begüterten Schnösel anstellten, vorneweg der unverbesserliche Karamanduka, und endend mit der Liebesgeschichte von Toni Lagarde und Lala Solórzano, der Alten Garde und dem großen Felipe Pinglo Alva. Das alles war gut, sehr gut sogar. Die Lücken erkannte er in dem, was folgte. Von Lalo Molfino ging sein Essay über zu einer umfassenden Reflexion über die Geschichte und die Vergangenheit Perus und Lateinamerikas. So sollte es auch sein, aber gerade der Übergang verlangte von ihm noch einiges mehr. Um dem Gegenstand seines Buches, Lalo Molfino, wirklich gerecht zu werden und seinen Lehrer Hermógenes A. Morones, diesen großen Sohn der Stadt Puno, ebenso zu übertreffen wie all die Schreiberlinge, die glaubten, sie hätten eine wahre Interpretation der peruanischen Nation vorgelegt, musste er viel ehrgeiziger sein. Was hieß, dass er selbst die kleinste Ritze stopfen und Passagen ergänzen musste, in denen das schwer zu fassende Thema seiner Studie, die Zukunft der peruanischen Seele in Einheit und Gemeinschaftlichkeit, sichtbar und greifbar wurde. Dass er vom Spanischen gesprochen hatte, war gut, schließlich war es die Sprache des Vals, außerdem hielt er es für unwahrscheinlich, dass die Huachafería mit ihren so anschaulichen wie ergreifenden Diminutiven und ihren Bildern von raffinierter Empfindsamkeit und Pracht, dieses universelle peruanische Element, im Englischen der Angelsachsen oder im Quechua der Inkas möglich gewesen wäre. Als Ausdrucksmittel, das Peru in seinem Innersten mit der Welt verband, war das nur dem Spanischen gegeben, und so sollte es sich in seinem Essay auch widerspiegeln.

Er hatte es nachdrücklich betont, sogar mehrfach. Genauso in Bezug auf andere Themen wie die katholische Religion oder das Vermächtnis des Tahuantinsuyo und ihre Bedeutung für die Gegenwart des Landes. Aber das alles hatte er auch abrunden wollen mit Phänomenen, die ihm erst nach seiner Chilereise zu Bewusstsein gekommen waren. Mit dem Stierkampf zum Beispiel. Würde die Fiesta brava in der zukünftigen Gesellschaft einen nennenswerten Platz im Volk haben? Hier zeigte sich für Toño Azpilcueta eines der großen Dilemmas. Er mochte den Stierkampf sehr, von Kindesbeinen an war er in die Plaza de Acho zu den Corridas gegangen, während des Festes im Oktober, zuerst an der Hand seines Vaters, als Erwachsener dann auf eigene Faust. Manchmal in der Gruppe, mit Freunden der kreolischen Musik, die meist große Stierkampf-Aficionados waren. Dort hatte er zum ersten Mal auch jene Stille gehört, die in außergewöhnlichen Momenten die Arena erfasste, vor allem wenn sich zwischen Matador und Stier dieses heimliche Einverständnis einstellte und das Publikum für ein paar Sekunden oder gar Minuten eine besondere Gespanntheit des Gemüts erleben konnte, wie bei bestimmten Konzerten, wenn die Musik alle Sorgen und Ängste des Alltags hinwegzufegen schien und nur ein vollkommenes Wohlgefühl blieb, ein Gefühl äußerster Konzentration.

Aber Toño Azpilcueta wusste, dass die Zeiten sich änderten und die Liebe zu den Tieren und ihr Wohlbefinden in den Vordergrund rückten, dass mit dieser Mode auch die Feindseligkeit gegenüber den Corridas zunahm, nunmehr betrachtet als barbarische Gaudi, bei der man den Stieren zum Amüsement einer Minderheit von Wilden Leid zufügte. Es waren vor allem die Banderillas und die Lanzen, an denen die Tierschützer Anstoß nahmen, die Qualen, die man den Kampfstieren bereitete, damit Menschen wie er – Toño musste zugeben, dass er die plastische Schönheit der Stierkampfszenen genoss – ihr ästhetisches Vergnügen hatten.

Das mochte zwar stimmen, aber wenn Toño sich zur Fiesta bekannte, dann wegen ihres Alters und der Mythen, die sich um Mensch und Stier rankten und die hinabreichten in die Tiefen der Zeit, zu den Anfängen Europas – Mutter, Großmutter oder Urgroßmutter der Amerikaner –, als der Legende nach Zeus in Gestalt eines Stiers eine Königstochter dieses Namens entführte, nach der man später den Erdteil benannte. Zudem war das Kampfrind das privilegierteste Tier der Geschichte. Toño hatte Artikel und Bücher gelesen mit Berichten über die aufmerksame Hege der Tiere auf den Haziendas, wo sie gezüchtet wurden, selbst in Peru; über die schriftlichen Ausführungen dazu, welcher Pflege sie bedurften, was sie fraßen und wie die Tierärzte auf den Gütern, wo sie aufwuchsen, über sie zu wachen hatten. Einer seiner Träume, so schwer auch zu verwirklichen, war ein Besuch dieser Haziendas mit den Kampfrindern, in Spanien oder in Mexiko etwa, um bestätigt zu sehen, mit wie viel Liebe sie von Geburt an behandelt wurden, bis sie in die Arena einliefen, um ihre Wildheit und Tapferkeit vorzuführen. Würden die Corridas verboten, verschwänden all diese Tiere. Es gäbe sie nicht mehr, denn Kampfrinder waren das eine, etwas ganz anderes die gewöhnlichen Rinder, wie Comics und Filme sie zeigten, dickbäuchig, an Gänseblümchen schnuppernd und schwanzwedelnd durch blühende Gärten tapsend.

Das alles glaubte Toño Azpilcueta, doch auf dem Grunde seines Herzens und seines Gewissens sagte er sich manchmal, dass die Tierschützer nicht ganz unrecht hatten, denn in der Arena erfreute sich das Publikum – und litt zugleich – am Leid dieses blinden und elementaren Tieres, das nicht wissen konnte, von welcher Art die Täuschung war, die es auf dem Kampfplatz erwartete und die es hinnehmen musste, damit die Menschen ihre Freude und ihren Genuss hatten. Und was sollte man erst sagen zu den Millionen von Tieren aller Art, die in den Laboratorien geopfert wurden, um Medikamente zur Heilung von Krankheiten herzustellen, den unzähligen Tieren, die morgens und abends in den Küchen ihr Leben ließen, um uns zu ernähren und damit wir lustvoll essen konnten, ohne es zu sehen oder auch nur zur Kenntnis zu nehmen?

Toño Azpilcueta trat weiterhin für den Stierkampf ein, in dem Punkt war er in seinem Buch konsequent gewesen, er nahm Bezug auf die Traditionen der Anden, auf die Yawar Fiesta, das Fest des Blutes, das in gewisser Weise die Vereinigung von indigener und hispanischer Kultur symbolisierte, auch waren ebendort, unter der armen Bevölkerung des Hochlands, die Stiere wesenseins geworden mit den Volksfesten und den nationalen Traditionen. War die Kunst des Stierkampfs ein der Peruanität fremdes Phänomen? Nein, das war sie nicht, diese These sollte ebenfalls Eingang finden in die neue Fassung seines Essays, um die auf heimatlichem Boden fortbestehende Verbindung von Indigenem und Spanischem – Kondor und Stier – umso klarer hervorzuheben.

Eine weitere Frage, die ihn umgetrieben hatte und die er unmöglich in seinem Buch auslassen konnte, war, wie er all die Heilkünstler und Wunderheilerinnen in die große kulturelle Revolution einfügen sollte, für die Lalo Molfino stand. Er hatte mit einem ehemaligen Klassenkameraden von der La-Salle-Schule gesprochen, der jetzt Arzt war, Dr. Santiago Zanelli. Sie hatten sich auf der Straße getroffen, waren auf einen Milchkaffee ins Bransa gegangen und hatten sich an die alten Zeiten erinnert, und entsetzt hatte Zanelli ihm eine Meldung gezeigt, die *Última Hora* gebracht hatte, voller Statistiken. Auf jeden approbierten Arzt in Peru kamen drei Hexen oder Hexenmeister. Konnte das sein? Erschüttert über dergleichen Missverhältnis hatte Toño sich in die Materie eingelesen und festgestellt, dass es tatsächlich Legionen waren, ein heimliches Heer, das Lima und vor allem die Provinzen im Binnenland aus dem Schatten heraus beherrschte. Es gab sie in jeder Region, viele Peruaner wussten nicht einmal davon. Was hieß, dass das Land auch in puncto Hexerei tief gespalten war.

Tagelang war er schockiert über die Tatsache, dass so viele

seiner Landsleute sich, statt Ärzte aufzusuchen, an solcherlei Hexenkunst hielten, um Krankheiten zu kurieren. Was ihm aber die Haare zu Berge stehen ließ, war der in Peru offenbar weit verbreitete Glaube, dass ein Meerschweinchen, wenn Wunderheiler mit diesem Tier, das einer Ratte so ähnlich war, nur ohne Schwanz, einem Menschen über den bloßen Körper fuhren, augenblicklich starb, sobald es die Stelle berührte, unter der ein Organ von einer Infektion betroffen war. Was bedeutete, dass der Patient oder die Patientin womöglich Stunden oder Tage nackt dazuliegen hatten, während ihnen ein Meerschweinchen über die Haut krabbelte. Ekelhaft!

Und das alles in elenden Buden oder schmutzigen Hütten, denn die Tausende von Hexen und Hexenmeistern in Peru waren einfache Leute, die ihre Ausbildung von ihren Eltern oder Großeltern oder Urgroßeltern erhalten hatten, da die Hexerei ein Beruf war, der in aller Stille von Generation zu Generation weitergegeben wurde, abseits der Legalität. Illegal wie auch die Drogen, dieser Fluch, Marihuana, Pillen oder mit Kokain versetzte Zigaretten, die leicht herzustellen waren und von Leuten, die sich ihre Süchtigen heranzogen, so billig verkauft wurden, wenn nicht gar an den Schultoren verschenkt, dass sie sich um künftige Kunden keine Sorgen zu machen brauchten. Für Toño Azpilcueta sollte, wer wollte, drogensüchtig werden – selber schuld, Idioten –, aber man musste auf die Kinder aufpassen, bis sie in der Lage waren, für sich eine realistische und verantwortliche Entscheidung zu treffen.

Stundenlang hatte er sich die heimlich betriebenen Praxen ausgemalt, die die Polizei von Zeit zu Zeit in Kellern entdeckte und die Altäre des Satanismus waren oder zu sein vorgaben. Dort fanden sich geköpfte Katzen und Mäuse, Waschbecken voller Menschenblut, diabolische Inschriften an den Wänden. Es waren schäbige Löcher, die als Kirchen für die Teufelsanbeter dienten, in Peru gab es sie zu Tausenden, nicht anders als in vielen anderen Ländern mit ihren unterirdischen Höhlen, in denen sich unwissende Menschen im Schutz von Hexen oder Hexenmeistern der Anbetung Luzifers hingaben, wilde Tänze tanzten und manchmal auch verkehrt herum Sex hatten, verkehrt herum im Vergleich zu gewöhnlichen Sterblichen, das heißt mit dem Anus oder dem Mund, wobei sie sich auch kollektiv an die Wäsche gingen, weil diese Dummköpfe glaubten, so würden sie den Teufel und seine Adepten ehren.

Verwies die Hexerei vielleicht auf eine randständige und heimliche, letztlich aber wahre Kultur Perus? Das Bild eines Meerschweinchens und wie es über seinen nackten Körper spazierte, brachte Toño Azpilcueta zu dem Schluss, dass die Huachafería nichts zu tun hatte mit der Hexerei, sie waren einander diametral entgegengesetzt. Was aber, wenn dieser Glaube und diese Praktiken aus weiter Ferne kamen, aus der Zeit der Inkas, wenn nicht gar von noch früher, aus der Zeit der Aymara, die vor den Inkas in der Gegend von Puno und dem Titicacasee lebten? Vielleicht hatte all das ja die Kolonialzeit überdauert, trotz Verfolgung durch Priester und Ärzte und praktiziert im Verborgenen von naiven und unwissenden Menschen, die ihrerseits alle Verfolgungen überlebt hatten, und nun koexistierte es wie so vieles andere, was seit Urzeiten fortbestand, mit der Moderne.

Wenn dem so war, konnte das Peru, das Toño Azpilcueta

wiederbeleben wollte, nicht auf Elemente verzichten, die ihre Wurzeln im Humus des Volkes hatten, so schauerlich sie ihm auch anmuteten. Weder auf diese noch auf viele andere, sie mussten eine Synthese eingehen, die mit der Zeit alles umfasste. Das war der Weg, ja, aber wie ließen sich der Vals, die Hexerei und der Satanismus in ein Ganzes fügen? Genau das unternahm Toño in der dritten Fassung seines Buches, denn er war nun überzeugt, dass es nicht ohne ging, wenn er die Peruanität und ihre Bedeutung für die geistige Vereinigung der Menschheit vollständig darstellen wollte. Endlich war er fertig. Seine Mission war beendet. Er schickte die neue Fassung des Buches an seinen Verleger. Und war begierig zu erfahren, wie Cecilia einschätzte, was seit der Veröffentlichung von *Lalo Molfino und die stille Revolution* alles passiert war. Jetzt konnte er sich mit ihr am Samstag im Bransa an der Plaza de Armas treffen.

XXXV

Die große Überraschung war, dass sie ihm nach den üblichen Wangenküsschen verkündete, sie werde es langsam müde und spiele mit dem Gedanken, sich zurückzuziehen. Toño konnte es nicht glauben.

»Wo du noch so jung bist, Cecilia. Und schöner denn je, wenn ich das sagen darf. Du und aufhören zu singen und zu tanzen? Das glaube ich dir nicht, das ist unmöglich. Außerdem, was werden die Scharen von Bewunderern sagen, die du überall auf der Welt hast?«

»Ich bin wirklich müde, und es macht mir nicht mehr so viel Spaß wie früher«, sagte sie. »Ich meine, ständig Probleme mit Musikern, den Gitarristen, den Technikern. Wozu, Toño? Geld habe ich genug verdient, eine eigene Wohnung in Miraflores. Wenn ich nicht über die Stränge schlage, kann ich vom Ersparten leben, bis ich sterbe. All die Leute gehen mir nur noch auf die Nerven. Ich möchte ausruhen, mich ab und zu mit guten Freunden treffen, wie mit dir. Um zu plaudern, einfach so. Oder Telenovelas gucken, warum nicht. Wie ist es dir denn so ergangen? Du hast mich ja richtig vernachlässigt.«

Toño erzählte ihr von den großen Veränderungen in seinem Leben. Sie wusste von seinen Beiträgen in *El Comercio*, die sie immer las, wusste auch, dass er jetzt Professor war und an der San Marcos lehrte, aber dass seine Ideen inzwischen auch in Chile angekommen waren, das wusste sie nicht.

»Freut mich, dass es dir so gut geht, Toño. Für mich ist es auch sehr gut gelaufen, von Beginn meiner Karriere an. Alle Sängerinnen haben mich unterstützt, selbst die berühmtesten. Aber ich habe es langsam satt.«

Der Hosenanzug, den sie anhatte, schien neu zu sein, und ihre Hände und ihr Gesicht sahen aus, als wäre sie eben erst im Frisiersalon und bei der Maniküre gewesen. Sie trug eine Sonnenbrille, hinter den Gläsern lächelten die großen Augen so fröhlich wie immer.

»Ich dachte, ich würde dich überraschen, aber überrascht hast du mich. Ich kann nicht glauben, dass du dich zurückziehen willst, Cecilita.«

»Noch nicht, aber bald, Toño. Wie gesagt, ich habe es fest vor. Ich möchte Museen besuchen, mir Gemälde ansehen. Vor allem aber will ich ausruhen. Ich denke, das ist nur gerecht. Manchmal hat alles keinen Sinn mehr, und du fragst dich, warum du es überhaupt noch machst.«

»Ich sage ja nicht, dass es ungerecht ist. Natürlich hast du alles Recht der Welt, dich auszuruhen. Ich denke nur an deine Verehrer, und dazu zähle auch ich: Was wird aus ihnen ohne dich?«

»Sie werden sich eine andere suchen und sie genauso bewundern wie mich. Oder noch mehr. Das geht uns Frauen allen so. Wir können ja mal die bekannten Sängerinnen durchgehen, die es in Peru gegeben hat. Die Leute erinnern sich nicht einmal. An Felipe Pinglo Alva, an den ja, und das war's. Weil er Tuberkulose hatte und jung gestorben ist. Nur dass seine Bewunderer auch langsam wegsterben. Aber sprechen wir von dir. Es geht dir also bestens, wie du sagst. Auch wenn der Erfolg kein Grund ist, deine Freundinnen zu vergessen.«

»Natürlich nicht, Cecilia, ich hatte einfach keine Zeit für nichts, so viel ist passiert. Ich erlebe es wie einen Geburtstagstraum. Meine Ideen haben den Menschen ans Herz gerührt. Sie erkennen, dass die kreolische Musik mehr ist als bloße Unterhaltung, sie sehen sie schon als eine Art Rammbock, der Vorurteile zerstört. Ein Wunder ist das. Manchmal denke ich, ich wache jeden Moment auf, und alles ist vorbei und ich kehre wieder zurück zu meinem alten Beruf und schreibe über Sänger und Gitarristen. Nage am Hungertuch, mit anderen Worten, oder lebe, besser gesagt, von Matildes Wäschewaschen und Sachenstopfen.«

»Du hast sie mir nie vorgestellt«, sagte Cecilia mit einem Lächeln. »Dürfte ich sie jetzt kennenlernen?«

»Matilde würde bei deinem Anblick vor Eifersucht sterben«, sagte Toño, lächelte ebenfalls und musterte sie von oben bis unten. »Sie ist weder so schön noch so elegant wie du, Cecilia. Aber egal, wenn du darauf bestehst, kann ich sie dir gerne vorstellen. Nur glaube ich nicht, dass ihr etwas miteinander anfangen könnt. Ihr seid zu verschieden.«

»Wusstest du, dass Dr. Quispe mich heiraten wollte? Jahrelang war er hinter mir her, seit ich mit dem Singen angefangen habe. Er hat mir Ringe geschenkt, Halsketten, wollte mich auf Reisen mitnehmen. Aber ich hatte genug von ihm. Gehört habe ich zuletzt nur, dass du nicht mehr zu ihm in die Praxis gekommen bist und dann einmal abends die Tabletten haben wolltest, die er dir gegeben hatte. Ich habe ihn davon überzeugt, die Sache auf sich beruhen zu lassen. Toño, was ist passiert an dem Tag? Geht es dir gut, oder hattest du wieder einen …?«

Sie hatte den Satz noch nicht beendet, als wie ein Blitz die Gestalt von Antenor Cabada an ihren Tisch geschossen kam.

»Ich wusste, früher oder später würde ich Sie hier finden, Toño«, sagte er, rückte seine Brille zurecht und holte tief Luft, ehe er mit seiner Suada begann. »Sind Sie verrückt geworden? Erwarten Sie, dass ich eine neue Ausgabe mit über hundert Seiten mehr rausbringe? Erst schreiben Sie über einen Gitarristen aus Puerto Eten, dann über Peru, und jetzt ist die Rede von Stieren und Hexern und selbst von Drogen und vom Schicksal Amerikas und der ganzen Menschheit. Ich verstehe gar nichts. Ihr Buch war ein Erfolg, aber schon die letzte Ausgabe wurde immer unlesbarer, und jetzt versteht niemand mehr irgendwas. Sind Sie auf meinen Ruin aus? Wollen Sie das Ansehen, das Sie sich erworben haben, mit Füßen treten?«

Toño Azpilcueta stellte ihm Cecilia Barraza vor und bat ihn, sich zu ihnen zu setzen.

»Beruhigen Sie sich, Herr Cabada, alles wird gut«, sagte Toño und zog den Stuhl zurück, damit sein Verleger Platz nehmen konnte. »Sie haben von mir ein Buch ohne den kleinsten Makel erhalten. Ich bin nur jedem möglichen Einwand zuvorgekommen, sodass niemand, weder hier noch irgendwo sonst auf der Welt, einen einzigen meiner Gedanken infrage stellen kann.«

»Mein ganzes Geld habe ich in die Ausgabe investiert, und jetzt muss ich auch noch einen Kredit aufnehmen«, schimpfte Antenor Cabada. »Die Druckerei wird mir die hundert Seiten extra berechnen, verstehen Sie das nicht? Ihr Essay ist jetzt ein echter Ziegelstein, ein Labyrinth, in dem man sich nur verirrt. Ist Ihnen das nicht klar?«

»Verlegern ist die Brieftasche stets näher als die Erkenntnis«, sagte Toño mit einem Blick zu Cecilia.

»Das Buch«, mischte sie sich nun ein, »ist ein Erfolg gewesen, und die Hinzufügungen machen es sicher noch besser. Niemand ruiniert seine eigene Arbeit, das können Sie mir glauben, Herr Cabada. Toño weiß immer, was er tut. Sie sehen ja, wo er jetzt steht, welches Ansehen er genießt, selbst in Chile wird er gelesen. Für Sie wird es die beste Investition Ihres Lebens.«

Toño hätte ihr fast die Hand geküsst, als er sah, dass Cabada tatsächlich seine feindselige Haltung aufgab und sich beruhigte. Ihm schien einzuleuchten, was Cecilia Barraza sagte.

»Ihr Wort in Gottes Ohr. Ach ja, ich vergaß, es ist mir ein Vergnügen, Sie kennenzulernen. Verzeihen Sie meine Unhöflichkeit.«

»Niemand widmet sich so hingebungsvoll seiner Leidenschaft wie Toño, er ist ein Vorbild«, betonte Cecilia Barraza. »Sie können ihn nicht für seinen Perfektionismus kritisieren, im Gegenteil, Sie sollten sich freuen. Wäre doch schrecklich, wenn ihm sein Buch nicht am Herzen läge und er nicht versuchen würde, es zu verbessern. Die dritte Auflage wird ein Erfolg sein.«

»Ich bin froh, dass Sie das sagen, Sie haben völlig recht«, sagte Antenor Cabada ein wenig beschämt, als wollte er seine Worte zurücknehmen. »Der Kenner der Materie ist Toño. Er ist der Autor, und niemand könnte seine Ideen und sein

Buch besser verteidigen als er. Entschuldigen Sie meine Nervosität, mein Verlag steht auf dem Spiel. Es war unvorsichtig von mir, einfach so hereinzuplatzen. Ich lasse Sie jetzt allein. Noch einmal, ich bitte vielmals um Entschuldigung.«

Toño wartete, bis Cabada gegangen war, und bedankte sich mit einem erleichterten Lächeln bei Cecilia für ihr Eingreifen.

»Stimmt doch, Toño«, sagte Cecilia. »Du sprichst mit einem solchen Vertrauen in deine Ideen, dass ich sie sogar glaube. Es ist unmöglich, dir nicht zu glauben oder nicht zumindest froh zu sein, dass jemand in diesem Land etwas vorlegt, was eine intellektuelle Debatte anstößt. Dein Buch bekennt sich zur kreolischen Musik, es wird deine Krönung sein.«

Würde Cecilia Barraza ihm noch einmal ein solches Kompliment machen, das wusste Toño Azpilcueta, würde er sich nicht zurückhalten können und ihr seine Liebe gestehen, also fand er eine Ausrede und ging. Außerdem waren ihm weitere Ideen gekommen, vielleicht blieb ja noch Zeit, sie in die dritte Auflage hineinzunehmen, und wenn nicht, dann eben in eine vierte.

XXXVI

Was hätte wohl Professor Morones zu seiner Theorie gesagt, wonach die Musik in der Lage sei, die peruanische Gesellschaft von Grund auf zu verändern? Wahrscheinlich nichts, so wie immer, wenn ihm etwas missfiel. Er hätte geschwiegen, kurz gehustet und rasch das Thema gewechselt. Er war eine echte Respektsperson, lebte bescheiden in Breña, und was er an der San Marcos verdiente, gab er für Schallplatten aus und für Bücher und Heftchen über peruanische Musik. Toño hatte ihn oft zu Hause besucht und kannte ihn gut, und sosehr er ihn bewunderte und schätzte, ahnte er, dass er sich, wäre er noch am Leben, den anderen Professoren angeschlossen hätte, die inzwischen sagten, sein Buch sei blanker Unsinn.

Daran musste er denken, als die Universität San Marcos ihn zu einem Termin lud. Das Ende des Jahres rückte näher, und der Rektor berief eine Sitzung ein, um die Studienpläne der einzelnen Fachbereiche zu besprechen. Für seine Kollegen, das wusste er, war es die Gelegenheit, auf die sie schon warteten, um sich gegen seinen Verbleib an der Spitze des Lehrstuhls für Peruanische Belange auszusprechen. Von den anfänglich siebzehn Studenten waren nur noch vier übrig, aber das war ihm egal, denn es gab immer Hospitanten, die, um die Musik zu hören, die er in seinen Seminaren spielte, die Hälfte der Plätze oder gar mehr einnahmen. Außerdem beteiligten sie sich immer aktiv. Aber sie hatten sich nicht eingeschrieben, auch niemand aus dem Studiengang Peruanische Literatur.

Tatsächlich war Toño Azpilcueta in den folgenden Tagen sehr nervös, er konnte sich nicht einmal aufraffen, seine Seminare vorzubereiten, immerzu musste er daran denken, dass die Professoren, im Bunde mit dem Rektor, seinem Lehrstuhl womöglich den Garaus machten. Wieso schrieb sich kaum jemand bei ihm ein? Und wieso waren die erschienenen Rezensionen, nun sämtlich in spöttischem Ton, plötzlich Thema auf den Fluren der Universität? Wer seine Thesen interessant gefunden hatte, sagte jetzt, das alles sei verschwurbeltes Zeug und erinnere mehr an irgendein Selbsthilfeblättchen denn an einen echten Essay. Obendrein hatte Antenor Cabada ihm im Bransa einen Brief hinterlassen, in dem er schrieb, dass er ihn dringend sprechen müsse. Er habe den Preis für die neue Ausgabe um drei Sol anheben müssen, was die Käufer in den Provinzen abschrecke. Auch habe er eigens dafür bezahlt, dass man das Buch so schnell wie möglich ausliefere, und nun schickten ihm die Buchhandlungen die übersandten Exemplare zurück, und das in einem erbärmlichen Zustand. Außerdem habe er nach ihm gesucht, weil es ihm durch einen Freund gelungen sei, ein Fernsehinterview zu arrangieren, aber er sei unauffindbar gewesen. So sei ihnen die Gelegenheit durch die Lappen gegangen, diese »absurde dritte Auflage«, wie er sich ausdrückte, zu verteidigen und die Leserschaft zum Kauf zu animieren. Nun stehe ihm der Ruin ins Haus, »aber auch Ihnen, werter Freund«, hieß es, »denn verantwortlich sind in erster

Linie Sie mit Ihrer Maßlosigkeit bar jeder Vernunft. Mein Fehler war nur, dass ich so dumm war, Sie nicht von den Wolken herunterzuholen.« Der Verleger wollte keinen Schritt mehr allein vor die Tür gehen und drohte mit einer Klage. Das Lamento und die Vorwürfe nahmen kein Ende, Toño las es erst gar nicht. Er verstand nicht, was da vor sich ging. Sein Buch war sehr viel besser geworden. Nichts war darin ausgespart. Wie sollte es in Peru und auf dem ganzen Kontinent kein Erfolg werden? Alles eine Frage der Zeit: Wer würde nicht gern ein so ehrgeiziges Buch lesen, das eine Antwort gab auf alle menschlichen Fragen?

Schließlich war der Tag der Sitzung gekommen. Fast überall an der Universität San Marcos waren die Abschlussprüfungen bereits abgelegt. Bei solchen Versammlungen platzte der Hörsaal aus allen Nähten, und Toño nahm nur teil, um dabei zu sein, er verstand gar nicht, worüber geredet wurde. Es hatte ihn nie interessiert, an diesem Morgen aber doch, die Gründe lagen auf der Hand. Zunächst wurde sich beschwert, es waren vor allem Professoren, die ein höheres Budget forderten, und wo es am vollsten war, verlangte man zusätzliche wissenschaftliche Hilfskräfte für die praktischen Übungen. Toño hoffte, so würden die Stunden vergehen, ohne dass jemand das Thema ansprach.

Doch der Rektor mit den nikotingelben Fingern hatte die Sache nicht vergessen, und als die Wortmeldungen schon verebbten, erwähnte er Toño.

»Wir müssen jetzt noch über eine delikate Angelegenheit sprechen«, sagte der Rektor, nachdem er die kleine Glocke geläutet hatte, der ganze Raum war sofort hellwach. »Ich meine natürlich das Fach Peruanische Belange. Wie Sie wissen, schleppen wir das Problem mit, seit wir den Lehrstuhl wieder ins Leben gerufen haben. Geleitet von einem angesehenen Professor, keine Frage. Ich spreche von Dr. Toño Azpilcueta.«

Jetzt ist es so weit, dachte Toño, und ihm stockte das Herz. Er hatte alle Argumente vorbereitet, aber ihm blieb kaum Gelegenheit, sie vorzubringen. Bis zum Äußersten hätte er gekämpft, um seinen Lehrstuhl zu retten, doch das Argument des Rektors war unumstößlich, da numerischer Art.

»Als wir ihn wieder eingerichtet haben, hatten wir siebzehn eingeschriebene Studenten«, sagte der Rektor und blätterte wie beiläufig in irgendwelchen Unterlagen. »Und jetzt sind es nur noch vier. Ich verstehe ja, dass es viele Gasthörer gibt, aber sie schreiben sich nicht ein. Und die Fächer leben nun mal von eingeschriebenen Studenten, nicht von Gästen.«

Als der Rektor sah, dass Toño Azpilcueta die Hand hob, erteilte er ihm das Wort. Dem Experten für kreolische Musik kam es vor, als säße er wieder in dem Saal des Bildungsministeriums, wo er sein Buch vor kaum mehr als einem Dutzend Personen vorgestellt hatte. Es war fast der gleiche Anblick. Ein paar Professoren hatten sich schon auf den Weg nach draußen gemacht, und während er sprach, verließen weitere den Raum und strebten zu den Sammeltaxis und ihrem häuslichen Mittagessen.

Er sprach voller Begeisterung und nannte alle möglichen Gründe für eine Fortführung des Fachs Peruanische Belange, aber dann zerschellten sie am Offensichtlichen. Hatte es einen Sinn, einen Lehrstuhl mit so wenigen Studenten aufrechtzuerhalten? Wie es aussah, nicht. Der Rektor ließ über den Fortbestand des Lehrstuhls abstimmen, und eine überwältigende Mehrheit sprach sich dagegen aus. Der Rektor sagte noch ein paar warmherzige Worte über Professor Azpilcueta und sein Ringen darum, das Fach auf einem hohen akademischen Niveau zu halten, was ihm ohne Zweifel gelungen sei, und schloss seine Rede, indem er daran erinnerte, dass es wirtschaftliche Faktoren gebe, die man nicht außer Acht lassen dürfe. Er wollte die Sitzung gerade beenden, als Toño noch einmal ums Wort bat.

»Als hätte es einen Sinn, eine solche Posse aufzuführen und zu glauben, so ließe sich die Wahrheit über das, was im Land geschieht, verbergen«, sagte Toño mit feierlichem Ernst und nasaler Stimme. »Als verschwände die Sonne, wenn wir sie mit einem Finger verdecken, verehrte Kollegen … oder besser gesagt, ehemalige Kollegen. Was sich hier abgespielt hat, ist keine Übung in ökonomischer Vernunft, nein. Das Ganze war ein rhetorisches Spiel, eine Nebelwand, hinter der man die Wahrheit versteckt. Und was ist diese Wahrheit? Ich sage nur ein Wort, es wird Ihnen allen bekannt vorkommen: Komplott! In meiner geliebten Universität, aber nicht nur hier, in ganz Peru gibt es eine Verschwörung gegen mich. Ich schäme mich, sagen zu müssen, dass meine Kollegen … meine hier anwesenden ehemaligen Kollegen es nicht ertragen, dass meine Ideen triumphieren, im eigenen Land wie im Ausland. Denn in Chile werde ich gelesen, meine Freunde! Und hier hat mein Buch sowohl die gelehrten Leser wie auch die Laien in ihren Bann geschlagen. Letztere vor allem, Männer und Frauen aus den Provinzen, die die kreolische Musik tatsächlich fühlen und die wissen, dass die Lösung all unserer Probleme von ihr ausgeht.

Die Feindseligkeit, mit der die Intellektuellen meinen Ideen begegnen, kann nur eines bedeuten. Sie wollen, dass Peru gespalten bleibt, die Menschen einander feind, wollen, dass wir uns fremd bleiben. Und sie wissen, dass mein Scheitern das Scheitern eines Projekts ist, das den Peruanern die Einheit und den Frieden brächte. Es gibt einen Namen für all jene, denen die Korruption lieber ist als der Sinn für die Gemeinschaft. Wollen Sie das Wort wissen? Soll ich es Ihnen sagen? Ratten …!«

»Professor Azpilcueta!«, unterbrach ihn der Rektor und schlug mit der Hand auf den Tisch. »Ich erlaube Ihnen nicht, dass Sie das Kollegium oder die Universität beleidigen.«

»Ratten!«, rief Toño noch einmal.

»Die Sitzung ist beendet«, sagte der Rektor, und ein Murmeln ging durch den Saal.

Die verbliebenen Professoren standen auf und wandten sich zum Ausgang, ihre vorwurfsvollen Blicke auf Toño gerichtet, der reglos dastand und immer wieder dasselbe rief: Ratten, Ratten! Nur tat er es jetzt nicht mehr voller Wut und Leidenschaft, seine Stimme klang vielmehr gebrochen, verängstigt. Eine Professorin bemerkte, dass er die Augen weit aufgerissen hatte, als wäre er über etwas zutiefst erschrocken, und sie ging zu ihm und fragte, ob es ihm gutgehe. Aber dann wurde ihr klar, dass Toño, auch wenn er nicht mehr brüllte, nur immer wieder dasselbe sagte. Als er die Nähe der Frau spürte, griff er nach ihrem Arm. Es war die Reaktion eines Schiffbrüchigen, dem man auf hoher See einen Rettungsring zuwirft. »Ratten, Ratten, Ratten«, flüsterte er ihr zu, er zitterte. Die Professorin nahm sein Gesicht in die Hände, doch als sie sah, dass seine Augen nicht mehr fokussierten und seine geweiteten Pupillen keine Verbindung zu ihr aufnahmen, schlug sie Alarm. Mehrere Professoren, darunter der Rektor, der die Prozession anführte, trugen Toño an den Fakultätsgebäuden vorbei zur Erste-Hilfe-Station der Universität. Eine Stunde später, während die Studenten in den Mensen zu Mittag aßen und Lima für eine Weile jegliche Tätigkeit einstellte, kam ein Krankenwagen und nahm ihn mit.

XXXVII

In der Ferne laufen, zunächst ganz klein, zwei Gestalten durch den klaren Morgen; je weiter sie sich dem Parque Central von Miraflores nähern, desto größer wird das Paar, bis es normale Größe erreicht hat. Die Avenida Larco ist verwaist, auf den Straßen liegen Fetzen von Papier und weggeworfene Plastikbeutel. Um diese Uhrzeit ist von den Müllwagen, die die Abfälle der vergangenen Nacht aufsammeln, noch nichts zu sehen. Weiter unten, auf Höhe des Parque Salazar, zeigt ein leiser Glanz an, dass die Sonne aufgeht und bald, zu Füßen der Steilküste und jenseits davon, das morgendliche Meer zu erkennen sein wird. Die Sonne wird scheinen, es wird ein warmer Tag, zum Glück.

Das Paar muss früh aufgestanden sein. Er trägt eine grüne Hose und einen grünen Pullover, passend zu dem gelben Hemd, von dem nur der Kragen herausschaut, ein Cremeton mischt sich hinein. Außerdem trägt er eine Kappe, die sein Gesicht zum Teil verdeckt. Sie, kleiner als er, hat sich überaus fein zurechtgemacht, mit einem leichten Sommerkleid und in Mokassins, das Haar perfekt frisiert, als hätte sie sich nach dem Aufstehen geduscht und eigens für die Verabredung herausgeputzt. Es ist sicher noch keine acht Uhr.

Langsam, sich unterhaltend, geht das Paar auf einen kleinen Platz zu, das Zentrum von Miraflores mit dem Rathaus, der Kirche, den Bänken unter hohen Bäumen und dem Rasen, frisch gesprengt und geschnitten von den Gärtnern, die mit ihrem Tagewerk beginnen.

»Seltsam, dieses Miraflores«, sagt Toño Azpilcueta und schaut nach rechts, nach links, vor und zurück. »Ich bin schon lange nicht mehr hier gewesen. Schon gar nicht so früh am Morgen.«

»Überall Geschäfte und Verkehr«, sagt Cecilia Barraza. »Nicht mehr so sympathisch wie früher. Gut, dass ich es oben von meiner Wohnung aus nicht sehe. Geschäfte, wohin man auch blickt, ein einziger bunter Mischmasch. Vom Auto bis zum Fingerhut bekommst du alles. Sie haben das Viertel zerstört. Früher war es ein Vergnügen, hier spazieren zu gehen. Als ich klein war, ist mein Vater mit uns an der Hand oft hergekommen, da gab es nur Straßenhändler, die haben im Park gesessen. Und noch in den Neunzigerjahren, als es vorbei war mit den Attentaten, konnte man in aller Ruhe hier langlaufen. Jetzt sieh dir das an, es wird immer schlimmer.«

»Alles ändert sich«, sagt Toño und macht ein schiefes Gesicht. »Aber stimmt schon, diese Läden sind nicht gerade eine Zier für Miraflores.«

»Sie sind nicht elegant, nicht so wie in San Isidro. Wir werden langsam zu Cholos, Toño. Selbst Lotterielose werden hier verkauft.«

»Du kannst dich nicht beklagen, Cecilia. Die Aussicht von deiner Wohnung muss grandios sein. Das Meer wird dir in die Zimmer fluten.«

»Ja, dort im dritten Stock ist es sehr schön«, sagt sie. »Ich habe dich nicht reingelassen, weil es so unaufgeräumt war.

Aber inzwischen habe ich neue Möbel und neue Teppiche und Fotos und Souvenirs von überall. Die Wohnung wird einmal sehr schön. Wenn sie fertig ist, lade ich dich auf ein Tässchen Tee ein, wie bei deinen Freunden Toni Lagarde und Lala Solórzano, mögen sie in Frieden ruhen.«

»Toni und Lala«, sagt Toño und denkt wehmütig an sie zurück. »In ihrem Alter ging es nicht anders. Wenn du gesehen hättest, wie sie gewohnt haben. In einer billigen kleinen Bleibe in Breña, aber glücklich.«

»Du hast mir so viel von ihnen und von Lalas Quittenmarmelade erzählt, dass ich mir gesagt habe, jetzt lerne ich, wie man sie macht. Irgendwann überrasche ich dich, Toño. Doch, wirst schon sehen.«

»Du lernst wirklich, Quittenmarmelade zu machen, Cecilia? Ich schwöre dir, an dem Tag, an dem du es kannst, gebe ich dir einen Kuss.«

»Ein Küsschen nur, auf die Wange oder auf die Hand«, sagt Cecilia nicht ohne Koketterie. »Auf den Mund niemals.«

»Ich weiß ja, dass wir uns nicht auf den Mund küssen können, Cecilia. So etwas käme mir gar nicht in den Sinn. Wir sind nur befreundet, und schon das kommt mir vor wie ein Wunder. Ich habe lange Zeit immer an dich gedacht, aber ich erinnere mich nicht, dass ich dich wirklich gekannt hätte. Die Ärzte meinten, ich würde es mir nur einbilden, und am Ende habe ich ihnen geglaubt. Jemand wie ich und mit der großen Cecilia Barraza befreundet, das ist schon recht unwahrscheinlich.«

»Sag das nicht, Toño«, protestiert Cecilia und tätschelt seinen Arm. »Du bist der große Toño Azpilcueta, der führende Experte für kreolische Musik im Land, Autor von …«

»Kein Wort davon, ich bitte dich«, unterbricht Toño sie.

Sie sind noch auf dem zentralen Platz von Miraflores, vor der Kirche. Dann drehen sie eine Runde durch den Park. Die Straßenkehrer machen sich daran, den Müll aufzufegen, Dosen, Limoflaschen, halb aufgerauchte Kippen, Streichhölzer, Ausgespucktes, schütten erst etwas Wasser darüber und kehren es zusammen. Der Park wird immer sauberer, immer angenehmer.

»Um diese Zeit im Morgenrot ist es wunderschön, besonders im Sommer«, sagt Toño. »Weißt du, wann ich aufgestanden bin für unser Treffen? Vor sechs, Cecilia. Ehrlich gesagt, ich verhungere schon. Kann man hier nicht irgendwo frühstücken?«

»Klar, in der Tiendecita Blanca«, sagt Cecilia. »Die machen früh auf. Und da heute Sonntag ist, gibt es Bizcotelas und ein Tässchen Tee. Oder für die stärkeren Mägen eine heiße Schokolade.«

»Das ist was für mich«, sagt Toño und lächelt. »Eine heiße Schokolade. Und Bisco...«

»Ich glaube, das ist ein Schweizer Gebäck, so eine Art große Löffelbiskuits. Zumindest sind die Besitzer der Tiendecita Blanca Schweizer. Es ist eine Freude, wenn man sieht, wie sie das Café führen. Gehn wir hin. Ich bin verrückt nach diesen Bizcotelas. Manchmal erinnere ich mich und komme extra dafür her. Außerdem ist es der einzige Ort in Lima, wo man sie so macht, wie sie sein sollen, schön warm, frisch aus dem Ofen, wirst sehen.«

»Es ist das erste Mal, dass wir uns in Miraflores treffen, Cecilia, nicht wahr? Das heißt, mit dem Bransa ist es dann vorbei.«

»Das ist zu weit«, sagt Cecilia und verzieht den Mund. »Ich habe mehr als eine halbe Stunde mit dem Taxi gebraucht. Und die Kundschaft war auch nicht gerade amüsant. Hier sind wir um die Uhrzeit bestimmt allein. Und wir können uns unterhalten.«

»Dann bereue ich es nicht, dass ich gekommen bin, Cecilia. Ich habe dich so lange nicht gesehen.«

»Ich dich auch nicht, Toño. Ich habe mich schon gefragt, ob wir uns nicht aus den Augen verlieren. Nicht länger befreundet sind, meine ich. Und du, tja, du hast dich nicht mal daran erinnert.«

»Ich war zu sehr damit beschäftigt, finanziell auf die Beine zu kommen, von früh bis spät habe ich Artikel über kreolische Musik geschrieben. Aber was die Freundschaft betrifft, kommst du für mich an erster Stelle. Und so wird es immer sein, vergiss das nicht.«

»Das will ich hoffen, Toño. Verehrer und Geliebte kommen und gehen. Aber Freunde bleiben für immer, und es werden immer dieselben sein.«

»Gehn wir in die Tiendecita Blanca. Ob sie schon aufhaben?«

»Sie machen sehr früh auf, für ein paar alte Leutchen, die dort frühstücken und Schach spielen. Komm, versuchen wir's.«

»Sprich lieber nicht so abfällig von alten Leutchen, Cecilia. Wir werden beide älter, vergiss das nicht.«

»Wohl wahr«, sagt Cecilia und lächelt. »Die Jahre vergehen, und die Haare werden grau, auch wenn du sie verbirgst. Ich werde nicht wieder von alten Leutchen sprechen, Toño. Versprochen.«

Zwischen Müllsammlern gehen sie zurück durch den Park von Miraflores, und als sie an die Avenida Ricardo Palma kommen, sehen sie, dass die Tiendecita Blanca bereits geöffnet hat. »Habe ich es nicht gesagt?«, murmelt Cecilia Barraza. Einen Moment später sitzen sie an einem Tisch draußen vor der Konditorei und bestellen Bizcotelas und zwei große Tassen heiße Schokolade, frisch zubereitet.

»Wenn ich die geschafft habe, sterbe ich«, sagt Cecilia. »Aber da es das erste Mal ist, dass du nach Miraflores kommst, um mit mir zu frühstücken, gönne ich sie mir.«

Toño nickt und schaut auf die großen Gebäude, die an der Avenida José Pardo aufragen, ein wenig überrascht, dass das auch seine Stadt ist.

»Wie ist es dir ergangen in dieser Zeit?«, fragt Cecilia, ihre Stimme ist nun eine andere, ihr Blick sehr ernst. »Gewöhnst du dich langsam an deine neue Situation?«

»Na ja, ich denke, ich habe mich damit abgefunden«, sagt Toño. »Die Zeitschriften für kreolische Musik zahlen mir weniger als früher für meine Besprechungen, aber das habe ich auch verdient, bestimmt schreibe ich sie heute schlechter. Ich gebe zu, und es beschämt mich nicht, oder nur ein bisschen, dass ich ein weiteres Mal nur dank Matilde über die Runden komme. Sie hat sich mit zwei Frauen aus dem Viertel zusammengetan und einen kleinen Betrieb aufgezogen zum Ausbessern von Kleidung. Meine Töchter haben die Schule geschafft und studieren jetzt. Es geht ihnen gut. Sie kümmern sich um mich. Wir kommen also voran, trotz allem.«

»Wohnst du noch in Villa El Salvador?«

»Wir sind nach San Miguel gezogen, dank meinem Kumpel Collau. Er hat vor ein paar Jahren ein tolles Chinarestaurant aufgemacht. Ab und zu hilft er mir auch. Dafür helfe ich ihm beim Putzen des Lokals. Er ist wirklich ein feiner Kerl und mag uns sehr.«

»Ich freue mich für deine Töchter«, sagt Cecilia mit großer Bestimmtheit. »Junge Frauen müssen studieren, ihren Abschluss machen, mit den Männern konkurrieren. Einen Beruf haben, das ist das Geheimnis. In Peru ist die Frau schon immer ein Mensch zweiter Klasse gewesen, schon seit der Zeit der Inkas. Langsam reicht's.«

Toño nickt, ihr zuliebe. Er ist nicht ganz einverstanden damit, wie sich in Lima die Frauen inzwischen verhalten, die jedes Mal frecher werden, aufsässiger, aber er schweigt.

»Ich habe Glück gehabt«, sagt Toño. »Immer umgeben von großartigen Frauen. Genau wie du, Cecilita.«

»Wenn du Hilfe brauchst, kannst du auf mich zählen. Dr. Quispe wäre sicher bereit, mit dir zu reden, falls du es mal nötig hast.«

»Ach, der Dr. Quispe«, sagt Toño und kramt in seinem Gedächtnis. »Der Seelenklempner, den aufzusuchen ich das Vergnügen hatte.«

»Ich weiß, dass du nicht mit ihm ausgekommen bist, aber er ist ein Meister seines Fachs und …«

»Ein wunderbarer Mensch, ich weiß«, unterbricht sie Toño. »Jemand dir Ebenbürtiges, der dein Herz verdient hätte.«

Cecilia verbirgt das Gesicht hinter ihrer Tasse heißer Schokolade und kaut langsam auf einem Biskuit.

»Besser als die Chancays, das musst du zugeben«, sagt sie schließlich.

»Ja, sicher, eine echte Köstlichkeit.«

»Toño, irgendwas ist doch mit dir. Mir wäre fast lieber, du sagst, dass Dr. Quispe ein Dummkopf ist.« Cecilia schiebt Tasse und Teller beiseite.

»Wie käme ich dazu, so von einem angesehenen Mediziner zu sprechen.«

»Ich bitte dich, Toño«, protestiert Cecilia, »es stimmt ja, er war ein Dummkopf. Er hat nichts für dich getan, wollte dir nicht mal die Tabletten geben.«

»Die hätten nicht viel geholfen«, sagt Toño mit einem Achselzucken.

»Natürlich hätten sie das. Hättest du sie gehabt an diesem Tag in der San Marcos ...«, Cecilia zögert. »Sag mir, Toño, was genau ist da passiert?«

»Du weißt, was passiert ist.«

»Aber jetzt geht es dir wieder gut. Warum versuchst du nicht, an die Universität zurückzugehen? Kämpf um deine Professur, Toño, du hast deine Sache doch immer leidenschaftlich verfochten, hast geglaubt an das, was du gesagt hast«, sagt Cecilia in sanftem Ton.

»Jahrelang war mein Kopf ein einziges Durcheinander. Matilde hat mir geholfen, wieder mit beiden Beinen im Leben zu stehen, ich kann ihr nur dankbar sein«, sagt Toño und schließt die Augen zu einem Spalt.

»Und deine Ideen? Deine Projekte?«

»Sie haben sich in Luft aufgelöst, zu meinem Glück.«

»Du glaubst nicht mehr, dass die kreolische Musik uns zusammenbringt?«, fragt Cecilia, sie klingt enttäuscht. »Ich fand es immer toll, zu singen und die Menschen glücklich zu machen, aber erst als ich dich gehört habe, habe ich gespürt, welche Bedeutung es hatte und dass ich stolz darauf sein konnte. Ich habe nie mit solcher Leidenschaft und Begeisterung gesungen wie nach unserem Treffen im Bransa, als du mir von deinem Buch und Lalo Molfino erzählt hast.«

»Ich habe dich schon lange nicht mehr singen gehört«, sagt Toño wie nebenbei. »Es würde mich glücklich machen, wenn du für mich eins deiner berühmtesten Lieder singst.«

»Sag lieber du mir, dass es stimmt. Dass die kreolische Musik nicht nur Unterhaltung ist. Wenn ich mich vor ein paar Jahren nicht zurückgezogen habe, dann, weil ich dir geglaubt habe. Weil du mir vor Augen geführt hast, dass meine Musik viel bedeutender ist, als ich dachte. Aber jetzt kommen mir wieder die Zweifel. Nimm sie mir, Toño, überzeuge mich.«

»Wer bin ich, dir zu sagen, was du tun sollst?«, sagt Toño nicht ohne Bedauern.

»Du bist der Autor von …«

»Meine Familie ist dank Matilde vorangekommen, eben weil sie sich nie von meinen Ideen oder Fantasien hat betören lassen«, sagt Toño resigniert.

»Und das soll es gewesen sein?« Cecilia klingt fast empört. »Gibt es nichts anderes in deinem Leben außer der Mühle des Alltags und der Befriedigung deines Magens?«

»Mein Körper juckt nicht mehr, und auch mit den Ratten ist es vorbei. Das ist nicht wenig.«

»Ich sähe dich fast lieber mit aufgekrempelten Ärmeln und wie du dich kratzt wie ein Besessener«, grummelt Cecilia. »Die Ratten sind doch egal, Toño. Sollen sie kommen, wenn deine Begeisterung für die Musik mit ihnen wiederkommt.«

Toño trinkt einen Schluck von seiner Schokolade und stellt fest, dass sie kalt geworden ist. Er hält inne und betrachtet die Form der satten Sahne, die in der Tasse schwimmt.

»Würdest du für mich singen, Cecilia? Ganz leise, damit nur ich es höre, ins Ohr«, sagt er.

»Du glaubst nicht mehr daran, dass sich die Probleme des Landes irgendwann lösen lassen, Toño, oder?«

»Irgendwann, vielleicht. Aber wir beide werden es nicht mehr erleben, Cecilia. Die Probleme sind zu groß, es wird sich keine einfache Lösung finden.«

»Also, das schaffen wir schon«, sagt Cecilia und lächelt, um die dunklen Wolken zu vertreiben und ihren frohen Mut wiederzufinden. »Kein Grund, zu verzweifeln. Irgendwann entdeckt jemand von heute auf morgen ein neues Mineral, das es nur in Peru gibt. Und dann werden wir alle reich. So einfach ist das.«

»Sehr einfach, ja«, sagt Toño und lacht. »Ich hoffe, du bewahrst dir deinen Optimismus, Cecilia. Er tut dir gut, wie man sieht.«

»Vorsicht mit solchen Komplimenten«, sagt Cecilia. »Vergiss nicht, dass wir nur sehr gute Freunde sind. Aber versprich mir, dass du dich nicht wieder verkrümelst und schon gar nicht für so lange Zeit.«

»Es hat mich sehr gefreut, dich zu sehen«, sagt Toño. »Du hast dich gut gehalten. Immer so jung, so schön. Ich rufe dich mindestens alle zwei Wochen an, versprochen, und dann treffen wir uns wieder zu einem so angenehmen Frühstück.«

»Hier in Miraflores, ja?«, sagt Cecilia. »Bitte, Toño. Ich hasse es, ins Zentrum zu fahren. Manchmal erkennen mich die Leute und wollen ein Autogramm. Bleiben wir einfach in Miraflores.«

»Dann also in Miraflores«, sagt Toño.

Er steht auf, will den Kellner rufen, und Cecilia sieht, dass aus der Gesäßtasche seiner Hose ein Notizbuch herausrutscht.

»Dir ist dein Notizbuch runtergefallen, Toño«, sagt sie schelmisch. »Darf man wissen, was du schreibst?«

»Nichts.«

Cecilia schaut ihm fest in die Augen, lächelt.

»Wenn du es mir sagst, singe ich dir auf der Stelle ein Lied ins Ohr, was immer du wünschst, nur für dich.«

»Ach, nur so verrücktes Zeug, Cecilia. Besser nicht heute, das ist alles noch sehr frisch. Aber sobald ich ein wenig vorangekommen bin, das verspreche ich, wirst du die Erste sein, die es erfährt. Und die es liest. Und wenn es gut wird, widme ich das Buch dir.«

Sie bitten um die Rechnung, und wie immer besteht Cecilia darauf, zu bezahlen. Schließlich streiten sie. Toño gibt nach, weil Cecilia »einfach mehr Geld« hat, und sie verlassen die Tiendecita Blanca. Sie ziehen los, zurück über die Avenida Larco, wo schon alles darauf hindeutet, dass der Tag beginnt. Männer und Frauen gehen die Straße entlang, Verkäufer suchen sich auf den Bürgersteigen einen Platz. Die Geschäfte öffnen und zeigen ihre Waren im Licht der Sonne. Toño und Cecilia unterhalten sich weiter, in gehörigem Abstand natürlich, auch wenn sie sich immer mal wieder näher kommen und Cecilia ihm etwas ins Ohr zu flüstern scheint. Früher, wenn sie sich zum Frühstück an der Plaza de Armas trafen, begleitete Toño sie gewöhnlich zum

Taxi, doch jetzt, in dieser neuen Lebensphase, begleitet er Cecilia zurück zu ihrem Haus, erst dann wird er sich in das Gewimmel der Busse werfen, die ihn nach San Miguel bringen, wo jetzt sein Zuhause ist.

Einen ersten Entwurf des Romans habe ich am 27. April 2022 in Madrid beendet. Im Mai habe ich mit den Korrekturen begonnen, und seither habe ich in all den Monaten (Mai, Juni, Juli, August, September, Oktober, November, Dezember) weiter kleinere Änderungen vorgenommen. Ich freue mich schon auf meine Reise nach Peru, um Chiclayo und Puerto Eten zu besuchen, womit ich diese Fassung, denke ich, fertigstellen kann.

Tatsächlich ist mir die Reise in den Norden Perus eine große Hilfe gewesen. Ich glaube, ich habe den Roman nun abgeschlossen. Ich würde jetzt gern einen Essay über Sartre schreiben, in jungen Jahren war er mein Lehrmeister. Es wird das Letzte sein, was ich schreibe.

Mario Vargas Llosa